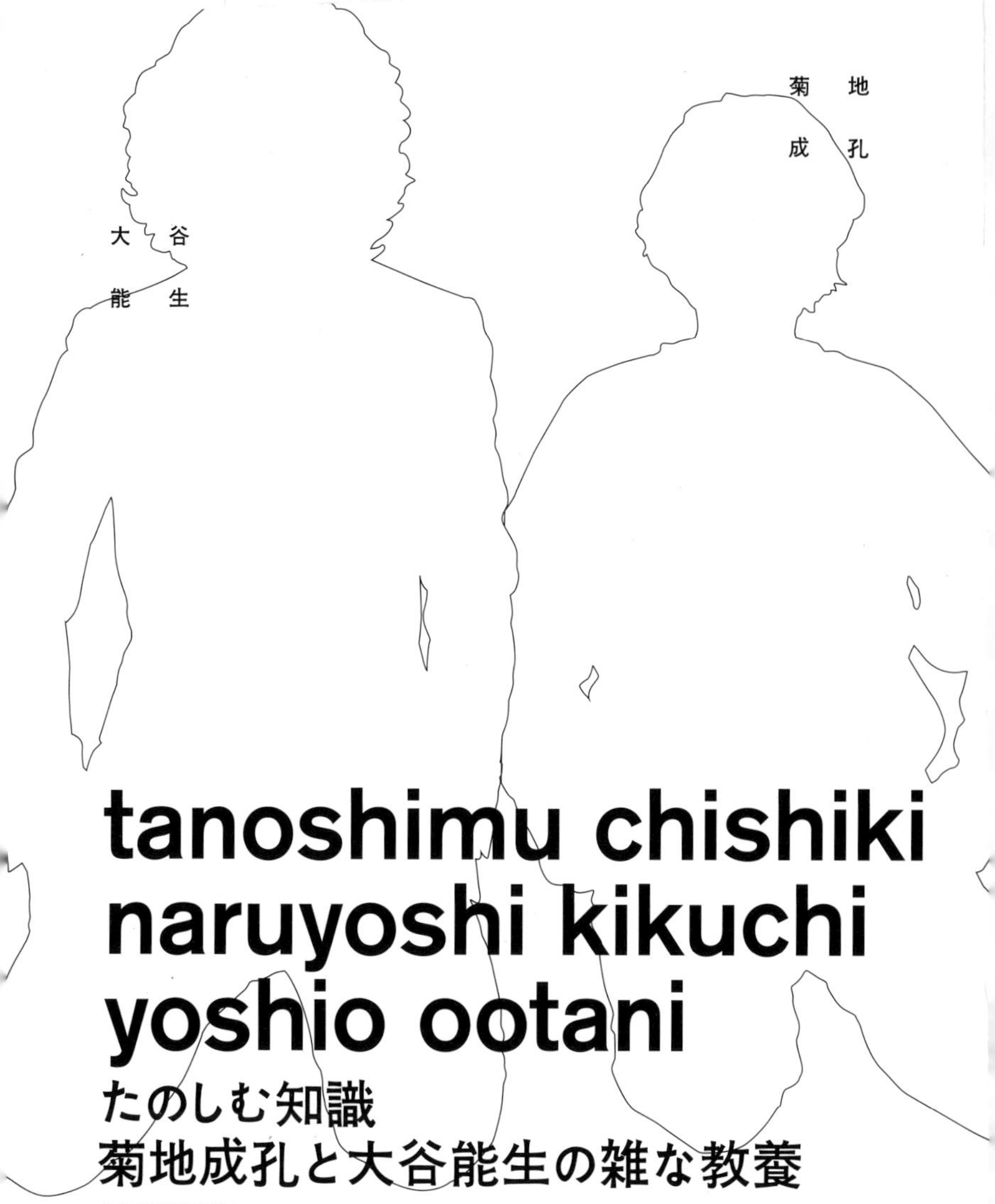

菊地
成孔

大谷
能生

tanoshimu chishiki
naruyoshi kikuchi
yoshio ootani

たのしむ知識
菊地成孔と大谷能生の雑な教養

毎日新聞出版

まえがき

本書は菊地成孔と大谷能生による「対談本をネタにした対談集」です。各章のタイトルがそのまま参照本で、第I章からそれぞれ『話せばわかるか』、『長電話』、『闘争のエチカ』、『たかが映画じゃないか』、『老イテマスマス耄碌』（詳細は各章トビラの裏に！）……と、二人がこれまで愛読してきたさまざまなジャンルの対談を読み返し、その本が出た頃のアレコレを回想しながら、現在、および、これまで自分たちが作ってきた作品についてあーだこーだ話をする、という内容の本となっております。

企画はたしか最初はフッーに、「二人の単行本未収録原稿を集めて、そこに解説として対談を加えて一冊にまとめる」という話だったと思うのですが、作業してるあいだになんとなく「やっぱ対談の方をメインにしよっか」ということになり、じゃあなんかネタを考えないとねーと本棚を眺めたりしているうちに大谷がこのアイディアを思いついて……ということで言い出しっぺのワタクシが「まえがき」を書いているわけなのですが、思い返せば、二十一世紀の現在もうすっかり影の薄くなった「雑誌」というメディアにおいて、「対談」あるいは「座談会」は花形もしくは余りページの埋め草として、どちらにしても大事な読み物でありました。われわれ二人は本文中でもしばしば登場する宇川直宏氏主催の「雑誌文化の正統後継者」を自称する「FINAL MEDIA」＝「DOMMUNE」において「JAZZ DOMMUNE」という長期連載を続けており、そこで繰り広げてきたドタバタを改めて「紙のメディア」に落とし込んだものがこの本である、と言えるかもしれません。

菊地青年と大谷少年が愛し淫してきた、筒井康隆氏の「日本以外全部沈没」などに代表されるパロディ、和田誠氏が『倫敦巴里』などでみせたパスティーシュ、南伸坊氏らが繰り広げたいわゆる『高級藝術宣言』チームのナンセンスなどなどは、「雑誌文化」輝かしき時代の大成果であり、まっことバカバカしい思いつきをマジメに遂行する興奮こそわれわれの原動力であって、というコトで「雑な教養」の「雑」は「雑誌」の「ザツ」であるわけですが、版元さんはこのコトバにあんまり良い印象を持っていないのかクレームが入っちゃって、タイトルに使うことはNG!……と、一度は差し戻されたところをなんとか踏ん張って、結局、ニーチェ／ゴダール・オマージュの一言を加えて本題となりました。なので、略称は「雑教《ざっきょー》」でお願い致したくヨロシクです。

最初の対談がおこなわれた二〇二三年四月十九日は、坂本龍一氏の訃報が届けられてからおよそ二週間ほど経った頃合いでした。この年の一月には高橋幸宏氏も亡くなっており、この本では繰り返し彼らの業績についての話が登場します。ジャズをアイデンティティとしながらＹＭＯからの大影響を受けていることがわれわれ二人の共通点であり、ＹＭＯ散開からちょうど四十年目のこの年になってようやっとあきらかに見えてきたことは、戦後のカウンター／サブ・カルチャーの双極である「全共闘」的なものと「シティ・ポップ」的なもの、および、そこにさらに「没落華族的デカダンス」を加えて相剋させたものが、細野晴臣氏が組織したこの御三方が実現した音楽であった、ということです。

この話についてはまた別に書くことになるかもしれません。何度かお仕事でもご一緒させていただいた故人を偲びながら鰻屋などでついシンミリしちゃう六十代と五十代に成り立ての二人ですが、しかし読み返してみると、あっても一面識くらいしかない当代きっての文化人・知識人の方々を話のサカナに取り上げて、与太のハネを上げまくりながらホント好き勝手言ってますね！　名前を出された方はさぞかしご不快でしょうが、みなさまの仕事を常に意識しているからこその言及であって、結局のところ音楽の事しか考えていないキリギリス野郎のタワゴトとして苦笑とともに捨てておいていただければ幸いです。愛してます。

長くなりました。それぞれ元の組版を踏まえて、各章を見事にデザインしてくださった川名潤氏、編集担当の宮里潤氏に驚きと感謝を。こんな本に興味を持っていただける読者さんからの感想を、楽しみにお待ちしています。では。

大谷能生

写真＝高橋勝視
装丁＝川名潤

I　話せばわかるか

『話せばわかるか　糸井重里対談集』
糸井重里（飛鳥新社、一九八三年七月）

新進気鋭のコピーライターがホストとなり、各界を代表する文化人を相手に語り合う。登場するゲストは、栗本慎一郎、村松友視、ビートたけし、井上陽水、タモリ、坂田明、江川卓、矢野顕子、高橋留美子、谷岡ヤスジ、野坂昭如、村上春樹、川崎徹、三浦雅士。

二〇二三年四月十九日収録（神田・明神下 神田川 本店）

〈当日の食事〉
1　お通し三品（ホタルイカ、ホタテ、板わさ）
2　白焼き
3　うざく
4　うな重
5　デザート（グレープフルーツのゼリー）
＊ビール一本（瓶ビール、キリンラガー）

糸井重里の八〇年代と現在

大谷　この本はまえがきで説明したように、「対談集をネタにした対談集」という作りになってます。まあ、われわれが「なんかコンセプトがあった方がやりやすい」二人だってこともあるんですが、好き勝手にやらせるとたぶん話がどんどん拡散しちゃうので、まずは外枠を決めることにした、というわけです。昔の、古い対談を読んで、今と当時の雰囲気を比べたりとかして、これまでしたことのない話とかもできればと……ということで、始めましょうか。第一回の参照本は、『話せばわかるか』。ホストの糸井重里が、毎回各界のゲストを招く形の対談集ですね。

菊地　当時イケてたクリエイターが自分の方法論をざっくばらんに話すという内容で、これを読むと村上春樹とビートたけしと糸井重里が同い年だとわかる。ひとこと眩《まばゆ》いよね。八〇年代って反射光が強すぎるよ。

大谷　登場する人たちがみんな若いねー！　高橋留美子さん出てるんですが、まだ二十代。この本が出たのが一九八三年だから、ちょうど四十年前の本になるわけですが。

菊地　「十年一昔」だから四十年だと「四昔」。八〇年代からそんなに時間が過ぎたか、と思うしかない。でも、登場する人で亡くなってるのは谷岡ヤスジと野坂昭如《あきゆき》だけ。あとはタモリでしょ、たけし、高橋留美子、村上春樹。みんなまだ現役。まあ、年齢層もあるとして。

大谷　ですね。全員四番バッターだよね。菊地さんは「四十年もすぎた」と言うけど、今からふり返って、その後何か変わったかといえば、変わったとも言えるし……変わってないといえば変わってない。

菊地　糸井重里で言うと、その後に「ほぼ日」(ほぼ日刊イトイ新聞)を作ったじゃない？　今の人たちにとっては糸井重里って「ほぼ日」の人だよね。

大谷　「ほぼ日」のスタートって二〇〇五年ぐらいだっけ。俺、あのサイトを初めて見たときに、「これは『通販生活』のネット版だ」と思ったの。

菊地　ああ、なるほど。

大谷　「いい商品を薦めます」という体で、自分たちで作ったカレンダーやメモ帳を売る。いいビジネス考えたなって感心した。

菊地　だから「サブカル通販」だろ？

大谷　えーと……(編集者が確認した情報を聞いて)「ほぼ日」は一九九八年スタートだそうです。

ネットの普及以前ですね。かなり早い。

菊地　うん。Windows95でPCが爆発的に定着してから三年後か。まだ掲示板文化やmixiが出てくる前ってことね。

大谷　mixiができたのは二〇〇四年ぐらいだから、全然前。

菊地　「ほぼ日」は、自前でいろんなヒット商品を生み出し、書籍も出し、才能も輩出したわけで、傍《はた》から見てても勢いがあったよね。風向き変えて安定走行でしょ。彼は死ぬまでいけるでしょ。

大谷　二〇〇〇年代の知的風景として同時代感はある。つまり糸井さんって、八〇年代から〇〇年代までずっとトレンドセッターであり続けた人なわけだ。

坂本龍一の死

菊地　今回の収録は、もともと予定してた日にオレが風邪ひいて一度延期になったよね。その前日に坂本龍一さんの訃報が出た。

大谷　そうでしたね。

菊地　本来なら訃報の翌日に一緒に鰻食ってた。

大谷　予定通り収録してたら、その話ばっかりになったでしょうね。

菊地　部屋に入るなり、「坂本さんが」となったろうね。

大谷　その日わたしライブだったんですよ。蓮沼《はすぬま》執《しゅう》太《た》くんのバンドでオペラシティで。で、ライブが終わって打ち上げのときに訃報が回ってきた。その日はＹＭＯのサポートメンバーやってたゴンドウ（トモヒコ）さんもいて、そこに届いた。一同、「マジか！」ってビックリして。

菊地　坂本さん、七十一か七十二でしょ？

大谷　七十一歳。

菊地　オレ、あと十一年なんだよな。一月の（高橋）幸宏さんに続いて坂本龍一も逝く、という流れがね……知らない仲じゃないし、ちょっと流れ、重いよね。

大谷　そういえば、ちょうどこの『話せばわかるか』には矢野顕子さんが登場してるけど、ここに坂本さんが入っててもおかしくない。

菊地　おかしくないね。というか、矢野さんがいることで実質的に坂本さんも入っているとも言える。彼らの結婚って当時のサブカル界のロイヤル・カップルつうかさ。山口百恵と三浦友和みたいな感じというか。別れたかどうか、女性のほうがマイクを置いたか置かないか、が違うだけで。大変な違いだけど（笑）。

大谷　ビッグ・カップルですよね。『話せばわかるか』が出た八三年にＹＭＯが「散開」し、そこから四十年後の今年、偶然にも坂本さんと幸宏さんが鬼籍に入った。

菊地　幸宏さんにせよ坂本さんにせよ、「とうとう来たか」という感じではあったけどね。長患《ながわずら》いした結果、「いつＸデーが来てもおかしくない」という状態から亡くなったわけで、急逝ではなかった。

大谷　共通の知り合いから噂は聞こえてきてたしね。

菊地　それにしても、今後この事が日本の文化にどんな影響を及ぼすのかはまだ未知数だね。

大谷　うん。まだわからない。

菊地　大谷くんは今回の訃報にショックは受けてる？

大谷　受けてる。歌謡曲を除けば、俺は最初に好きになった音楽がＹＭＯだったんですよ。解散にギリギリ間に合った世代。

菊地　ＹＭＯ世代ね。この世代がまた幅広いんだよね。

大谷　かなり幅広いけど、下限は自分の世代だと思う。俺は一九七二年生まれで、解散の頃に十歳前後だから。それがギリギリ。「君に、胸キュン。」が出たときに十一歳。

菊地　コドモ大谷、眩いな。著名人の訃報には二つのケースがあって、一つは生前からレジェンドの扱いで、「昔は有名だった」という人が亡くなるケース。もう一つはまだまだ衰えずに同時代を生きていた人のケース。どっちがこたえるかといえば、やっぱり後者だよね。以前『粋な夜電波』で、「ＹＭＯが全員死んだら、日本のサブカルは変わらざるを得ない」という話をしたことがある。クレージー・キャッツとは違うのよ、そこは。

大谷　これからどう変わるか、見えないですね。けど、これでようやっと二十世紀が終わった感は自分としてはあります。

平成の天皇・新型コロナ・訃報ラッシュ

菊地　それにしても、このところの訃報の連鎖はすごいね。俯瞰して見ると、ＹＭＯのことですらこの連鎖の中の一現象とも言えるぐらい。

大谷　そうなんですよね。

菊地　ゴダールが死んだと思ったら、ジャン＝マリー・ストローブが死に、もう一生死なないんじゃないかと思っていた吉田喜重も死んだ。もう死んでて、生き仏だと思ってたウェイン・ショーターまで死んじゃって。イチイチ立ち止まって思い出せない。

大谷　アントニオ猪木も死んだしね。

菊地　本来なら今名前が出た一人一人に対して、葬儀中継とか追悼の番組があってしかるべきなのに、展開が早すぎて間に合わない、というのが現在。二〇二二年春先の状況。

大谷　あ、二〇二三年ね、もう（笑）。
菊地　あー二三か（笑）。でも今年になってコロナ明けの雰囲気になってきたね。
大谷　コロナ禍のせいでこの数年大人数が集まっての葬式がNGで、そのせいで世の中の流れが早回しに感じるのかもしれない。二〇二〇年から二三年はじめまで、通夜や葬式でしんみり泣いたり弔辞を読んだり、そういう風景がなくなっちゃったでしょ。
菊地　昔はもっと人が亡くなる流れがデリケートだったよ。一つの世代が、地層が一枚一枚剝げ落ちるように消えるイメージだった。でも今はYMOも志村けんも一緒になってどんどん逝っちゃう。環境保護関係の映像で、南極の氷の塊がドサッと落ちる、あの画みたいだ。少しずつ順番にではなくて、一瞬でドサッと崩れ落ちる。
大谷　そうだね。ところで葬式から始まる映画って、いい映画が多いよね。
菊地　多いね。斎藤工が作った、何か変なヤツ除けば。

大谷　トリュフォーの『恋愛日記』とかさ、印象に残る映画が多い。テレビでも、以前は有名人の葬儀は必ず中継していた。つまり葬式の映像を見るのは、われわれにとって日常の一部だった。ところがこの数年は、誰かの葬式を見ることができないし、そもそも葬式がやれない状況だった。昔は『2時のワイドショー』みたいな番組で葬式を中継してたけど、それが一切ない。その状況は「昭和からはるか遠くへ来た」という感じがする。すべてがいつのまにか終わっている世界というか。
菊地　こんなこと言うと右翼の人に怒られるかもしれないけど、平成の天皇が生前退位したことで大喪《たいそう》の礼を挟まずに元号が変わったでしょ。あれが大きいと俺は思う。
大谷　大喪の礼がないまま時代が変わったことで、時間の区切りが失われた、と。
菊地　うん。元号が葬式を挟まずに変わったことから始まり、その後次々に著名人が亡くなっていく。特に文化人の訃報ラッシュがすごい。連動だよこれ。

大谷　たしかにね。令和とコロナ禍と訃報ラッシュはひと続きなわけだ。

菊地　昔はそういうときのための「追悼要員」がいたんだよね。

大谷　いたいた、立派な弔辞を読んだりする人とか、それを中継するリポーターとか（笑）。そういう儀式性と、「やっぱり築地本願寺か」「今回は青山葬儀所ね」みたいな会話とかが日常的にあった。

菊地　そういう風景がさっぱりなくなったよね。森繁久彌の葬儀に「今、竹脇無我さんが入られました」とかさ。そう思うと、昭和の頃は今よりはるかにゆっくり時間が流れていた。

大谷　だいたい葬式がゆっくりしてるしね。それで言うと、われわれが経験した最後の「ゆっくりの葬式」は、今のところ瀬川（昌久）さんだね。瀬川さんは一九二四年生まれで二〇二一年に亡くなった。つまり昭和の直前に生まれて令和まで生きた人だった。

菊地　オレたちが葬式でばったり出くわしたのは瀬川さんのだっけ？

大谷　そう。そのときのこと、覚えてる？　蓮實（重彥）さんの弔辞が長くて長くて……（笑）。

菊地　オレはあの大蓮實が最後に声が乱れたのを聞いて、ちょっとショックだったよ。

大谷　グラグラしてたもんね。でもそれ以上にグラグラしていたのが参列してるわれわれで（笑）。座る場所がないから全員立って聞いてて、あれはヘトヘトになった。お焼香するときに、一方がディキシーでもう一方でスウィングを演奏するバンドが入ってて。七十代ぐらいの人たちがヨロヨロしながら、追悼にふさわしい、とてもいい演奏をしてたという。

喪に服す暇もない

大谷　話を戻すと、お葬式って昔はワイドショーで見るものだった。葬式は長時間かかるから、その間に「誰がいる」とか「誰が来た」とかって解説入りで中継して、それをお茶の間で見ていた。

菊地　芸能人に関してはね。

大谷　近い時期で言うと、忌野清志郎の葬式で弔辞を甲本ヒロトが読んだとか。

菊地　葬式も結婚式と同じで、一種のお披露目としてメディアがそれを報じる文化があったけど、消えたね。「死の隠蔽」とまでは言いませんが。

大谷　「一つの時代が終わった」という総括ができないまま、ガタガタとなし崩しに物事が進んでいく。

菊地　そして、トコロテンが押し出されるみたいに次々に訃報がやってくる。「これがトドメ」みたいなの、あんのかね？

大谷　ちょっと予想がつかないですね。

菊地　去年ＴＯＫＹＯ ＦＭから、ゴダールの特番へ出演依頼があったんだよ。ゴダールが死んで一、二週間しかたってないタイミングで。浅田（彰）さんと対談できるから出たけど、でも早くない？　亡くなって一、二週間って、ゴダールの喪がまだ全然明けてない時期に。スタッフが自死にばっかこだわってさ。シカトしたけど。

大谷　一年ぐらいは黙って喪に服して、その業績を考え直す期間をもうけるべきなんですけどね。

菊地　もっとも、われわれがコロナ禍で混乱してるだけで、統計を取ったら「実は昔と変わらず、有名人、文化人は一定の速度で死んでいた」って結果もあり得るけど……でも感覚的には、やっぱり昔より今の方が多いんだよ。

大谷　それは俺たちが年を取ったからってこともない？

菊地　いや違うと思うよ。世界的に連続してる現象だって。さっき否定したけど、まあ、「寿命」の感覚も変わったしね。

大谷　そうなのかな。じゃあ今度、『話せばわかるか』が出た八三年に死んだ文化人を調べときますね。

〈死〉はプライベートか？

菊地　オレはその昔、「いつかタモリも死ぬ日が来るのかな？」って男女が会話する原稿を「Quick Japan」に書いたことがあるのね。二人とも裸で、女子のほうが「私、そんな日が来るの信じられない。イメージできないよ」とか答えるんだけど。

大谷　それはいつ頃？

菊地　九〇年代。今でもビッグ3（ビートたけし、タモリ、明石家さんま）は健在だけど、仮にあの三人が、今の流れでたて続けに逝ったとしたら、日本はどうなるのかね？

大谷　そのタイミングは、いつなんだろうね。

菊地　まあでも、いつでもおかしくはないよね。そのときにみんなはどう反応するのか、気になるよ。オレはSNSをやらないから知らないけど、SNSが死に対して、どういう共有のしかたなのか？　わかるようなわかんないような。

大谷　今や誰が死んでも、すぐにみんなでSNSでRIP。野次馬的な報道番組をのんびりお茶飲みながら見るっている風習はなくなりましたね。

菊地　サブスクって、死をどうサブスクリプションしてんだ？　YouTuberは葬式の中継とかはしない？

大谷　あんま詳しくないけど、葬式のコンテンツはあんまないんじゃないかな。政府の公式的儀礼とかに関してはまた別だと思うけど、エンタメ番組としては。そこはかつてのテレビ業界とちょっと違う。

菊地　それは死に対する感覚が昔とは変わったってことかな？　あまりにも淡泊になったか、あるいはあまりにも恐ろしくなったか、両極が考えられそうだけど。もう一つ、死はプライベートの領域だと考えられてる可能性があるよね。その証拠に、結離婚《けつりこん》はみんなバンバン発表するじゃん。

大谷　結離婚って言い方いいね（笑）。

菊地　結離婚に関しては発表しなきゃダメだってことになってる。でも結離婚だってプライベートの領域だから、「すみません、黙ってたけど実は五年前にしてました」となっても不思議はない。でもそんなケースはまだ少ないでしょ。有名人の結離婚は、立派なコンテンツだ。ところが、「葬式はプライベートだからコンテンツにできない」という倫理が生じている気がするね。昔は全然そんなことなかった。

大谷　葬式こそパブリックだと思うけどね。人が死んだのを黙ってるのって難しいじゃないですか。黙ってるとまわりに迷惑かかるし。逆に結婚は、当事者の社会生活上は特に影響ないと言えば影響ないわけで。今、そのへんの感覚が変わったのかな。どう考えても葬式の方が一般的に話題にするもののように思うけど、パブリックとプライベートの感覚が変わってきたのかもしれない。

新型コロナ罹患の顚末

菊地　そういえばオレ、去年の夏もこの店で知り合いとウナギ食ったんだよ。なぜそれを覚えてるかというと、そのあとでコロナにかかったからなんだけど（笑）。

大谷　そうなの？　二人とも？

菊地　いやオレだけ。

大谷　実はワタシも去年コロナにかかりまして。去年の誕生日、六月二十九日に罹患。五十歳の最初の一週間をコロナの闘病で過ごしたんですよ。その前にツアーで関西に行ってて、淡路島の旅館で飲んで騒いでたら夜中にいきなり高熱が出て、測ったら三九度七分。時期が時期だったし「これは来たな」と。ツアーであと二カ所回る予定だったけど、キャンセルして、ここで現地の病院へ行くと隔離されて淡路島から出られないから、手をよく洗ってマスクを二重にして気配を消して、目を閉じて、「私はここにいません」って状態で新幹線に乗って（笑）、帰宅しました。

菊地　隔離されずにすんだんだ？

大谷　すんだ。家に帰ってから自主隔離。「とにかく一刻も早く横浜へ戻ろう。家に帰ればなんとかなる」と。あれは危なかった。

菊地　オレはコロナに罹患したのは去年の一回だけ。でもその前、最初の緊急事態宣言が出た頃、風邪で高熱が出たことがあったわけ。まだコロナが海の物とも山の物ともつかない頃に。「ひょっとして」と思って検査したんだけど、そのときの病院の対応がすごかったよねー。

病院へ着くとまず「裏手に回れ」。で、裏から入ったら、そこに電車のコンテナみたいなのが四つ置いてあって、そこに全員宇宙服みたいな完全防備の人たちが待ち構えてて。『カサンドラ・クロス』で見たことあるような格好の人（笑）。ひとつ目に入って自分の名前を書いたら、「消毒して次へ行ってください」。そこで問診されて、また「次へ」。そこで、宇宙服着た人に鼻の穴へ綿棒を突っ込まれた。要は病院の庭に設置された検査会場をぐるっと移動させられたの。

大谷　俺の場合は去年の六月だから、そのときよりはある程度体制は整ってたと思うんだけど、帰ると決めたときにすぐ奥さんに連絡してさ、「今日夕方に診てくれるって病院があれば探してほしい」と頼んだら、近所に診てくれる病院が見つかった。

さっそく連絡して時間指定したら、「絶対に表からは入ってこないように」と言う。病院に着いて連絡すると、まさに菊地さんが言った格好の人が出てきて、「裏手に回ってください」と指示する。これも同じ（笑）。裏手に回ると庭に小さなプレハブがあって、工事現場のトイレみたいに狭いやつが（笑）。そこに入ると、ビニールの仕切りの向こうから手が伸びてきて、症状を書かされた後、鼻から検査。「十分間お待ちください」と言われて待ってたら、「はい。陽性確定です」……という流れで。

菊地　検査のときの警戒感はすごかったよね。

大谷　「うつるから絶対入ってこないで！」って何度も念を押された。

菊地　さっき言った検査のときはオレ、陰性だったんだよ。陽性だったのは去年で、つまり大谷くんと一月違いだったことになるのかな、ウナギ食ってワインバーで飲んでるうちに「何かおかしい」と思ってるうちにパタッと倒れ（笑）。その顛末をメールマガジンに書いたら、数年ぶりにバズッたね（笑）。

大谷　「菊地成孔がコロナに罹患」って？

菊地　一応軽症ではあったけど症状がひどかったから、それを赤裸々に書いたわけ。「菊地成孔」関係ないんだ（笑）。コロナだけで大バズリ（笑）。痰で窒息して失神しそうになったとか（笑）。反響がすごかった。中でも驚いたのは、ワクチン推奨派とワクチン否定派、両方から応援メールが来たこと（笑）。どちらも「今回の文章を自分たちの論拠のサンプルとして使わせてほしい」って。

両方が「ワクチンキャリアを教えてください」と言うから、「五十九歳、男性、ファイザー・ファイザー・モデルナだと当該記事に出てます」「三回打って三回目のときだけ発熱。一回目と二回目は何もありませんでした」と伝えて、「文章はいくらでも使っていただいてかまいません」と返事したけど。なのにこの人たちって思想的には逆のはずでしょ。なのに両方とも「すごいいいサンプルだ」って言うのよ。

大谷　（笑）。それはどういうとこが？

菊地　推奨派は、「ワクチンを打ったおかげで、その年齢でコロナになっても死なずにすんだ」と言い、逆に反対派は、「その年齢で三回もワクチンを打つから重症化したんだ」と言う。両方とも自説を補強するサンプルとして語るんだよ（笑）。あのときはつくづく、「ネットの中に右派左派なんてないな」と思ったね。もともとないなとは思ってたけど、うっすら。

大谷　事実は同じなのに、結論が逆になっちゃうのね。結論が同じで事実が逆、ってのもありそう（笑）。

菊地　「嫌韓」だの「ネトウヨ」だの、「それに対する反発が」だの言ってる頃は、まだ思想上の衝突がストリートにさえ残ってたじゃん。ヘイト・スピーチャーとヘイト・ヘイト・スピーチャーがアスファルトの上でゴロゴロしてるの見てたぞ（笑）。それがここ最近は、脳的になりすぎて液状化しているのでは？

上島竜兵と有吉弘行

菊地　話を戻すと、坂本さんが亡くなったことに対して、「食らってます」って表明する人と「食らってないですよ」って態度の人と、両方いるよね。すげえよな。一種の踏み絵っていうかさ。

大谷　いるね。俺は食らった方。

菊地　そこで思い出したのが、去年上島竜兵さんが亡くなったときのこと。あのときは有吉（弘行）が「食らってますって態度は控えよう」って決めたと思うの。

大谷　そうなんだ。

菊地　うちの事務所は太田プロのある場所から近く

て、ベランダから社屋が見える。ある日、そこにものすごい人だかりができてたわけ。ベランダでタバコ吸ってたら、太田プロの前に大勢人が集まってて、「有吉が離婚でもしたかな」と思いながらテレビをつけたら、上島さんが亡くなってた。あの人、年齢的にはオレの一つ二つ上なのね。

大谷　たしか六十一歳だったよね。

菊地　年も近いし、「そうなのか」ってビックリして。太田プロはあのとき、「とにかく悲嘆に暮れない」対応をするシフトを組んだと思う。今っぽいよね。

知ってるかもしれないけど、『アメトーーク！』って番組でアメトーーク大賞というのがある。その年の芸能界に一番貢献した人を表彰する企画で、そのときの受賞者は有吉だったんだよ。表向きの受賞理由は「地上波全部の局で冠番組を持った快挙」なんだけども、客もスタッフも出演者も全員、「年の暮れだし、きっと上島さんのことに触れる」という空気になってて。

大谷　触れたの？

菊地　触れた。有吉が、「ついに解禁」という感じで、「今年は俺たち芸人にとって悲しいこともあったんですけど」って語りだした。オレはあれで有吉を尊敬し直したよ。もう煽る煽る。それがまたうまいのよ。ゲストだった広瀬アリスが泣いちゃうぐらい。「本当につらかったけど、でも俺たちは人を楽しませるのが仕事だから」って。で最後に、「というわけで、天国のジモンさんに」（笑）。

大谷　（笑）。

菊地　そこで全員がドーッと飛び出して終わる。あの一連の流れはまあ、書かれてたわけだけど、にしてもそこにいる全員が強く意思統一されてた。「有吉は男の中の男だな」と感心して見てたら、今度は出川が出てきて次の台本に移るというね。そこも完璧だった。

大谷　その後、出川のチューになるわけだ（笑）。

菊地　そう。オレはあれを見て、赤塚不二夫の葬式でのタモリさんの弔辞を思い出した。あの弔辞も台本じゃなくて白紙の勧進帳だったでしょ。どっちも虚実皮膜の名人芸というか。

大谷　あの弔辞こそテレビで見る葬式そのものだね。あれを有吉は『アメトーーク！』でやったと。

菊地　そういうこと。

大谷　普通の葬式ができない時期に、それをバラエティ番組の企画としてやった。

菊地　テレビの中でファンとのお別れの会をやった。

大谷　そこはテレビ芸人の真骨頂だね。素晴らしい。YouTuberが同じことをできるかといえば、できないでしょう。

菊地　うん。話が長くなったけど、要するにテレビとネットが死をどう扱うかって問題だよね。

大谷　テレビ、というか芸能界は、著名人をその死までコンテンツとして扱ってきた。露悪的に言うと「あの人が死んだな、どれどれ」って、一種ののぞき趣味的な興味の対象としてタレントを見てる。ネットは「業界」じゃないから、そこでの死の取り扱い方は当然変わってくる、と。YouTuberが、たとえば坂本龍一追悼をテーマにした動画を作る場合どういったものになるのか、まだ未知数ですね。

菊地　うん。でも、今は地下茎的に番組のフィールドが広く大きくなってるから、こちらが追いきれてないだけでどこかでもう、ハッキリした姿勢のものが作られているかもしれないけどね。

二周目に入る

菊地　今、ワードで、録画ができるテレビがあるのは知ってる？　たとえば「焼きソバ」と入れると、関連テキストにそのワードがある番組を全部録画する。

大谷　それは知らない。

菊地　俺は「菊地成孔」で登録して録画するために、事務所でそれを買った（笑）。もしそれに「坂本龍一」や「ＹＭＯ」ってワードを入れてれば、追悼番組があったのかどうかわかったんだけど。

大谷　俺の基本的な情報源は新聞なんですよ。神奈川新聞のラテ欄を見るのが朝の日課で、ＢＳの番組もそうやってチェックしてる。テレビより新聞で情報を得てる。

菊地　大谷くんが新聞を読んでいる人なら、オレはテレビに釘付けの人。地上波とBSの奴隷だよ。

大谷　世間の情報の頼りは新聞と「週刊文春」。要は紙。

菊地　すごいよねえ（笑）。何年か前、大谷くんが「これからは紙の連載を増やしたい」って言ったじゃない？　あれ聞いたときはさすが天才と思った。「そんなのどうやって増やせるの？」って。だって今、ウェブ連載の話しか来ないからね。

大谷　来ないね。

菊地　でしょ。ところがよくしたもので、自分から頼んだわけじゃないのに、六十になって、なぜか紙の仕事の依頼が続けてあったんだよ。

大谷　たしかファッション誌ですよね。

菊地　コスメ雑誌（笑）。まさかこの年になってコスメ雑誌に連載を持つとは思わなかった。

大谷　意表をつくよね。

菊地　さらに突如、「文學界」や「文藝春秋」から「金原（ひとみ）さんの新刊の書評を」とか、蓮實先生と筒井（康隆）先生の『笑犬楼vs.偽伯爵』の書評を」って依頼も届く。『笑犬楼vs.偽伯爵』については、恐れ多いから断ったけど。こないだなんてとうとう「人生を変えた五冊の本」ってテーマの依頼があったからね。そんなのとっくの昔にいくらでも書いてるのに。

大谷　ちなみにその書評、ワタシのとこに回ってきまして、ありがたく書かせていただきました（笑）。「五冊の本」とか、とっくに書いてるよね？　昔。

菊地　だからつまり、「還暦になるとは、とっくの昔に言ったことをもう一度言わされること」だと気がついたの。前と同じようなことを書いたのに、若い編集者が新鮮に驚いてくれるんだよ。「なるほど！」とか言って。

大谷　二周目に入ったわけね。

菊地　それが年寄りの使命だろ。それで言うと、『話せばわかるか』に登場するクリエイターは、みんなパリンパリンの二十代ばっかりじゃない？　その後、この人たちの人生にも栄枯盛衰がある。出産とか病気とかスキャンダルとか、いろいろ。でもこの本には、そういうあれこれが起きる前の姿が刻まれてる。要は一周目の人のきらめきがある。この歳で読み返してそう思った。

大谷　上がり調子の人の勢いがありますよね、『話せばわかるか』には。

菊地　トップクリエイターだけど、同時にまだ未熟。結離婚に関してガツガツになってないし、子育てに関してもガツガツしてない。ひとこと眩いよ（笑）

大谷　みんな若々しいよね。

菊地　こっちはそこをもう通り過ぎちゃったから。

大谷　二周目だから（笑）。

菊地　そう。それにしても、一度発言したことってドープなファンは覚えてるじゃん。だから語り継がれてある程度は知られてると思ってたけど、全然そんなことなかった（笑）。

大谷　一度広まった話はみんな覚えてる……と、こっちは思うよね。

菊地　ところが還暦になると、「その話、もう一回お願いします」（笑）。

情報の揮発性

大谷　ただそれは、年齢以上に時代の現象なのかも。今は情報の揮発性が高いから。昔は同じ話をする人って決まってたでしょ。たとえば戦争の話なら、「あのときいかに大変だったか」というエピソードを、戦争特集のたびに毎年呼ばれて披露する、そういう人がいた。でも今は違う。

菊地　オレはインターネット以後の著述家だから、紙の掲載誌しか読者が参照できない書き手ではないし、パニック障害のときもネットに日記を書いていた。それなのに、繰り返し「パニックになったときの話を」と言われることに軽い驚きがある。「デジタルタトゥー」って言葉があるけど、やっぱタトゥーは醜聞だけだ（笑）。年取ったら、面白い話は何回でもコスれんだと思って怖かったよ（笑）。いかにリサイクリングうまくやるかだよ。水木しげるみたいに。

大谷　一瞬だけ共有されて、その一瞬を共有しなかった人にはまったく届かないし、その次の一瞬が来るともうその前のは忘れちゃう。その繰り返し。そんな感じの流れが加速してますね。

菊地　『東京大学のアルバート・アイラー』（菊地・大谷の共著）なんて、今何周目なんだろうか。

大谷　あの本が出たのが……二〇〇五年か。その後文庫になったりもしたから、それなりに読み続けられてる気もするんだけど、電子版も出てるんでしたっけ？　菊地さんとはあの本の前からの付き合いだから、もう二十年以上一緒に仕事してて、で、最初の頃からの読者がいて、途中から入った人もいて、まさに今ここからの人もこれから出てくる……。そういった人がネットで検索して「菊地成孔はパニック障害だったらしい」と知って、また同じ話を訊きに来る、と。

菊地　その話は吉田豪さんにまとめてもらってるのにね（『サブカル・スーパースター鬱伝』二〇一二）。オレは『服は何故音楽を必要とするのか？』（二〇〇八）で、比較的早い時期にヒップホップとファッションを繋げて話してるんだけど。

大谷　パリコレでカニエ（・ウエスト）を見た話とかね。

菊地　その後、ヴァージル・アブローの仕事でその本で予見した事態が実現化するのね。で、さらにそのヴァージル・アブローも死んでしまって、カニエはあんなお騒がせな人になり（笑）、でも、そういった情報は世間には知識として積み重ならずにどんどん流れていく。

大谷　俺と菊地さんがコンビを組んで二十五年ぐらいたつけど、あらためて、これまでの時間の流れをどう感じてますか？　ここまでずっと、世の中の流れが途切れたり加速したりって話をしてきたけど、われわれについて言えば意外とまっすぐ流れてる印象なんですよ、個人的には。

菊地　オレも同じ。途中で切れたりせず、まっすぐ流れていると感じる。

大谷　付き合いが途切れずに続いてるからね。

菊地　定期的にDOMMUNEの放送もあるし。
大谷　それは大きいね。DOMMUNEって「FINAL MEDIA」を名乗ってるけど、感じるのは梨元（勝）イズムなんですよ。あれこそ俺にとってかつてのテレビのノリ、ワイドショーのノリなの。あと雑誌ね。「POPEYE」からゴシップ雑誌まで含めた、黄金時代の雑誌文化の楽しさがDOMMUNEにはあって、『2時のワイドショー』と『11PM』と「POPEYE」と、そこにさらにクラブ・カルチャーがくっついているとこに「連載」を持っているってのがわれわれのこの十年で。この連載のおかげでコンビが続いているとさえ言える。
菊地　あそこでしかできないことがあるからね。
大谷　うん。でも、まあ、ただそれだけじゃなくて、もっと大きな意味で、二〇〇〇年から二〇二三年まででわれわれの仕事はずっと時系列に沿ってまっすぐ進んできた気もしてるんですが、そう思いません？
菊地　それはオレたちの提起した問題が回収されてないからだよ。

大谷　そうか。そうだね、終わってないもんね。
菊地　終わってない。回収された感はゼロだね。

勲章はいらない

菊地　オレたちの最初の共著は『憂鬱と官能を教えた学校』だよね。
大谷　あれは二〇〇二年にやった講義の書籍化で、本になったのが二〇〇四年。
菊地　あれが出たとき、それはもう大変だったよね。
大谷　本当に（笑）。いろいろさまざま反応があった。大変なものだった。
菊地　オレたちはその後も狂ったようにずっと楽しげにやってるから、大変な目に遭ったと思われないんだけど（笑）。タフな奴じゃなきゃとっくに潰れてるよ。
大谷　クラシック側からは「こんなのアナリーゼじゃない」と言われ、ポップス側からは、「理論が必要とかウザい話すんなこのスノッブ野郎」と言われ……。
菊地　（笑）。とはいえ喜んだ人も多かったことはたしかでしょ。

大谷　でもねー、そういう人はあとからジワジワ現れた気がするけど、発表当初は「テーマがわからない」とか「記号化って何?」とか「ニューアカ・コンプレックスww」みたいな感想ばっかりだったでしょ。

菊地　でもあの本の後、エピゴーネンとは言わないけど、類書というか、クラシックの対位法や和声法と違う理論系がある、「ジャズやポップスにだけ存在する、コードネームを中心とした音楽理論がある」ってことを前提にした本が書かれ読まれるようになったと思う。コード&モード理論と「ポップス」を繋げる話ね。でも、まあ、どれもオレたちみたいなサブカル的な意匠の、たっぷり夾雑物《きょうざつぶつ》を含ませたりしないつくりで、真面目なんだよね。それでいいんだけど（笑）。昔のヤマハの教本みたいっていうか。だから『憂鬱と官能を教えた学校』がそういった本と一緒に並んでいるのは……。

大谷　「不真面目だ」ってね。衒学《げんがく》趣味だとかね。『えー、菊地です』……何だこのしゃべり言葉は?」とかね（笑）。真面目な人たちにずいぶん嫌がられた。

菊地　ていうか「一緒にされるとお互いまずいですよ」と思ってたけどね。こちらはこちらで、足りないところを補ったり、間違いを丁寧に修正したりとかしないで、つまり、重版のとき中身をアップデートして実用書として通用させる道を取らなかったわけで。それやっとけば、清潔な今の世に受け入れられたかもしれないけど、それをよしとしなかった（笑）。もうハッキリと症状だよねコレ（笑）。

大谷　あとがきに俺は「皆さまに楽しみと、それより一つか二つほど多い疑問符を」みたいに書いたんですが、間違ってる箇所をあえて直さずにそのままにしておいた、ということも含めて、あの本は音楽を真面目に追究したい人にとって夾雑物が多すぎる。「先生にちゃんと付きたい」「教える人はきちんとしていてほしい」という人たちの神経を逆撫でする本だったんじゃないかなーと。

菊地　オレたちは勲章怖い派だから（笑）。パイオニアと言われようが言われまいがかまわない。だからあのやり方で通した。今のマーケットに合わせるのは簡単だけど、そうしなかった。でも一方である扉をこじ開けちゃったことも間違いない。もうハッキリと症状だよねコレ（笑）。

叩かれないとやった気がしない

菊地　『憂鬱と官能』は楽理をもってポピュラー・ミュージックを語る本だった。「ポップ楽理として、この曲のこの部分に感動するのはこんな具合」と伝える本で、あれが出たときにはそれなりにインパクトを持って受けとめられたし、オレたちの考えが浸透したと思えたときも、そのちょっと後にはあって、でも、今それがまたひっくり返ってない？『関ジャム完全燃SHOW』（現・『EIGHT-JAM』）なんて見ると、あきらかに後退してるよね。最初はアナリーゼだったでしょアレ？

大谷　ポップソングを分析する番組やるなら、こっちに仕事振ってくれればいいのにね。あとさ、時々

テレビで音楽番組を見るんだけど、最近のヒット曲ってコード進行がブラック・ミュージック系というか、いわゆる「Two of Us進行」がメインで。いつの間に小室（哲哉）進行からネオソウル的な進行にトレンドが変わったのかなーって。

菊地　そうね。ガッコ行った若い人のポップス聴くと、コード進行がものすごくアクロバティックなわけ。ポップスでこんなの嫌だろってぐらい複雑なコード進行。それがサビになると結局「丸サ進行」になったりする。本当はあれはグルグル回すためにあるわけなんだけども（笑）。

大谷　グルグル回す手法の一つである、J-ラップ定番のパッフェルベル進行も下火ですよね。

菊地　なくなったね。パッフェルベルのカノンはなくなったと断言していい（笑）。中田ヤスタカさんとか、テクノ発の人々の殺し文句……４３２６。F↓E↓D↓Amとその変形パターン。あれはまだあるよね？

大谷　あるにはあるけど、かなり減ったんじゃない

かな。

菊地　アニソンにはあるんじゃない？　あれで転調。

大谷　アニソンはちょっと別枠に置いときましょう。アニソンのヒット曲はまだ小室進行が主流だけど、アレンジとしてものすごい情報量が突っ込んであって……一分でサビまで行くあいだに複数要素が突っ込んであって、そのせわしなさは物凄いとは言える。アニソン&ドラマ主題歌と普通の「ヒット曲」がシームレス化しているのも昨今の特徴ですが。

菊地　一方で今、CoSoというソフトが登場してて。

大谷　コソ？

菊地　うん。キーを入力すると、定番のコード進行が山ほど出てくる。しかも二重レイヤーぐらいのトラックに、ベース・ラインに、そういった楽曲の基本要素が全部が揃って生成されて出てくる。そういうソフトがあるわけ。新音楽制作工房で試しに使ってみたら、みんな「怖い」って（笑）。「ちゃんと出来すぎる」って。CoSoは一種の人工知能みたいなソフトだから。

大谷　そんなにすごいの？

菊地　ミックスもできるからね。その上に、ChatGPTのおかげでもうすぐAI搭載のヴォーカルソフトのラップ版まで出る。

大谷　ラップ版というと？

菊地　要するに、サンプリングじゃなくて歌からラップから声が生成できるAI。ドラマーは今、機械で代用できるじゃない？　だから、いてもいなくてもいい。それがAIの登場で、とうとうヴォーカリストやラッパーまでいてもいなくてもいいことになる。機械の方が人間よりもピッチ良いんだから。悪くもできるし（笑）。

こないだQ/N/Kのライブで小倉に行ったときの話なんだけど、小倉って九〇年代で時が止まってるような街で、小箱で二十時から朝六時までのパーティーとか普通にやってるの。タバコの煙の中でみんな踊り倒しててさ。そこにヒップホップのクルーが、自分たち含め十五、六組出たわけ。

大谷　そんなにたくさん出たんだ。

菊地　そうなんだけど、そこに生のラッパーは三人しかいなかった。
大谷　え、どういうこと？
菊地　ラップは生じゃないんだよ。今、著作権フリーでいろんなラッパーがネットに声を公開していて、それを使ってた。アカペラの声をビートメーカーとMCが繋げてて。要はラッパーがいない状態でライブしてるの。
大谷　自分たちのトラックに、ネットで拾ってきたラップ音源を重ねてライブするってことね。ラップだけNASの声を使って、「このビートにこれ乗せたか！」みたいな。
菊地　そう。「この若さでネイティブ・タン系なの？」とかね。「ヌープじゃん」と思って見ると、ステージには小倉のクルーがいる（笑）。昔「XXL」には、その年のブライテスト・ホープがアカペラで七、八人でサイファするCDが付いていたんで、よくDJで使ったけど、そんなのももういらないの。ネット空間に嫌になるほど音源が落ちてるから。で、

データは生のラッパーと違ってトチらないし、かまないし、便利なんだ。生身のQNは出番前に酔っ払ってライブでトチったりする（笑）。オレなんかリリック覚えてないし（笑）。それが人間くさくていいんだけどね。
大谷　なるほど、初音ミクが歌うみたいにTOKONA-Xのラップが入ったりするとか。いいじゃないですか。
菊地　初音ミクは姿形があるぶん旧世代で、AIになるとサンプリングじゃなくて生成してるから、体はもうないわけよ。そこからさらに情報喰わせて発音の癖をつけさせるとか、いろんな展開がこれから多分ある。てか実はDCPRGでボーカロイドにラップさせたのが一番早かったんだよ。この路線では。
大谷　『Catch22 feat. Jazz Dommunisters &兎眠りおん』。「ラッパーやらせてみようよ、調教って言うらしいぜ」とか、やったねー。
菊地　あのときもひどいもんだった（笑）。
大谷　もうひどかった（笑）。

菊地　ねえ……とかいう話をしててふと気づいたけど、オレたちが二十数年、時間が平和にまっすぐ流れてるように感じるわけは、「叩かれたら嫌だ」とか「守るものが増えた」という発想がないからじゃない？　守備体制だと、破られたときに時が曲がるからな。ていうかオレたちなんてむしろ叩かれないと……。

大谷　やった気がしない（笑）。

菊地　（笑）。唯一、ラジオの『粋な夜電波』はウェルメイドな作りで、だから全然叩かれなかった。安心して聴けるコンテンツだから番組は八年間続いたけど、誰にも叩かれなかった。

大谷　褒められるばっかりだったでしょ。

菊地　そうなんだよ。やっぱり大企業のコンテンツだと思ったね。好きにやらせてくれるんだけど、コッチのエリを正されるというか。

大谷　それに比べたら『水曜WANTED!』（二〇〇五〜二〇〇六年に菊地・大谷が出演したラジオ番組）はひどかった（笑）。

菊地　ひどかったけど、それがよかったんだよ。全然関係ないことで叩いてくる人まで登場したり。いまだアニソン・ファンがよく知らないまま絡んできたり（笑）。

大谷　あの番組さ、俺は最初名前も出てなかったんだよね。構成作家でもなくて、「なんとなく横にいる人」という扱いで。そこからずっと勝手に毎回出てるうちにクレジットにも入るようになった（笑）。

考えてみれば、よくあんなこと通ったよね。

菊地　無法地帯でしょ。DOMMUNEで宇川（直宏）くんがオレたちに求めてるのは、きっと『WANTED!』なんだろうね。とにかくオレは「叩かれないとやった気がしない」という人間がもっと世の中に増えていいと思うよ。

藝大ブームとは何か

菊地　あれはどう思う？　ポップスにおける昨今の東京藝大ブーム。あれは坂本龍一さんオリジンでしょ。

大谷　そこを直結してると考えるのは俺たちだけだよ（笑）。

菊地　そうなのかな？　それ、ジャズ目線すぎない？

大谷　藝大ブームよりまず先に、音大にジャズ科ができた話から始めた方がよくないですか？　二〇〇〇年代になって、あちこちの音楽大学にジャズ科やポピュラー音楽学科ができた。坪口（昌恭）さんが尚美（学園大学）に呼ばれたとか、洗足（学園音楽大学）がかなり儲かってるらしいとか。洗足は敷地内に毎年新しい建物が建ってるくらいで、で、そこの偉い人が風水に凝ってるせいで、建物に色の名前が付けてる。「シルバーマウンテン」とか。新しいホールの名前は「ブラックホール」だとか。それだと音鳴らなくないですか？

菊地　（笑）。嫌な面白さだよ。

大谷　それはまあいいとして、今までの音楽教育って基本はクラシックだったわけでしょ。でもそれはすごく狭い世界だから、どう考えても卒業しても先がない。ジャズやポピュラーを学ぶのは基本専門学校で、そういう学校はスタジオやインペグ業者と繋がってるから、優秀な人は一昔前はそっちから現場に入るんだけど……。

菊地　たとえばニーノ・ロータとか（アントニオ・カルロス・）ジョビンのように、「自分はクラシックの人間だ」と主張する人たちが以前からいたよね。「自分の音楽はポピュラー・ミュージックではない」と言い張る人たちが。その流れを受けてついに、あのジュリアード音楽院にも二〇一一年にジャズ科ができた。日本の音楽大学にポピュラー・ジャズ科が生まれ始めたのも同じ流れだと思う。でもジャズ目線よりもずっと強く、単に「坂本龍一の後輩」として位置づけされてしまう悪しき一般化があるでしょ。King Gnu の人たちって作曲科じゃなくて、声楽科と弦楽科なんだよ。だから正確には坂本さんの後輩ではなくて、でもあそこまで売れたことによって、学部もなんもなく、ストリートよりエリートっていう価値観がマーケットにあることを示したよね。

大谷　あと石若（駿）くんとかも芸大の打楽器科ですかね。別に行く必要とかないなくらい最初から上手かったけど。

菊地　それより、ＹＭＯの強度からするとあの人、ジャズもポップスもクラシックもやる怪物だから、別でしょ（笑）。坂本龍一、渋谷慶一郎、小田朋美さんという系譜がある。こちらは作曲科出身でポピュラー・ミュージック実演もできる人たちの系譜。作風はそれぞれ、似てたり似てなかったりだけど。その坂本／渋谷／小田の系譜と打楽器科や弦楽科出身の人たちって本来は違う流れで、それを一緒くたにして「藝大でクラシックを学んだ人がポピュラー・ミュージック界で大活躍」という構図。これが今の藝大ブームだと思う。学閥って面白いんだよ絶対。

大谷　「音楽大学を出てポップス畑で活躍」という人が最近目立つのは、単純に「ポピュラー音楽学科」っていうのが大学の専攻にできたからだと思うんですよね。大学出たっていう資格も取れて、で、さらに、現場とも繋がりがあるっている利点がある。これまで藝大生が学校出ても仕事がなかったのは、現場で活躍している師匠に習ってるわけじゃないってことだと思う。たとえば作曲家が先生である「作曲科」に入って勉強しても、そこを修めてから入れる現場は超限られているわけですよね。テレビの音楽制作のような裏方に回れれば御の字くらいで。こしばらくの「ポップス」における藝大閥の活躍は、わりとシンプルに「四年制大学の中でポップスが専攻できるようになった」的なことなんじゃないですかね。

菊地　それやっぱジャズ目線すぎない？（笑）　ＹＭＯのことも考えないと（笑）。まあ、ジャズとＹＭＯの間でグラグラでいいんだけど（笑）。ただオレは国立じゃない大学がポップス科を持つのはハイプだと思ってる。別に否定してるんじゃなくて、ハイプはハイプでいいんだよ。ハイプとしての力はある。だけど、オーセンティシズムはやっぱ東京藝大卒じゃないと（笑）。ポップスにそういったハイ・クラスの香りが振りかかっているのがウケるっていうのが、現在のある種の傾向なんだと思う。ストリートよりエリートね。ヒップホップまであと数キロメートルだよ。

文武両道の人

菊地　坂本さんってあだ名は教授だったけど、よくよく考えれば……。

大谷　あのあだ名は、ポップス側から考えれば、最初の頃はほとんど蔑称に近いんじゃない？　少なくとも当初はそういうニュアンスがあったと思う。

菊地　「ガリ勉くん」とか「ハカセくん」と言われてるのと一緒なわけだ。

大谷　「面倒くさいんだよね、あの人」「しょうがないよ、東京藝大作曲科卒だもん」みたいな。それがポップス業界の中で見事に「キョージュ」というキャラに着地したという。

菊地　あの人は他の藝大出の音楽家を超えてたと思う。人間的にも楽理的にも。藝大出の人たちの基本にあるのは対位法だよね。バークリー・オリジンの、ジャズ／ファンク／フュージョン系の縦に積むコードネームの考え方じゃなくて、横に流れる対位法。みんな耳がいいから、どんなジャンルの曲でも対位

法の耳を使って勘でテンションとか弾けちゃうんでコードネームに関しては半分わかってない。前のコードから次のコードに渡るとき、オレたちが「オルタード」と呼ぶオルタナティブについても、「対位法の中に収まるから」で作曲科の人はいけちゃうんだよね。包括関係で処理してる。

　でも坂本さんはコードネームもイケて、つまりクラシックとポピュラー縦横どちらもいけるタテヨコ左右文武両道の人だったんだ。グルーヴもすげえし。あの人を理解するにはそこが不可欠だよね。大谷くんはNHKの『schola』で共演してたけど、あんときはどんな感じだった？

大谷　『schola』のVol.0か1がクラシックでバッハ。その次がジャズで、そこで俺に声がかかったんですよ。ちなみにバッハのときの相方が浅田彰さん。坂本さんは「山下（洋輔）さんと大谷さんにすべてお任せします」って。あと音楽的な構造よりは歴史の話をしてほしいとも言われた。で、最後にセッションしたいと。なんだけど収録日の関係で、そ

の日の夕方からワタシ早稲田大学でレクチャーの仕事が決まっていて、あとドラムとベースもいるということで、そのとき一番いいなあと思っていた田中邦和さんのトリオに来てもらって、邦和さんたちと坂本さんと山下さんで演奏してもらった。現場離れるときに、「あっちの仕事トバして一緒にこっちで吹けばいいじゃん」とか坂本さんに耳打ちされたんですが（笑）。共演はその後、NHKのFMラジオのときに一緒に演奏しましたね。

菊地　それ同じ番組だよね（笑）。オレもやった。さっき話に出た「藝大卒でポップス畑でも名が売れている人」のうち、坂本、渋谷、小田とは一緒に演奏してる。その三人全員とサックスのデュオをやったことがある。グランドスラマーだよ（笑）。

大谷　（笑）。ラジオのときは完全即興だったけど、『schola』でソロで「マイ・フーリッシュ・ハート」を演奏するってときには、ビル・エヴァンスの演奏を全部一回譜面に取ってましたね。音源から。で、コードネーム入れて、「これで合ってるかな？」とか。シート（コード・ネームとメロディーだけが書かれた譜面）使わないんだーってそのとき思った。

菊地　グランドスラマーから見ると、その一角だけはまったく同じだよね。エヴァンス病。昭和からあった。渋谷さんと一緒になったときの話で、曲も一緒でビル・エヴァンスの「マイ・フーリッシュ・ハート」なんだけど（笑）、演奏するってなって、イントロが出てキーがAだったのね。「テナーなんだからB♭にしてくれないかな」とか思いながらプレーして。渋谷さんの演奏は美しいんだ。美しいんだけど、どうもどこかで聴いたことがある。不思議に思って後ろに回ってそっと見たら、ビル・エヴァンスのコピー譜を弾いていた（笑）。小田さんはエヴァンス病患ってなかったけど。

藤井風は矢野顕子である

大谷　このあいだテレビをつけたら藤井風くんが出てたんですよ。フェスのトリ（かな？）でピアノ弾き語りをしてて。そしたら、一曲目がいきなりカネコアヤノのカバーで、その次がVaundyのカバー。

つまり、たぶんそのフェスに出た人たちの曲をどんどんカバーして歌って、結局番組内では自分の曲やらないで終わった。すごいことするなーと思いながら見ていて、「これ矢野顕子じゃん」ってハッと思いました。

菊地　同感。

大谷　つまり「藤井風は矢野顕子である」と。二人とも宗教との関わりが色濃いですし……それはいいとして、逆に言えば「YMOには藤井風がいた」ってことで（笑）、サポートピアニストとして藤井風がいたのがYMOだと思えば「そりゃ売れるわ」と思った。

菊地　藤井風くんって音高じゃなくて一般高出身なんだけど、学校に音楽学部があったらしい。そこで習ったっていうね。矢野顕子は最初、ジャズピアニストとして登場したけど、実際にどのぐらいジャズの人だったのかはよくわからないんだけども、まあ、大雑把にポップスの人間ということで、クラシック→藝大の基本が対位法だとすれば、この二人は完全

にコード・シンボル的な発想で捉えてる。自覚は別として。この二人のリハーモナイズって、二十世紀におけるジャズ理論の分析対象としてものすごく参考になるというか、ポップスにおける和声の展開を解説するのに格好の素材で。

大谷　そうね。弾き語り用にコードを折り畳んでブロック・コードとして繋げてゆくやり方とか……。

菊地　つまり、ブロック・コードを上手く繋げれば対位法になるっていう、それは『憂鬱と官能』の最初に書いた話なんだけど、結局テレコじゃん。対位法とかブロック・レコーディングはさ。藤井風くんは知ってる曲をさ、テイラー・スウィフトから椎名林檎からモーニング娘。までいろんな曲をやるけど、全部それを「two of us」進行の変形として処理するのね。トニックに戻らないまま、擬似トニックとしての4thを中心にして進めてゆくっていうやり方で、デビュー曲の「何なんw」から一貫してる。

大谷　まあ、ニュー・ソウル以降のサウンドにおける定番をどこまで拡張できるか、という試みでもあ

りますな。

菊地　そっち定番で、そしてカノンが殺されたというのが現状なわけだ。もうカノンの復権待ちだよね。自分でカノンの曲作ろうかな（笑）。

大谷　カノンと対位法の復権。あのー、都倉俊一《とくらしゅんいち》の曲ってクラシックからのアダプトが多いじゃない？　今の文化庁長官ですが（笑）、ピンク・レディーの曲とかその当時はパッチワーク的な複雑さが入ってるサウンドに聞こえたと思うんだよね。そんな感じを今受けるのはOfficial髭男dismなんですが。

菊地　いやー、本当に失礼な話なんだけど、曲聴いたことないんですよ。音楽学校系？

大谷　大学（島根大学）の軽音楽部出身ということなんですが、いわゆるバークリー・メソッドのディグリー5レヴェルの転調を次々と挟んで曲を展開させてゆく。そしてそれが結果、広瀬香美の曲に似てくるという不思議（笑）。あとYOASOBIとか、Adoちゃんもそうなんですけど、打ち込み系の楽曲はとにかく情報量がメチャ多い。展開が多くてブレスの位置も多い。複雑な曲をテクニカルに乗り切るのが最近の流行りですね。

菊地　ああいう人たちってどこで作曲を学ぶんだろうね？　今はYouTubeでも曲の作り方が出てくるから、ネットでも勉強はできる。となると、音楽を学ぶ場合でも学校は必要なくなるのか、でも学校の肩書は必要なのか。この問題にはたぶん終わりがなくて、今後もこの両方が表になったり裏になったりして続いていくとして、今はその何回目かのターンの時期で、かつては「ポップスはアナリーゼに値しない」と言われた時代があり、それがオレたちの『憂鬱と官能』の登場からちょっと変わった。変わったけど、もう一回「やっぱりアナリーゼしなくていい」という時代に戻るのか、逆にもっともっとやらなきゃいけなくなるのか。どっちだと思う？　オレは若い音楽家をそんなに見てないから、はっきりわからないけど。

大谷　こちらの感触としてはですね、今は全員アナリーゼしてますね。音楽理論は、ネットでの自宅学習およびピアノロール的なDAW（Digital Audio Workstation）の普及で、それこそもう前提になってるのが現在の二十代の世代なんじゃないかなと。その作業をやらない人はたぶん、音楽に来ていない。もっと広い意味でのアートのジャンルに、たとえば舞台芸術なんかへ行ってますね。

菊地　そうか。オレ、アートって言われてもアート引越センターしかわかんないから。

大谷　（笑）。でもアートの世界でも、今は理論化したい時期なんじゃないかなーというのは感じます。演劇、ダンス、絵画、パフォーミング・アーツ……それに詩とか小説とかも含めて、機材のスペック理解と同じリージョンで楽理使ってるんじゃないか。作るための理論、作ったものを展開させてゆくための理論が今全般的に必要だし、求められているんじゃないかなと。『憂鬱と官能』あたりではそんな感じはゼロだったわけで、こっちが勝手にやってウザがられてたわけだけど（笑）。

菊地・大谷スクーラーの登場

菊地　『黒人音楽史　奇想の宇宙』の後藤護《まもる》くんって知ってる？　最近対談したんだよ。

大谷　知ってますよ。その対談は何かのイベントで？

菊地　本の出版記念。あの本をオレがどう読んだかを著者と語るイベント。そこで彼は「自分はブッキッシュな人間でフィジカルがない。そういう人間としてブラックミュージックを書くんだ」と明言してた。面白いけど、今そういう試みをすると叩かれるのか、あるいは無風なのか。どうなのかな？

大谷　音楽側からは無風かもね。話が通じないと思う。文学側は盛り上がっているんじゃないでしょうか？

菊地　音楽プロパーとはかみ合わないかな？

大谷　たぶん。ところであの人、澁澤龍彥みたいな風貌してるよね。

菊地　そうそう、澁澤龍彥のコスプレしてた（笑）。

大谷　あれはコスプレなのか（笑）。師匠が高山宏さんで、彼は高山さんに学んだマニエリスム的手法を黒人音楽に適用したわけで、これは大発明・大発想だと思う。
菊地　でかい発想だよね。今までバスキア以外に黒人が入る余地がなかった美術史に、黒人音楽を突っ込むんだんだから。
大谷　ゴスの概念を黒人にぶつけるのは斬新だったし、ホント『黒人音楽史』は面白かった。ブルースの歌詞の話とか。
菊地　マニエリスムとゴスとロココとね。イスの話とか。
大谷　二十世紀の美術史でよく言及されるキュビスム、マテリアリズム、ミニマリズムあたりをごそっと抜いて、マニエリスムの世界を参照する。大胆な試みだけど、ブラック・ミュージック・ファンは横目で見てる感じがあるかも。戸惑ってる。
菊地　そうかもね。本、ムズカシすぎるしな単純に。
大谷　でも後藤くんは、彼らと喧嘩したいわけじゃないし、ただ「自分はこれでやっていきます」というだけの話だよねたぶん。これは今の三十歳ぐらいの人の特徴だと思うけど、炎上狙いとかではなく、たんに「これとこれを結びつけたら面白い」という発想を得たら、後はもう粛々と仕事をするというか……われわれのように「叩かれないとやった気がしない」ということではなく（笑）、世間に叩かれようとか挑発しようって意図はなくて、これが自分の個性だし好きな世界だ！っていう率直な熱量の高さが文章に込められていて読んでいて楽しいですよね。ああいうケレン味のある書き手はもっともっと出てきてほしいですね。
菊地　そうね。リップサービスかもしれないけど、「自分は菊地・大谷のスクーラーだ」と言ってたし。
大谷　実は二〇一八年に『平岡正明論』を出したとき、ぼくも後藤くんと、あと吉田雅史《まさし》くんとで鼎談したことがあるんですよ。
菊地　ゲンロンの吉田くんね。
大谷　平岡ゆかりの野毛《のげ》に集合して、その場では楽しくしゃべって盛り上がった……と思ってたら、上がってきた原稿を読んだら後藤くんがめちゃくちゃ俺への文句を書き足してるの（笑）。鼎談《ていだん》ではさ、俺がいわばマテリアリスト側の人間として、「平岡が言及してない話題は触れなかった」とか「〈想像力の爆発〉みたいな方法論には興味ない」って語ってる箇所があって、でもそれは、一冊の本の内容として、手を広げたらキリがないからここではやらないってだけなんですよ。ところが後藤くんはその言葉で自分の方向性が否定されたと思ったのか、原稿に「それはこういうことだと思うんです」とか「平岡を語るに当たって必要なのは」みたいなことが書き足されてあって、それ現場で言ってよ〜みたいな（笑）。気分悪くしたんだったら申し訳ないけど、その場でその話してくれたらむしろもっとグルーヴィに話できたのになーって。書き足すのは全然アリでまったく問題ないんですけど、その後もなんとなく、まあ気のせいかもしれないけど避けられている感じもするんで、この場を借りて「読んでるよ！」「よかったら今度またなんか一緒にやろう！」とアピールさせてください（笑）。

「えせアスペ」の時代

菊地　オレはこれからのトレンド何ですかね？って訊かれたら「えせアスペ」だと思う。

大谷　「えせアスペ」（笑）。

菊地　昔の「えせ同和」みたいに、アスペルガーを偽称する連中がこれから出てくると思う。アスペルガーを免罪符にして、「あなたが話してるとき、こちらはボンヤリしたり、突然話を中断したり、自分の話が止まらなくなったりするけど、勘弁してください」と。そういう人間をオレは未来の主流派としてだが「えせアスペ」と名づけたい（笑）。これからはコミュ障の合法化が進む。ＡＩの進化で人間が心置きなくコミュニケーションができるのはＡＩだけになり、「人間同士がしゃべってかみ合わないのは当たり前」という前提になる。そうなると、話がうまくかみ合うこと自体が奇跡的、スムーズな会話はほとんど魔術、みたいな扱いにきっとなるね。

大谷　（笑）。「わかるわかる」と答えると「なんでわかるんですか⁉」と返されちゃうとか。

菊地　「人間同士がしゃべってるのに」って。
大谷　まさに「話せばわかるか」（笑）。
菊地　もちろん人間同士の会話がなくなることはないよ。潔癖症が増えてソープランドに行く人が減ったと言うけど、ソープもキャバクラも今も普通にあるし、「いいリズムボックスができたらドラマーは消える」と言われたけどドラマーは一人も消えてない。ただ、たとえばタクシーの運転手のようなサービス業は、チャットＡＩを参考に話すようになるだろうね。
大谷　円滑なコミュニケーションの方法をＡＩで学ぶってことで？
菊地　うん。さらに進むと、個々人が自分の話をＡＩにディープラーニングさせて、そのＡＩとチャットしたりしゃべったりするのが一般化する。自分と対話するんだから絶対揉めないし、楽でしょ。そのかわり、人としゃべる局面では揉めるのが前提になる。で、「それでもしゃべりたいからしゃべろうよ」となる。つまり他人と会話するハードルがすごく高くなる。
大谷　そこで誰もが、とりあえず「俺、アスペだから」とか「ぼく、軽いＡＤＨＤなんです」と言い出す、と。アスペルガーやＡＤＨＤがめちゃくちゃカジュアルになるわけね。
菊地　そっちが普通になる。問題はそうなったとき、恋愛とセックスがどうなるのかだよね。オレ、友だちが一人マッチングアプリで出会った相手と結婚してるんだよ。そのへんがどう変わるのか、興味がある。オレ自身はマッチングアプリって見たことないんだけど。
大谷　相当流行ってるらしいですね。われわれの想像のたぶん倍ぐらいは流行ってる。
菊地　いや五倍ぐらいは流行ってるね。話が逸れてきたけど、だからこれはつまり……。
大谷　コミュニケーションの話ね。俺たちと下の世代で一番変わったのはそこかもしれない。三十歳ぐらいの人たちのしゃべり方を思い起こすと、今の菊地さんの話はよくわかる。人としゃべるよりもネットが先に来る人たちというか。生身の相手よりネットに書き込む感覚が先にあるように見える。ネットに向かうときって目の前に人がいないぶん、頭の中だけで考えるじゃない？　しゃべり方にそれが出てる気がする。

菊地　若者しゃべりって全部それな。

大谷　そのせいか彼らは人との会話が少しうまくいくと、すごくいいコミュニケーションができた気になる。でも人の話をたぶん、あんまり聞いてないいんですよ。聞いてないということはないか。なにか、直接のやりとりじゃなくて、どこかを媒介して言葉づかいをチューニングしてるというか。

菊地　うん。これでAIとチャットする心地よさを覚えたら、その傾向はさらに進むね。人としゃべること自体がそもそも億劫になる。たとえば、音楽でも一度打ち込みの便利さを覚えると、バンドを組織する面倒くささがグッとのしかかってくるけど、人との会話もそれと同じようになっていくと思う。キスぐらいの重さっつうか。

不発弾を掘り起こす

菊地　『憂鬱と官能』ですでに、「音楽を記号化して捉えること」が「MIDI」まで繋がっていて、それがいわゆる「会話」的なノイズに塗《まみ》れた現実の音楽から、一人でなんでも出来る打ち込みの音楽へのきっかけになってる、みたいな話をしているわけですよ。今それがようやっと現実的にピンとくる話になってきている……かどうかはわからないけど（笑）、オレたちがここまでいろいろな本や音楽に仕掛けてきた爆弾が、これからいつ起爆するのかはわからない。多くの不発弾がそうであるように、先にガスが漏れて結局爆発せず腐食していく雰囲気もある（笑）。でも『アフロ・ディズニー』なんかは、「パリモードとヒップホップは融合する」……とか、今の人たちにもわかりやすい話が入ってるから、この先起爆する可能性は十分あると思う。

大谷　自分たちで自分たちの「不発弾を掘り起こす」っていう仕事もこれからちゃんとやった方がいいかもね。二人とも作品はたくさんあるから、「これはこういうものだったんです」と今の人たちに伝える方が親切だろうし。

菊地　本人たちによる本人たちの副読本ね。

大谷　副読本を作った方が読みやすくなるし、俺は今の状況にちょっと訂正を入れたい思いがあるの。

菊地　いや、すげえわかるよ。

大谷　昔は「プログレとフリージャズはほぼ一緒」みたいな時代もあって、たとえばまだDCPRGのことを「エレクトリック・マイルスのコピーバンド」だと思っている人もいる（笑）。「マイルスはジャズの帝王」っていう巷間に流布する定説に対して、「あいつ、背小っちゃいんだよ」とか「ミュートの表現がうまくなったのは、声がガラガラになったとほぼ同じタイミング」とか別の語り方を提示したのが『M／D』で、この「別の文脈の提示」っていう作業はホント、語られない部分ではあるんですよね。うまくいったら後世にとっては「普通」になるし、失敗したらしたで無視される（笑）。マイルスって二十年前は今とは別の存在感で存在してたんですよ、

ってことを忘れさせた後に思い出させるとか。二度手間（笑）。

菊地　今の状況に話を繋げると、要は『Jazz The New Chapter』とウチらの『M／D』がどのぐらいの距離感にあるのかってことだよね。今、『Jazz The New Chapter』って力があるから。シリーズ監修の柳樂《なぎら》（光隆）くんは、中山（康樹）スクーラーだからね。英語で来日アーティストにインタビューできる既得権デカいよなまだ。

大谷　直接師事してたわけじゃないけどね。英語もほどほどみたいだし。そもそも『Jazz The New Chapter』は版元が「クロスビート」のシンコーミュージックですから、全体としてはロック側からのアプローチなわけ。あと柳樂君はジャズやソウルをヒップホップのネタとして知って聴き始めた世代なんですよ。クラブ世代というか、フリー・ソウル、レア・グルーヴ的な感性がスタート地点にある。

菊地　それは野田（努）くんが話してたことだよね。「ジャズはファンタジー。イギリス人にとっては特

にそうだった」という説。『Jazz The New Chapter』の世代は一種のファンタジーとしてジャズに入ったと。

大谷　デ・ラ・ソウルやア・トライブ・コールド・クエストがサンプリングネタとして使った曲からジャズを聴き始めている。その入り方だと、一番メジャーなミュージシャンがホレス・シルヴァーやロイ・エアーズだったりする。彼らとマイルスとが同じ距離感にあって、これはわれわれの史観とはずいぶん違うでしょう。

菊地　全然違うね。

大谷　『Jazz The New Chapter』のジャズ観はそこから来ている。彼らと俺たちは世代が違ってて、今は『Jazz The New Chapter』の世代が中心だから、今の四十代以下の人たちにとって「ジャズといえばこっちでしょ」ということになっていると思う。

菊地　オレたちはその前の世代だからね。柳樂くんは「スイングジャーナル」の公儀介錯人として前世代をちゃんと看取ったよね。

大谷　それは「ジャズランド」じゃできなかった。「ジャズライフ」でもできなかった（笑）。

菊地　かつて、それらが並び立つ平行四辺形の時代があったというね。「ジャズライフが平行四辺形だった時代」（笑）。今思えば、『官能と憂鬱』や『東大アイラー』の講義をやった時期は、潮目が変わるタイミングだった。当時から今にいたるジャズのイメージの更新については、もっと考えてもいいんじゃないかな。

字幕が必要なカルチャー

菊地　今日話すつもりだったことの一つに、『幕末太陽傳《でん》』の話があるんだ。最近くり返し観てんだよね。都合により。それで何の話かと言うと、ほんの一例だとしてもだ、今あの映画を字幕なしで観ても、ほとんどの人が理解できないってこと。歌舞伎と同じで字幕なしだと何と発声してるか、現代人にはもう聞き取れないわけよ。

大谷　廓《くるわ》の世界の言葉だからね。でも、フランキー堺は違うんじゃない？

菊地　それでも半分ぐらいしか現代語じゃない。
大谷　（石原）裕次郎は現代語なんだっけ？
菊地　そう。裕次郎は太陽族だからスラングとしての現代語をしゃべっていて、あとは全部歌舞伎と落語の言葉。それが『幕末太陽傳』。「太陽族」の裕次郎だけは現代語で「俺はやるぜ」とか言うけど、あとは落語と歌舞伎で、ただしフランキー堺は両義的な存在で、どちらの人間とも話ができる。多重語なんだ。そういう構造の映画で、今までそれを指摘した評論家はいないと思う。
大谷　なるほど。卓見ですね。
菊地　あの映画で何がつらいかというと、女性がつらい。なぜかというと、女のしゃべり方がないから。
大谷　ああ、女形の演技とも違うしね。男が演じる女性しか歌舞伎と落語にはないわけだから……。
菊地　落語と歌舞伎しか参照できるものがないから、女優も女形の真似するしかない。川島雄三のアイデアで左幸子と南田洋子が劇中でキャットファイトしたりして奮闘するけど、セリフの据わりがどうしても悪いんだよ。そういう理由で、一九五〇年代の作品である『幕末太陽傳』は、字幕なしで観ると何を話しているかわからない映画になってしまった。字幕って最初は聾啞《ろうあ》の人のためのサービスだった。芝居のト書きみたいに、「雨の音」とか「不穏なオルガン」と字幕で説明したわけ。ところが今現在、ほとんどすべての人にとって、前近代の言葉を使う日本映画には字幕が必須になった。時代劇じゃなくサラリーマン物でも、もう六〇年代初期は無理。
大谷　つまりわれわれの本も同じように……。
菊地　そう。今の若者にいきなり『Ｍ／Ｄ』を読ませて理解しろと言っても無理だろうね。
大谷　今回の本は、だから自作へのガイドでもあるということだね。自分たちで副音声及び字幕まで付けようという（笑）。
菊地　字幕が必要なカルチャーを作った、ということでもあるけどね。

退行の時代？

大谷　今日は坂本さんをめぐる話が中心になっちゃ

ったね。でも仕方がない。とにかく、昨今の著名人が次々亡くなるスピードには呆然とするよね。去年なんて安倍晋三が死んだんだから。

菊地　本当、まあ、アレは宗教と自民党のアレコレとかより、少々『タクシードライバー』のトラヴィス型だと思うけど。元首相が暗殺されるんだからね。『話せばわかるか』の時代からはるか遠くに来てしまった。

大谷　うん。ただ、さっきも言ったけど、一九八三年と九三年、二〇〇三年は全然違うのに、二〇〇三年から二〇二三年までは、ひと繋がりの感覚ではあるけどね。

菊地　要は二十一世紀ってことでしょ。二十世紀と二十一世紀はそりゃ違うよ。二十世紀の回転は止まった。何はともあれ、オレたちも自分の仕事についての副読本がいる時代になったわけだ。

大谷　お互いに五十歳と六十歳で、いい年ですから。

菊地　そういえば、最近うちの生徒が「『アフロ・ディズニー』にハマってる」と言うんだよ。『憂鬱と官能』はともかく、『M／D』はああいう本だし、簡単には読みきれない。でも『アフロ・ディズニー』にはハマれるという人たちがいる。

大谷　それはどんな理由なんだろう。

菊地　退行を扱ってるからだろうね、結局。今は退行を扱わないと仕方がない。『ツィゴイネルワイゼン』を撮ったときの鈴木清順は五十七歳で今のオレより若いけど、もうあのルックスで、完全におじいさんなんだ。それに比べると、オレたちの世代は自分も含めて六十に見えないほど若いとよく言われる。たしかに昔の森繁の映画を観ると、「この役の時点で五十三歳?」ってびっくりするもん（笑）。髭なんか生やして貫禄たっぷりでさ。

今のこの状況ははたして退行なのか、それとも人類という生き物が若々しくなっているということなのか。そこのところはまだよくわかっていない。

大谷　そのあたりも、これからの対談で掘り下げていきましょうか。「若さ」をめぐる症例についてはお互いにたくさんありそうですから。

osio ootani

kuchinaruyoshi

osio ootani

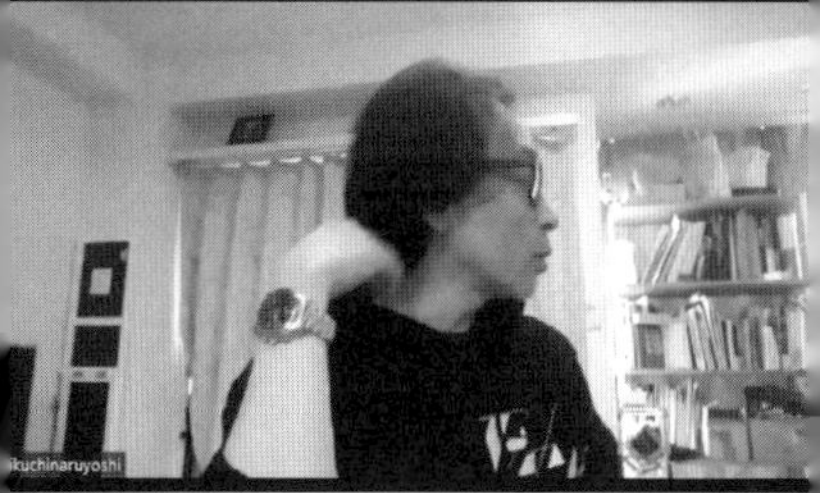
kuchinaruyoshi

osio ootani

『長電話』坂本龍一・高橋悠治（冬樹社、一九八四年五月）
YMO「散開」後の坂本龍一と、坂本が敬愛する音楽家・高橋悠治による「長電話」の記録。電話ならではのリラックスしたトーンが楽しい。音楽、政治、文化といった話題に加え、プライベートなことも語られる点に二人の親しさがうかがえる。

二〇二三年五月三日収録（オンライン［Zoom］）

Zoomは現代の「長電話」である

能　今日の参照本は坂本龍一と高橋悠治[★1]の『長電話』です。二人の電話の会話を収録した本ということで、それにならって通話のスタイルでお送りします。ただし電話ではなくＺｏｏｍ[★2]で。

成　大谷くんはスマホ使ってるの？

能　持ってないんですよ。

成　俺も。「結構毛だらけオレまだガラケー」ですよ[★3]。

能　Ｚｏｏｍはスマホでもできる（そうです。やったことないけど）。でも二人とも持ってないから今日はＰＣからで！　こちらは家のスタジオから繋いでます。

成　こっちは事務所。本当は『長電話』の雰囲気を出すために、自室のベッドに横になってしゃべろうかなとも思ったんだけど。伝わりづらいかなと。

能　それいいねー。でも、今、あれを再現するなら何なんだろ。ウチらギリＺｏｏｍとかやってますが。

成　そうだね。俺はコロナ禍が人々の生活に与えた影響の一つに、Ｚｏｏｍが急激に広まったことがあると思うわけ。

能　たしかにね。オンラインの打ち合わせがすっかり普及したし。

成　Ｚｏｏｍで飲み会やるのも流行ったらしいね。

★1　一九三八年生まれ。作曲家、ピアニスト。六三年にベルリンへ渡り、クセナキスのもとで作曲を学ぶかたわら、ヨーロッパ各地で前衛ピアニストとして活躍。帰国後も旺盛な活動を続けている。〈15年ほど前に自宅でインタビューさせていただく機会があったのですが、噂で聞いていた「家にはクラヴィノーバしかない」はホントのようでした（yo）〉

★2　ＰＣ、スマートフォン、タブレットなどを使いＷＥＢ会議を行うためのクラウドサービス。本文にある通り、コロナ禍の中、ＷＥＢ上の飲み会にも使われるケースが増えた。

★3　大谷（＝谷王）のパンチライン（nk）。

能　Ｚｏｏｍ以外にもそういうアプリがいっぱいあって、その手のネットの飲み会がいっぱいあるみたいですね。しかしこの二人はそういうのホント全然無知なんで（笑）、まったく知らないんですが、こないだちょっと若い人に聞いたら、自分でネット配信できる、マイスペース？　みたいのもがあって、画面はなくて声だけで、一人が話すのをみんなで聞くとか。またはは何人かだけで声でやりとりできるアドレスがあるとか。まあ、YouTubeでライブやります〜みたいなのももう普通に一般で、しかしこれってホントコロナ前にはなかった動きですよね。

成　でも飲み会は相手の顔が見えないと嫌じゃない？

能　嫌だし、それはもう飲み会じゃないと思っちゃうけどねオジさんは。

成　落ち着かないよね。俺はＺｏｏｍを長時間使うのは今日で二回目。一回目は、コロナでペン大[★4]の授業ができなくなったとき、三十人を相手に授業をやった。でも何もかもがうまくいかなくてやめちゃったの。

能　目の前で教えるのと勝手が違うからね。

成　大谷くんは電話みたいに、Ｚｏｏｍで彼女や友だちと「今何してる？」とか長話したことはないの？

能　ないですね。

成　ないんだ。俺は仕事の打ち合わせをＺｏｏｍでやったことはあるんだ

★4　菊地成孔主幹の音楽教室「ペンギン音楽大学」の略称。

けど。

能　それは俺もある。

成　ただ、ニューメディアに慣れないタチなのかもともと合わないのか、Ｚｏｏｍだと話したことを覚えてないんだよね。だからスマホ使わないのと同じくＺｏｏｍも自分からは使わない。でも、オンラインで人がどんどん繋がるのを傍から見ていて、ひょっとするとＺｏｏｍが飲み会で使われた効果は大きかったのか、と想像したわけ。

能　Ｚｏｏｍやオンラインサービスにはプライベートとパブリックと両面があるけど、今の人たちはプライベートでも繋ぎっぱなしにしちゃうみたい。家でも繋ぎっぱなし。

成　さっきのボイススペースみたいなやつとか？

能　繋げておくと、「誰々が来ました」とメッセージが来て人が入ってくるって。

成　相手の声も聞こえるわけ？

能　聞こえる。要するにチャットの声版みたいな感じ。プライベートな時間もルーティンでそこへ繋ぎ、だらだら飲んで疲れたら「もう寝るわ」って寝るという。

成　それ、ChatGPT[★5]で代行できない？　ＡＩと飲み会できるよね。

★5　OpenAIが二〇二二年十一月に公開した対話型ＡＩチャットサービス。GPTはGenerative Pre-trained Transformer（「生成可能な事前学習済み変換器」）の略。

能　声だけならできちゃうね（笑）。あ、アバターとかそういうキャラでやれば絵もいけるのか。つーかもうみんな普通にやってるかも。ＡＩとサシ飲み長電話（笑）。

成　『長電話』の冒頭で高橋悠治が「家族がいると長電話しづらい」と言う箇所があるけど、あの本が出たとき、坂本さんは矢野顕子さん★6と新婚の頃？

能　新婚ホヤホヤぐらいじゃない？

成　だよね。「家族がいるとやりづらい」ということで言うと、通信一般にその側面があるけど、もう一方でいったんハマると止まらなくなるって面もあるよね。

能　自分ではやめられなくなる？

成　そう。電話もネットも、通信にはその両面がある。だからやらないっていうのは大きいね俺には。『長電話』では二人とも長電話と家族の話にはちょっと触れただけで、「ここには掘り下げまい」という感じで、その先深掘りしてないけど。

能　家庭の平和を乱す話題だから（笑）。今は繋ぎっぱなしにできるから、誰でも簡単に中毒になる。スマホもそうだよね。そこがかつては違ったんですよ。昔はニフティサーブ★7にテレホーダイの時間というのがあって……。

★6　一九五五年生まれ。シンガーソングライター。坂本龍一とは一九八二年に結婚、その後二〇〇六年に離婚した。

★7　一九八七年から二〇〇六年までニフティ株式会社が運営していたパソコン通信サービス。

成　もうダメだ（笑）。俺はそのあたり、まったく知らないんだよ。ダイヤルQ2[★8]までしか知らない。以下、俺大バカの老害になるけど（笑）。

能　ダイヤルQ2よりちょっと前ぐらいですかね。インターネットの前にパソコン通信というのがありまして。

成　パソコン通信って言葉、そういえばあった。会社の名前だと思ってた。

能　それは今のインターネットと違って会員制だった。オンラインだけど、無線じゃなくて電話線で繋げるってやり方で。そのときに、夜の十一時からたしか朝五時まで使い放題になるサービスがあったわけ。契約をすればその時間帯は電話がかけ放題になった。当たり前だけど、電話は使えば使うほどお金がかかるじゃない？

成　昔の電話はね。

能　だから当時パソコン通信をやる人たちは、たいていは夜中十一時から入って早朝までの時間限定でやってたの。

成　それが今じゃネットなんてタダみたいなものだよね。ＬＩＮＥとか何なんだアレ（笑）。「金とれよ」と言いたいよ（笑）。

能　通信の値段がその後急激に下がったから。

成　おかげで人と人がいつでも繋がってる状態になった。

能　もう常時接続で過接続。ほとんど『エヴァンゲリオン[★9]』の世界ですよ。

★8　ＮＴＴが提供した電話による情報料代理徴収サービス。アダルト番組やツーショットダイヤルなどが一時社会問題となった。二〇一四年にサービスを終了。

★9　一九九五年にテレビ東京系列で放送されたアニメ番組。社会現象を起こす人気作品として、たびたび映画化もされている。

成　「人と人の繋がりがなくなった」とかよく言うけど、むしろ繋がりすぎて逆に一人になっちゃってる（笑）。

成　コロナと酒の話に戻ると、コロナ禍で飲みづらい状況になったとき、酒飲みたちはどうやって飲むのか問われたと思うんだ。特措法[★10]だの緊急事態宣言[★11]だの、いろいろあったじゃん。でもああいうお達しをぶっ飛ばして酒出してる店が、実はいっぱいあったのよ。

能　知ってる、あったよね。横浜にもありましたよ。

成　「ラ・ボエム」[★12]ってチェーン店わかる？

能　新宿御苑とかにある店ね。かなり前だけど行ったことある。

成　あそこは一貫して、コロナに対する国の政策に対抗していた。オーナーが声明文出したりして。営業時間が八時までと規制されてた時期も、「うちの店で感染したことが証明されない限り、干渉される覚えはない」って深夜営業もやり、仕切りのアクリル板もなし。あの時期、夜に飲みたい人たちがボエムに殺到してすごいことになってた。あの光景はヤバかったね。無法者の集合場所みたいになってた。まさにボエム（ボヘミアン）だよ。

能　アウトローの飲酒集団が大集合（笑）。

成　「飲みたければボエムに行けばいい」ってときがあった。あの輝かし

★10「特別措置法」の略。
★11 新型コロナウイルス対策の特措法に基づく措置である緊急事態宣言は大きく、二〇二〇年の四〜五月、二一年の一〜三月、四〜六月、七〜九月の四度行われた。
★12 東京・横浜などで十三店舗を運営するイタリアン・レストラン。

い季節が俺は忘れられない。都の要請なんて無視してみんな朝まで飲み続ける。世の中、緊急事態宣言の真っ最中だよ。もうカチンカチンになってるときに。あと新宿三丁目、伊勢丹の裏あたり。あのへんも昼からカフェテリアがバンバン酒出してて、日中から飲んでる人たちがいた。それを見つけた人がＳＮＳで「ここで人が酒飲んでる」って言いつけたりして、でも気にせず平気で飲んでたね。

能　新宿には猛者《もさ》がたくさんいたわけだ。

成　で、「さすがにそこまではできない」って人たちがＺｏｏｍを使って飲んでたと思うんだよ。まあ、多数派である合法者ね。

能　なるほど、そうだね。

成　大谷くんはＺｏｏｍ飲みしてないの？

能　してないんですよ。俺は奥さんと二人暮らしで、奥さんも飲む人。だから、オンラインを使わずもっぱら二人で飲む。あの期間それで問題なかったんだよね。

成　夫婦二人で楽しく飲んでればオンラインは必要ないよね。

能　ただ、コロナのせいなのか、飲む時間は長くなった。七時から飲み始めてダラダラ十二時まで飲むとか。家なんで帰らなくていいし（笑）。

成　昔なら昼から飲むのは粋なこと、もしくは大胆なことって認識があったじゃない？「昼休みに蕎麦屋でビール飲んじゃって」とか、それがエッセーの一ネタになるぐらいの重さはあったじゃん。でも今は昼飲みだのハッピータイムだの、日中の飲酒が当たり前になっちゃった。つまり飲む時間の感覚が変わった。

能　それは感じますね。

成　コロナでアルコール依存症の人は増えたのかな。

能　俺の実感としては増えてないね。依存症になるならないはコロナとは関係ない。あともっと言えばアルコールとも関係ないと思う。

成　その通りだ（笑）。でもコロナが人の酒の飲み方を変えたことはあるよ。BS‐TBSの『町中華で飲《や》ろうぜ』★[13]って番組知ってる？　玉袋筋太郎★[14]さんがメインの番組。

能　けっこう見てます。

成　あの番組にはコロナ禍の飲酒事情が鮮やかに記録されてる。あの番組はコロナ前に始まって、そこからすぐコロナ禍になったの。町の飲食店を紹介する番組なのにロケができなくなる。どんどん状況が悪くなっていよいよどん詰まりになったとき、とうとう「家中華で飲ろうぜ」という企画が始まる（笑）。自宅で簡単な中華料理作って飲むって企画。そうやって耐え忍び、感染が少しおさまって「店を貸し切りにしてマスクすればいけ

★13　二〇一九年四月、BS‐TBSで放送開始したバラエティ番組。玉袋筋太郎、高田秋、坂ノ上茜が出演した。

★14　一九六七年生まれ。芸人。高校卒業後、ビートたけしに弟子入りし、水道橋博士と浅草キッドを結成。一般社団法人全日本スナック連盟会長。

る」というところでロケを再開する。ここ数年の世の中の流れを忠実に反映してるわけ。あの番組、最新作とコロナ前の回と交互に流してるから、見てるとそれがよくわかる。

能　コロナ前の回も再放送してるよね。

成　コロナの前と後で、店で人がメシを食う意味が変わったことがあれでわかる。映る町の勢いも全然違う。「今日はコロナ前の再放送か」「今日は最近撮ったやつだな」って、それを見るだけでも面白い。

成　大谷くんはさぞかしZｏｏｍ飲みとかしてるんだろうと思ったけど、意外に違うんだね。

能　俺は基本的に人と会わなくても平気ですから。

成　俺もそうだ。

能　それに酒は夕ご飯と一緒に飲むから。酒だけ飲むってことがほとんどない。昼飲みもしない派。一度飲んじゃうと、そのまま飲み続けて一日が終わってしまう。

成　昼飲みの話もそうだけど、今は酒をいつ飲むかいつやめるか、わからない人が多くなってきたよね。

能　そうかもねー。俺はそこに関してははっきりしてて、飲み始めたら仕事は終わり。あ、ライブ中は別ですが。

成　俺も酒の時間は決まってて、夕方六時ぐらいからメシを食って飲みだす。そのうちに眠くなるから、八時頃に一度寝ちゃう。十二時まで寝る。飲んでから仮眠を取ると元気いっぱいになるんだよね。それから起きてスタジオに入る。早朝六時まで安くなるナイトパックを使う。そこへサックスと一緒にPCも持って行き、十二時から六時までの間にあらゆる仕事をする。この生活ペースがコロナで定着したね。

能　完全に夜型ですね。

成　大谷くんは飲んだ後、朝まで寝られる？

能　俺はだいたい二十三時ぐらいまで飲んで寝て、で、いったん朝三時か四時に起きちゃう。そこから七時ぐらいまで事務仕事というか、書き物仕事。それが一番はかどる時間で。

成　深夜から早朝は仕事がはかどるよね。アルコールは、まあ言っちゃえば睡眠剤だね。全身麻酔というか。

能　睡眠導入剤ですね。

成　アルコールが切れるのがだいたい四時間ぐらい。

能　そうそう。それぐらい。飲んで寝て四時間ぐらいで目が覚める。

成　それで体も目覚めるし、体の中のアルコールの血中濃度も落ちてる。

能　スッキリ。

成　そう。あのスッキリ感ね。

能　菊地さんもそうなんだね。

成　俺は重要な原稿やバンドに配る譜面は、その時間じゃないと書けない。違う時間帯に書けと言われても無理で、だから飲んでる最中も「仮眠取って起きたらバシッとキメてやる」と思いながら飲む。

能　俺は仮眠じゃなくて、普通に睡眠になってるけどね。四時に起きて三、四時間仕事してから、その後またちょっと寝る。で、また三時間くらいで起きる。

成　イタリアのシエスタのあの感覚に近い？

能　それが夜中になってるだけかも（笑）。

成　シエスタって、イタリアでは以前は法律で決められてたからね。

能　国から休めと指示されてた？

成　昼休みにはシエスタ取ることが義務化されてた。当時のイタリアにはリベラルで勤勉な人があんまりいなかったのかもしれない（笑）。その後、「この時間は無駄だ」と言い出す人がいて変わったというけど。とにかく、イタリア人は夜になって仕事が終わると飲み始める。そこからバンバン飲んで、三、四時間睡眠を取る。それから出社する。

能　で、また昼に寝ると。俺と似てる（笑）。その生活が一番いいんじゃゃないの。

成　シエスタは理にかなってるんだよ。アルコールと人間の原理に合ってる。

能　でも日本の場合、現状、会社員だとそれはできないよね。

成　できないね。俺たちはできるから、今ずれ込みシエスタみたいな生活になってるわけだね。

能　夜中または午前中シエスタ。それがちょうどいい。このペースだとライブがあっても生活が乱れないし。

成　そうなんだよね。ずれ込みシエスタのおかげで、ライブがあってもレコーディングがあっても生活のリズムが崩れない。

能　そこへオール（ナイト）の仕事が入るとガタッと来るね。

成　オールはもう無理だね（笑）。

（ここで大谷のPCトラブル。一時中断）

成　……今ネットが急に落ちて、数十秒だけ大谷くんが画面から消えたけど、こういうトラブルってツイッター（現・X）なんかでもあるんでしょ？

能　あるみたいね。

成　ネットが落ちるとすぐに慌てる人がいるけど、俺たちはテレビの画面に「少々お待ちください」という表示が出るのを見た世代だからね。大体ハトなんだけど（笑）。あの画面出るとお袋がモチ焼きだしたりしてさ。

能　あったね。懐かしいな。「ポー」みたいな音がしててね（笑）。

成　小さい頃は通信が途切れるなんて普通だった。

能　そりゃそうよー。『長電話』が出た一九八〇年代前半ぐらいまでそんなのよくあった。

成　ところが今や二十四時間通信しっぱなし、オンラインで繋がりっぱなし。人と人がゾルゲル状に溶け合っちゃってる、諸星大二郎の『生物都市』[★15]みたいな世界だよ。

能　人間や機械が溶け合って一つになるって話ね。

成　ユング的と言うと大げさだけども、みんなで退行してコミュニケーションが崩壊していく感じしない？　まあ、変わったのか、コミュニケーション自体がな。

能　そう思うよね。電話もテレビも途切れるのが普通だった時代から、はるかに遠いところへ来てしまった感が。

成　今『長電話』を読むと、「こんなことしてたわ、俺も」という懐かしさがある。俺たちがダイヤル付きの家電《いえでん》で長電話をした最後の世代だよね。

能　俺が学生だったのは一九九〇年代で、当時一人暮らしするときは、ＮＴＴに金を払って回線を買うのね。個人で。要は電話番号をＮＴＴから買

★15　一九七四年発表。木星から帰還した宇宙船が持ち込んだ何物かが、金属と生物を次々融合させてゆく現象を描いたマンガ作品。

うんだけど、それが高くて七万円ぐらいしたのを覚えてる。それが九〇年代の前半で、家電話が前提だったのはその頃までかもしれない。あと留守番電話ね。テープに「今留守だから後で電話して」とか吹き込んでた。

成　あれは楽しかったね（笑）。

能　楽しかった。「ピッピー」って音が鳴るマイクロカセットで。

成　俺、あのマイクロカセットで作品を連作してたからね、毎日。

能　留守番電話のメッセージで？

成　そう。当時の奥さんにバックハグしてもらって、腹筋のベルトの上をグッと締めると「ウィウィ」って声になるの。

能　（笑）。

成　その状態でメッセージを吹き込むと、「ウィウィ菊地です。ウィウィ今仕事ウィウィしてますウィウィ」って声がすげえウィウィ声になるわけ。電話してきてそれ聴く人たちの反応を楽しみだった。ゲラゲラ笑いながら、「何やってんの。キメてんの?」とか言ってて（笑）。

能　昔の留守電は自分の声を吹き込んで作るから、面白かったよね。異常に暗い声になる人がいたりして。「ただ、いま、留守に、して、おります……」ってものすごくゆっくり吹き込んであるやつとか、「お前は普段そういうヤツじゃないだろ！」ってつっこみながらメッセージ入れたりして。

成　あの面白みって今どこに流れてるのかね。

能　どこへ行っちゃったのかな。

成　TIPOGRAPHICA★16の水上★17（聡）の留守電がいまだに面白くて、電話するときがあるのよ。今はサンプラーもあるし何でもあるから、すごいクオリティのやつが上がっててさ。留守電に切り替わるとヴォコーダー★18で変調させた声で、「電気の無駄使いはやめましょう」と言う。その声がループになってて、どうなるのかと思ったら、「電気の無駄使いはやめましょう」が五回続いた後、突然「シェルブールの雨傘★19」が流れだす。

能　（笑）。

成　♪チャラララーラーララ、「電気の無駄使いはやめましょう」、♪タララーラーチャラ……最後は「電気」でパッと切れる。それ聴いて二時間ぐらい笑ってたよ。それが三年前ぐらい。まだやってる人はやってるんだよ。

能　そういえば忘れてたね、あの楽しさ。

成　マイクロカセットというものに魔法があったよね。『ベイビー・ドライバー』で久々に上手く使われてたけど。

能　あった。あれは受話器から声が吹き込めるのがよかった。

成　昔の留守電はヤバいよ。

能　電話というメディアに最盛期があるとしたらあの時期じゃないか。だ

★16 ギタリスト／コンポーザー、今堀恒雄をリーダーとするバンド。細分化されたリズム構造を駆使した作曲作品を人力で演奏する。

★17 キーボーディスト／作編曲家。TIPOGRAPHICAメンバー。〈二三年、この対談本制作中に他界（nk）〉

★18 声を鍵盤にアサインして演奏するための装置／アプリケーション。

★19 一九六四年公開のミュージカル映画。カトリーヌ・ドヌーヴ主演、ジャック・ドゥミ監督作品。音楽を担当したミシェル・ルグランの出世作。

からもう、全部有線に戻せばいいんだよ。コードレスじゃなくて有線にしちゃえば、常時接続が難しいから。

成　今、みんな繋がりすぎだよね。なんであんな繋がるんだ？

能　で、打ち合わせして、今日はお互いに「十代の十大音楽体験」リストを作ってきたので、せっかくだしその話をしましょうか。

成　「これがなければ今の自分がない」という音楽体験のリストね。

能　一覧はこんな感じ。

十代の十大音楽体験

菊地成孔

1　銚子市の東宝館、大映館、松竹館（〇〜四歳　幼稚園）

2　兄のレコードプレイヤー（六歳ごろから　幼稚園から小学）「ブルーカナリー」[★20]「拳銃無宿」[★21]「ピクチャーソノシート007」園まり「逢いたくて逢いたくて」[★22]　谷啓「ヘンチョコリンなヘンテコリンな娘」[★23]（ジャケなし、盤面がひどかった）

3　蟻の市のテキ屋の口舌（小学生）

4　テレビで観たGSや昭和アイドル（風吹《ふぶき》ジュン[★24]、はしだのりひことシューベルツ[★25]、テンプターズ[★26]等々）

5　銚子のレコード屋にて（銚子の三大災害、「五色の大火」を受け

★20 ダイナ・ショアによるオールディーズ曲。日本では雪村いずみによるカヴァーがヒット。

★21 一九五八年から一九六一年までアメリカで放送されたテレビドラマ。スティーブ・マックイーン主演。

★22 一九六六年一月にリリースされた十九枚目のシングル。岩谷時子作詞・宮川泰作曲。

★23 一九六五年十月リリースのシングル。東宝映画『クレージーの大冒険』挿入曲。

★24 一九五二年生まれ。歌手、女優。出演作品に『阿修羅のごとく』（テレビドラマ）、『蘇える金狼』（映画）など多数。

★25 ザ・フォーク・クルセダーズの端田宣彦が一九六八年に結成したフォーク・グループ。

★26 萩原健一が在籍したグループサウンズの人気グループ。代表曲に「神様お願い！」「エメラルドの伝説」など。

★27 マイルス・デイヴィス引退直前リリースの二枚組アルバム。

★28 カウント・ベイシー楽団。一九三〇年代から活躍するカンザス出身の老舗ダンス／スウィング・バンド。

ての、いけてる「JOJO」に。ステレオ購入一九七六年　中学生）
『Get Up with It』[★27]（一九七四年リリース）以下、ずっと買いあさり

6　友人宅で聴いたザ・ビートルズの赤盤、青盤（中学生）

7　銚子市民会館大ホールでのベイシーオーケストラ、[★28]ＭＪＱ、[★29]渡辺香津美バンド[★30]（中学生）ネイティヴ・サン[★31]とか、全部行った。「デジベル」っていう喫茶店やってたやべえ呼び屋がいた。

8　イーストコースト（地元のジャズ喫茶　中学より）

9　山下・筒井文化圏（本もレコードも。一番聴いたのは三期のシカゴライブ。教えてくれたグルは中学の先輩）

10　ＹＭＯと日本のニューウェーヴ（高校。最初に見たのはビジュアルで、チューブス[★32]の前座でロスのグリークシアター[★33]に出てすげえ受けた。という記事を「ぴあ」で立ち読み）

大谷能生

1　『見ごろ！食べごろ！笑いごろ!!』[★34]の「電線音頭」のコーナー（一九七七？／五歳）

2　八戸三社大祭（一九七八〜一九八八）

★29 モダン・ジャズ・カルテット。ジョン・ルイス（ｐ）をリーダーに、室内楽的ジャズを完成させたグループ。

★30 ギタリスト、渡辺香津美（一九五三〜）は現在でも絶賛活動中。菊地中学時期のアルバムは『OLIVE'S STEP』（１９７７）など（yo）。

★31 本田竹曠（ｋｅｙ）、峰厚介（ｓａｘ）を中心に結成されたフュージョン・グループ（yo）。

★32 サンフランシスコを拠点に活動するロック・バンド。一九七二年に結成し、現在も活動中。アルバムに『Remote Control』『不思議のチューブス』など。

★33 ロサンゼルスにある、六千人近くを収容できる野外ステージ。

★34 一九七六年から七八年にかけてＮＥＴ系列で放送されたバラエティ番組。

3 80sのパソコン雑誌文化（一九八〇～一九八九）
4 『ベストヒットUSA』[35]などMTV番組スタート（一九八一～一九八三）
5 CDラジカセの購入（一九八六）／レンタル・レコード店の増加
6 セロニアス・モンク[36]のブルーノート・ベスト盤（一九八八？：CD）
7 ムーン・ライダーズ『Don't Trust Over Thirty』[37]（一九八六／購入は一九八九：CD）
8 山下洋輔トリオ『Clay』[38]（一九七四／一九八九購入：CD）
9 ジョン・コルトレーン『Selflessnes』[39]（一九六八？／一九八九購入：CD）
10 フレッド・フリス『Step Across the Border』[40]（一九九〇：CD）

三社大祭の笛の音

能　俺から言うと、子どもの頃の記憶として、まず三社大祭という地元の祭りがあるんですよ。毎年七月の終わり頃に行われてて、八戸の真ん中の大通りで山車《だし》を引っ張って回るという祭り。二十何台かある山車の上で、♪チンコンテレベービョ、テレバービョって音楽を奏でながら回る。

成　それに参加してたの？

★35 一九八一～八九年にかけて放送された音楽番組（二〇〇三年に再開、BS朝日で現在も放送中）。司会・小林克也。アメリカの最新のヒットチャートを紹介した。

★36 ジャズ・ピアニスト。ワン・アンド・オンリー（yo）。

★37 菊地・大谷とも大好きな日本のバンド。このアルバムは第一次休止直前のメランコリアに塗れた傑作。メンバー全員ボロボロ感がすごい（yo）。

★38 山下洋輔（p）、坂田明（sax.cl）、森山威男（ds）による、初めての海外ツアーでの演奏を記録したアルバム。〈コレとムーンライダーズを90分テープのABに入れてループで聴いてた（yo）〉

★39 コルトレーン・カルテット、一九六三年のライブ録音を中心に作られたアルバム。〈レギュラーのエルヴィン・ジョーンズではなくロイ・ヘインズがドラムなのがレア。麻雀やりながらよく聞きました（yo）〉

★40 イギリス出身のマルチ弦楽器奏者、フレッド・フリスのドキュメント映画のサントラ盤。

能　それが、うちの町内は山車を持ってなかったのね。

成　じゃあ大谷くんが住んでた町からは山車は出ず？

能　出なかったんだけど、すぐ隣の町にはあって、小学校の裏とかで、個人のガレージだと思うんだけど、山車を春から作ってたわけ。自分はそっちの組じゃないけど外から遊びに行って、山車にちょっと触って帰ったりしてて。だけど、笛は吹けたの。

成　笛吹けた！（笑）

能　横笛を演奏してた。

成　「大若」とか書いてあるユニフォームは着たの？

能　外様《とざま》だからそういうのは着せてもらえない。

成　客人なわけだ。でも外様として笛は吹けたと。

能　正確にはそれも違ってて、勝手に行って勝手に吹いて帰っただけ。

成　祭りのときの公式の笛があったんじゃないの？

能　その笛がうちにもあったから。といってもただの変哲もない笛なんだけど。六本指、六穴の横笛で、家だとうるさいから吹かせてもらえないから、隣町へ行って隣の組に交ざって吹く。本当はダメなんだけど、子どもだから文句は言われずにすんだ。それでも、山車の上には乗れなかったけどね。

成　それは初めて聞く話だな。

能　あんまり人に言ってないから。そのときの笛の音はいまだに自分の中で響いてる。

成　客人として演奏してたことと、どんなに笛を吹き続けても……。

能　山車の上には上がらず、客人のままだったことも含めて忘れられない。

成　その祭りはまだあるの？

能　まだあります。五年ぐらい前に地元のイベントに出たことがあって、そのときに南米に詳しい大学の先生と話したら、その人曰く「八戸はブラジル北東部に似ている」って。

成　バイーア[★41]じゃないの（笑）。

能　バイーアの港町に雰囲気が似てるって。「八戸にはサンバみたいな音楽もあるし」と言われて、そこで初めて「ああ、三社大祭はサンバに似てるのね」と気づいた。それ以外にも、八戸の周辺にはピーヒャラピーヒャラドンドン鳴らす音楽がけっこうあって、「えんぶり」とか毎年冬に開催されてる郷土芸能の音楽で、こっちは子どもじゃなくてプロが演奏するんだけど。

成　三社大祭もえんぶりもまだあるんだ？

能　これが普通にずっとやってるんですよ。

★41　ブラジル北東部の州。毎年開かれるカーニバルは世界的に有名。

ルーツミュージックよりポップミュージックが好き

成　特別に「民族音楽」なんて言わずとも、地元の祭りの音楽こそワールド・ミュージックに通じるって話だね。芸能山城組[★42]はそこに目をつけたわけだよね。

能　そうなんですが、ただ実際はいわゆるルーツミュージックっていうよりは、多分発祥自体が近代のものなんじゃないかなあと。青森の場合。もちろんもっと前から似たような行事はあったんだと思うけど、現状になったのは二十世紀からじゃないかと。

成　じゃあなぜ日本人は、近代以降にサンバ・カーニバルのような祝祭をするようになったんだろう?

能　そこはよく考えてみたいと思ってて。まあサンバも近代の芸能なわけですけど。そもそも俺はルーツ・ミュージックよりポップ・ミュージックが好きだから、その立場から掘り下げてみたい。

成　だけど大谷くんの本って、いつも話が過去に過去に飛んでいくじゃない。

能　そうね。今度出た『歌というフィクション[★43]』では江戸まで戻っちゃった。

成　「ペリー来航のときに日本人は初めてマーチを聞いた」とかさ(笑)。

能　『ニッポンの音楽批評150年100冊[★44]』。冒頭の文章が「まずはペリ

★42 民族音楽をテーマにした楽曲を演奏するグループ。アニメ映画『AKIRA』の音楽でも知られる。

★43 二〇二三年、月曜社刊。近世・近代・戦後・現代を貫く《言葉と音楽の関係》に迫る日本語詩歌論。初版1000部を持ってる人はレア(yo)。

★44 二〇二一年、立東舎刊。栗原裕一郎との共著。〈明治から令和まで、日本において「音楽」がどのように語られてきたのかを、各時代の代表的な批評書から描く。第一章がほぼ一八〇〇年代話なのがポイント(yo)〉

ーが来航する」。あれ、実は『虚航船団』★45のモジリなんですが、誰も言ってくれない（笑）。

成　大谷くんは、「今あるこれは、ここにルーツがある」という書き方をするよね。あんなふうに起源を掘り下げる書き方って、一歩間違えると、いやそれが悪いわけじゃないけど、亡くなった小沢昭一★46さんとか、高橋悠治さんの水牛楽団★47とか、ああいうコンセプトに行くね。

能　そうね。

成　あれもどう行くかって行き方があるよね。

能　あるね。書く対象との距離感の話ね。

成　俺は昔、三味線の吉田兄弟★48とか大バカにしてたんだ。だけど年を取って心が広くなったのか、平均律に対して前よりどうでもよくなったのか（笑）、「ああ、がんばってて立派だ」と思うようになってきた。どんな祭りだって千年の歴史があるわけじゃないし、ならあれはあれでいいかって。

能　俺は歴史の話をよく取り上げるけど、だいたい図書館の本を使ってわかる部分だけで書いている。それでできることだけで限定して、むしろそこに倫理を設定していて、何か書くために現場に行くって選択は取らない、というか、取れない。これからも一生行かないと思う。それが自分の限界。

成　すごいね。はっきり言うね。

★45 筒井康隆が一九八四年に刊行した長編小説。文房具と鼬族の戦闘を描く特異な物語や実験的な手法で、刊行時大きな話題となった。

★46 一九二九年生まれ。俳優、エッセイスト、芸能研究者。俳優業のかたわら、伝統的な演芸・話芸を取材・研究し高い評価を得る。二〇一二年死去。

★47 高橋悠治が主宰した音楽集団（一九七八～一九八五）。タイやパレスチナなど各地の抵抗歌を演奏した。

★48 北海道出身の津軽三味線の兄弟奏者。一九九九年のメジャー・デビュー以降、現在まで旺盛な活動を続けている。

能　いわゆる土俗的なもの、民俗的なものと自分との距離感をはっきり設定しておきたい。俺はとにかくポップスが好きなわけ。

成　つまり、ポップスがどう成立したか。

能　と、いうことだけに興味がある。

成　めちゃくちゃわかるよ。

能　ルーツ・ミュージックに関しては、それが「あった」こと自体には興味があるけど、個々の特徴を調べて比較する、みたいな方向には進まないのね、自分の興味が。むしろ、ポップスがそこからどう離脱していくかってとこに興味がある。

成　なるほどね。俺は大谷くんほど研究家としての能力がないから、そこは詰めない。たとえば六〇年代の東宝映画を観ると、お座敷が出てきて、森繁★49が長唄を歌ったり詩吟やったり、漢詩を即興で詠んで、そこに芸者さんが三味線をうまくつける場面がある。もっと遡《さかのぼ》ると、五〇年代の小津映画にも似た場面がある。そういうのを観ると一瞬、「ここを掘り下げるとどうなるのかな」と思うんだけど、結局「まあいいや」となっちゃう。

能　そうそう。俺はそのあたりの三味線音楽も「ポップス」＝近代と地続きのものとして考えたり、やったりできる方向でかなりたどれると思ってて。

★49　森繁久彌（一九一三〜二〇〇九）。俳優。『三等重役』シリーズ、『社長』シリーズ、『夫婦善哉』（映画）、『七人の孫』シリーズ（テレビドラマ）などで知られる。

成 でしょ。俺が「まあいいや」と判断停止する根拠に、「大谷くんがやるから大丈夫」というのがある（笑）。

能 （笑）。そういった芸能、えー、自分が書く対象との距離の保ち方は、子ども時代に三社大祭の笛が吹けたことと、でも祭りの内側へ本格的には入らなかったことと、その二つが関係してる気がしますね。あらためてこうやって話してみると。

成 じゃあ今度は俺。リストの三番目を見てほしい。一般的には屋台をズラッと並べて開くバザールは「蚤の市」という。でも千葉県銚子市では「蟻の市」と言ったの。

能 その名前は初めて聞いた。

成 だから上京して「蚤の市」って言葉を聞いたとき「え、蚤？」と思った。「嫌じゃん、蚤」って（笑）。蟻はいいけど、蚤の市はないでしょ。「虱《しらみ》の市」と言う地方もあるらしいけど。

能 その蟻の市にはテキ屋がいたんだ。

成 うん。うちの店は表通りにあったから、テキ屋の人たちが「店の前を貸してほしい」って場所取りに来て、貸し賃をもらう。そうやって市のたびに家の前にテキ屋が出てた。

能 来る人たちはいつも同じ？

成　俺の幼少期はずっと同じだった。当時の銚子は人口も多くて蟻の市も盛況でさ。そこでテキ屋が落語みたいな口舌《こうぜつ》を駆使して商売するわけよ。一人は安い瀬戸物を売る。もう一人が今でいうところのインチキ商品、塩化ビニールでできたシェーカーを売る。「自宅でミックスジュースが作れます」って触れ込みの怪しい商品。事前にサクラも仕込んでおく。

能　イメージ通りのテキ屋だね！

成　彼らの口舌を、俺は子どもながらに暗記してたね。今は忘れたけど、高校生ぐらいまで全部頭に入ってた。話してること、嘘なんだよ。嘘なんだけど、めちゃくちゃ面白いの（笑）。よくできてるし、サクラが入ることでさらに盛り上がって商品がバカ売れするんだ。あの光景が今の俺を作ったと思う。「後ろから見てた」っていうのが重要なんだけど。

能　テキ屋のパフォーマンスが菊地成孔を作った（笑）。

成　あれのおかげで、その後プロレスを見たときもまったく驚かなかったもん。プロレスを真剣勝負だと思う人がいるでしょ。だけど、プロレスは虚実の狭間で成立してて、まだらになってるわけ。

能　昔はプロレスというと、「あんなのインチキだ」と言うか……。

成　「全部本当だ」と言い張るか、どっちかだった。プロレスは虚実皮膜の世界だという成熟した見方は、ネット以降、平成になってようやく定着したと思う。それがわかってるファンは暴露本や暴露映画でバックヤードを見せられても、怯《ひる》まない。虚実皮膜の世界と知ってるから。だからプロレスはなくならない。フェイクなんだけどリアル。その見方はテキ屋の口舌で学んだ。

能　いい話だ（笑）。

成　あと、実は銚子にも山車があった。山車というか神輿が。神輿同士が激突する、バトルがあったんだ。そのときの様子もよく覚えてて、最終的には接触するんだけど、接触するギリギリのところでしばらく闘犬みたいにグルグル行ったり来たりする。神輿を担ぎながら、それを見ていた。

能　菊地さんは神輿を担いでたんだね。

成　担いでた。小学校低学年のときは「小若」で、高学年になると「中若」って法被《はっぴ》を着て。大人になってもまだ担いでる人は「大若」の法被。普段は床屋だったりする大人たちが、祭りになると目の色が変わるわけ。全然違う人になる。そこでアゴゴ★50みたいな鳴り物を鳴らすの。♪キンキキンカキンカキンカ、♪キンキキンカカンキキンカキンカって。それも暗記したよ。特に暗記したのが笛。テキ屋の口舌は忘れたけど、この笛の音は覚えてる。八小節で、一応AB形式になってて、♪ピーラリピーラリ、ピーラリラリラリ、ピーラリーリーララーリラレ、♪ピラリラーリラリーっ

★50 ラテン音楽で使われる金属製の打楽器。

てずっと続く。今でも歌えるんだけど、これはキーがない。

能　そうそう。ハーモロディクス（笑）。

成　笛は平均律じゃないしね。心の中にあの笛のフレーズが今も残ってる。俺はポリリズム[★51]好き、マルチBPM[★52]好きということになってるけど、それはあの祭りからの影響かもしれない。二台の神輿って音楽的には楽団が二つあるようなものでしょ。二つの楽団が近づくと二枚がけみたいになるじゃん。

能　そうそう（笑）。

成　どっちも同じような曲やってるわけで。

能　お互いに引っ張られるんだけど、混ざらないんだよね。

成　混ざらない。ユニゾン[★53]はできない。各々のテンポがあるから、それは守る。でも相手の音をキャッチしつつ演奏する。厳密にポリリズム的に見れば、太鼓もアフリカみたいには叩けてないんだけど……でもアゴゴの人なんてすごいんだよ。叩いてるのは八百屋のあんちゃんで、普段は全然シケてるわけよ。ちっともイケてない。ところが祭りのときアゴゴを叩くと、俄然生き生きし始めて……あ、本当はアゴゴじゃないんだけど（笑）。

能　アゴゴみたいな楽器ね。金属製？

成　韓国の金属製の茶碗と箸みたいな楽器。それが見事な三連符になって

★51　二つ（またはそれ以上）の異なった拍子によるリズム／フレーズが同時に演奏されている状態。

★52　二つ（またはそれ以上）の異なったテンポによるリズム／フレーズが同時に演奏されている状態。

★53　リズムあるいはフレーズを揃えて複数で人が演奏すること。

て……あれで三連が自然に体に入った。地元の祭りでそんな体験ができた。これほど馥郁《ふくいく》と健康的なことはないよね。

能　本当にそうだね。

成　あの祭りもなくなったから、あの音はもう自分の記憶の中にしかないんだけど。

成　でも、実は後に「これはあのときの笛の音色だ」ってびっくりした音楽がある。何だと思う？

能　わからない。何だろう？

成　それがYMOなんだよ。リングモジュレーター★54がかかってる曲。当時、坂本さんと細野さんはアジアに走ってた時期で、たしか『テクノデリック』★55か『BGM』★56に入ってたと思うんだけど。

能　「NEUE TANZ」★57かな？　「ラップ現象」★58とか……それだと普通だから、なんか違う曲のフッとした一部なんでしょうね。

成　あ。「ラップ現象」のイントロだった。初めて聴いたとき、「頭の中でずっと鳴ってる笛が再現されてる！」「坂本龍一はやっぱりすごい」って驚いたね。そりゃあ高橋悠治だってすごいかもしれないけど、坂本龍一みたいにポップ・フィールドで成功した人の音楽の方が、いわばフィクショナブルに幼少期の記憶を呼び覚ます力を持ってる。それと比べれば、たと

★54　二つの音を掛け合わせることで生まれる差音・倍音を使って音を変調させるエフェクター。

★55　一九八一年十一月にリリースされたYMO六枚目のアルバム。

★56　一九八一年三月にリリースされたYMO五枚目のアルバム。

★57　『テクノデリック』収録曲。

★58　『BGM』収録曲。

えば芸能山城組の音楽なんて何の懐かしさも感じない。図式的すぎて。

能　そうなんだよ。実際には子どもの頃には鳴っていなかった音楽の方が、ときおりめちゃくちゃな強度で過去を思い出させてくれるってことがある。

成　シンセやリングモジュレーターを使う音楽が、架空の「ワールド・ミュージック」としていろんな人たちの故郷の記憶を呼び覚ますっていう……で、そこから話は飛ぶんだけど、今の話から幾星霜、最近になって一九四〇年代、五〇年代の松竹映画を観る機会があった。ずっと東宝小僧だったんだけど、松竹映画をちゃんと観たわけ。そしたら、黛敏郎[★59]が松竹映画と言わず東宝映画と言わず、五社全部で音楽を担当してたことに気がついた。

能　あの人、何でも作ってるよね。

成　黛敏郎の作る音楽は非常に高級で、マンボ上がりの人、ジャズバンド上がりの人の作る音楽が時給十円とすると、黛敏郎は時給一万円ぐらいの響きを出している。たとえば松本清張原作の『張込み』[★60]って映画。この映画は、東京の刑事二人が逃亡した強盗殺人犯を追って佐賀へ行き、犯人が現れるまで宿でひたすら張り込みするというシンプルな話。監督が野村芳太郎[★61]で、音楽が黛敏郎。

能　野村芳太郎は、えーと、『砂の器』[★62]の監督の人だよね。

★59（まゆずみとしろう）作曲家（一九二九～一九九七）。日本の現代音楽を代表する一人。数多くの映画音楽を手がけたことでも知られる。

★60 一九五八年公開。出演は大木実、宮口精二、高峰秀子、田村高廣など。助監督を山田洋次がつとめた。

★61 映画監督（一九一九～二〇〇五）。代表作に『拝啓天皇陛下様』『砂の器』『八つ墓村』『鬼畜』など。

★62 松本清張の同名作品の映画化作品。一九七四年公開。出演は丹波哲郎、森田健作、島田陽子など。清張の映画化作品として特に評価が高い。

成　『砂の器』のときは音楽を芥川也寸志[★63]に浮気するんだけどね（笑）。『張込み』の音楽が面白いのは、藝大卒の音楽家が当時ジャズをどう表現したのかわかるところ。4ビートで、ボンゴを叩いてて、4ビートがブンブンブンブン。そこに譜面に書いてあるコードが鳴っていて、ちょっと（セロニアス・）モンクに似せたような感じ。刑事が張り込みをしてる奥さんが買い物に行くのを追跡するとき、この音楽が流れる。中にソプラノサックスが吹くフレーズがあるんだけど、それがドビュッシーの『牧神の午後』みたいなの。調性がほぼなくて、♪ピーヒラリーヒラリーヒラリー、ヒラリーピラリーと鳴ってるわけ。それを聴いて久々に、「これはあの祭りの……！」ってハッとした（笑）。坂本龍一の次が黛敏郎だったわけよ。順番は逆だけど。

能　こないだの藝大閥の話に繋がったね。

成　藝大出の音楽家が俺の記憶を呼び覚ますのか（笑）。土着の探求じゃなくて逆にアカデミズムへ行った人間がね。昔『祭ばやしが聞こえる』[★64]ってドラマがあったけど、記憶の中の祭り囃子を甦らせるのは実は現代音楽なんだと思うね。

「電線音頭」とマーク・ボラン

能　三社大祭と同じ頃の記憶でもう一つ鮮烈なのが、ベンジャミン伊東[★65]の「電線音頭」。

★63（あくたがわやすし）作曲家、指揮者（一九二五～一九八九）。一九五〇年代から八〇年代まで、ラジオや映画に数多くの曲を提供したことで知られる。

★64 一九七七年から七八年にかけて日本テレビ系で放送されたテレビドラマ。出演は萩原健一、いしだあゆみ、山﨑努など。

★65 伊東四朗（一九三七年生まれ、コメディアン）が『みごろ！たべごろ！笑いごろ!!』で演じたキャラクター。

成　『みごろ！たべごろ！笑いごろ!!』。見たのは子どもの頃でしょ。

能　五歳か六歳の頃。

成　五歳であれ見ると、どう？

能　強烈。「電線音頭」ってシームレスに始まるわけ。途中までコントだったのが、いきなり♪ジャンガジャンガジャンガジャンガって始まる（笑）。コタツの部屋でコントやってたのに、次の瞬間人がなだれ込んできてみんなで踊りだす。コタツの上にバーンと上がって、「人の迷惑かえりみず」って「電線音頭」が始まる。

成　それが伊東四朗だよね。

能　伊東四朗がベンジャミン伊東。

成　伊東四朗・小松政夫★66チームに……。

能　デンセンマン★67が出てくるわけね。

成　ベンジャミン伊東がデンセンマンだと思ってる人がいるけど、そうじゃなくてデンセンマンは着ぐるみなんだよね。

能　そう。デンセンマンはパプア・ニューギニアから来てるんですよ（笑）。「電線音頭」のあの始まり方には衝撃を受けた。「ステージ上じゃなくてコタツの上で？」って。「電線音頭」の流れを受けて、次に好きになった曲が、沢田研二の「ＴＯＫＩＯ」★68。「ＴＯＫＩＯ」って「電線音頭」と

★66 コメディアン、俳優（一九四二〜二〇二〇）。『笑って！笑って!! 60分』『シャボン玉ホリデー』や数々のテレビに出演した。

★67『みごろ！たべごろ！笑いごろ!!』に登場したキャラクター。

★68 一九八〇年一月一日のリリースされた沢田研二二十九枚目のシングル。作曲・加瀬邦彦、作詞・糸井重里。

似てない？

成　え‼　どっちも同じ頃？

能　「電線音頭」が先で「ＴＯＫＩＯ」が後。もっと言うと、この二つと同一線上で繋がるのがマーク・ボラン。★69 つまり俺は「電線音頭」にグラムロック★70を感じてたの（笑）。

成　「ＴＯＫＩＯ」とグラムロックはわかるけど。「電線音頭」はベンジャミン伊東のコスチュームからの繋がり？

能　コスチュームもあるけど、デンセンマンには特撮の雰囲気があるでしょ。それも大きい。特撮とかグラムロックとか、要は一九七〇年代のサブカルチャーの感覚を「電線音頭」から受け取っていたらしい。自己分析すると（笑）。

成　なるほどね。俺の世代の人間のクリシェに「初めてのサイケデリック体験は『ゴジラ対ヘドラ』★71だ」というのがあるけど、そういう話だよね。

能　そうだね。自分にもしギラッとした部分があるとするなら、あれがルーツ。ニューロマ、ニューウェーブとしての「電線音頭」（笑）。

成　イギリスで一九七〇年代から八〇年代にあった音楽番組を流す『MUST BE UKTV』★72というのがあるんだけど、知ってる？　ＮＨＫで。

能　いや、それは知らない。

★69 イギリス出身のロック・ミュージシャン（一九四七〜一九七七）。グラムロックの代表的バンドTレックスのフロントマンとして活躍。七七年、自動車事故により死去。

★70 イギリスで一九七〇年代に流行したロックのジャンル。濃いメイクや派手な衣装が特徴。代表的なミュージシャンにTレックス、デヴィッド・ボウイ、ロキシー・ミュージックなど。

★71 一九七一年公開の東宝映画。当時社会問題となっていた公害の問題を取り上げたことで知られる。その残酷描写で子どもたちにトラウマを植えつけた。

★72 二〇一八年から二〇二三年までＮＨＫ・ＢＳで放送されていた音楽番組。七〇〜八〇年代のイギリスの音楽番組から貴重な映像をセレクトし放送していた。

成　俺はこの番組が好きで、ストレッチやるときによく見るんだ。放送時間が一時間だから、ストレッチをしながら見るのにちょうどいい。そこにマーク・ボランが出る回もたくさんあるわけ。たとえばデヴィッド・ボウイ★73とマーク・ボランがセッションする回とか。

能　面白そうだね。

成　その中で、マーク・ボランが演奏してるときにケロヨンみたいな、カエルの着ぐるみが出てくる変な回があるんだよ（笑）。あれ、いったい何なのか、前の部分がカットされてるから意味がわからないんだけど。曲に乗って唐突にカエルの着ぐるみがぴょんぴょん出てくるから、「なんだ？」と思って見てると、カエルはギタリストに絡んだりしながらマーク・ボランに近づいていく。ボランはカエルに笑いかけつつ困った顔で演奏を続けて、最後にカエルが退場して終わる。「あの着ぐるみは何？」ということの感じ、「電線音頭」っぽくない？

能　近いかも（笑）。マーク・ボランと着ぐるみって相性よさそうだし。デヴィッド・ボウイは合わないだろうけど（笑）。

成　全然合わないね。

能　俺は完全にマーク・ボラン派。デヴィッド・ボウイは「レッツ・ダンス」★74以降は好きだけど、七〇年代はそんなに好きじゃない。

★73 イギリス出身のロック・ミュージシャン（一九四七～二〇一六）。六〇年代から二〇一〇年代まで第一線で活躍し続けた。坂本龍一とは映画『戦場のメリークリスマス』で共演した。

★74 一九八三年一月にリリースされた同名のアルバムからのファースト・シングル。世界的に大ヒットしたボウイの代表曲の一つ。

成　『ジギー・スターダスト』[★75]とかベルリン三部作[★76]も？

能　ピンとこないんだよねー、今のところ。ベルリン三部作のゴシックな感じもちょっと苦手。退廃的なものより「電線音頭」みたいなのが好きなんですよ。

成　「電線音頭」はいろんな人が自分のルーツとしてあげるから、リストに『みごろ!たべごろ!』があるのを見て、「出た」と思った（笑）。俺はもう大人だったからそんなに盛り上がらなかったけど。

能　まあ子どもの頃に見ないとね。

成　『みごろ!たべごろ!』を「あれはファンクだ[★77]」って音楽好きがいるよね。小松の大親分のしらけ鳥音頭があって、そこからMCが語りまくるパートになるじゃない？　あそこがJB[★78]（ジェームズ・ブラウン）のマントショーで、MCが「ガッチャガッチャ」「ムービンムービン」って煽るにパートにあたると。

能　（笑）。

成　マントショーではその後ジャーンとJBが立ち上がる。同じように、『みごろ!たべごろ!』ではジャーンとベンジャミン伊東が登場して「電線音頭」が始まる。同じじゃない？　「あれが俺にとってのJB」って人がけっこういるよ。

★75 一九七二年六月にリリースされた五枚目のアルバム。
★76 一九七七年から七九年にかけて、ブライアン・イーノとともに制作した『ロウ』（一九七七年一月）、『英雄夢語り（ヒーローズ）』（一九七七年十月）、『ロジャー』（一九七九年五月）をさす。
★77 70s以降のブラック・ミュージックにおける一大ジャンル。「ファンキー」という形容詞は野卑・骨太・ギラギラ・汗まみれ系のサウンド／雰囲気に適用されることが多い（yo）。
★78 アメリカのソウル・シンガー（一九三三〜二〇〇六）。「ゴッドファーザー・オブ・ソウル」などのニックネームで知られる。ファンク・ミュージックの創始者と言われる。

能　なるほどね。

成　それとTIPOGRAPHICAの水上、あいつは別の説をとなえてた。ジャンキーの視点で見ると、あの小松政夫はヤバいって。「ウィリアム・バロウズ[★79]に匹敵する」と力説してた。

能　そうなの？（笑）

成　一度「しらけ鳥音頭[★80]」で伊東四朗やキャンディーズ[★81]にいじられて、ガクッとなる。それが「電線音頭」前の「チュチュンがチュン♪」とかで、薬が効いてくるのか復活して、で、一気に吹っ切るじゃん。水上が言うには「あの表情はキメてるときの顔だ」と。「小松政夫は年齢的に戦後のヒロポンの時代を知ってるから、あれは絶対にドラッグを表してる」って（笑）。

能　あれはヒロポンの表現だって？

成　うん。そういう見方もあれば（笑）、大谷くんみたいに「ＴＯＫＩＯ」やマーク・ボランに繋がる人もいる。

能　俺がロックに求めるのは、ほぼあれだね。つまり子どもの頃のテレビは大事だったってことですが。

成　「電線音頭」が「ＴＯＫＩＯ」に繋がるのは子どもの感受性ならではだよね。

★79 アメリカの小説家（一九一四～一九九七）。五〇年代のビート・ジェネレーションを代表する作家の一人。ドラッグにまつわる数々のエピソードでも知られる。

★80『みごろ！たべごろ！笑いごろ!!』内で小松政夫が歌った曲。「電線音頭」とともに大ヒットした。

★81 一九七三年にデビューした女性アイドルグループ。メンバーは伊藤蘭、藤村美樹、田中好子の三人。人気絶頂期の一九七八年に解散した。

能 でも菊地さんはテレビより映画の影響が大きいんじゃない？

成 いやテレビも大事だったよ。テレビは映画の再放送機って側面もあったから。『兵隊やくざ』★82 なんて俺、最近までテレビでしか観てないもん。実家でアレが始まると客の箸がいっせいに止まる（笑）。

能 そうなんだ。ちょっと意外。

成 大映や日活の映画は劇場ではほとんど観てない。実家は松竹館と東宝館に挟まれていて、少し歩いた先に大映館があった。でも日活館は遠くて行けなかったから。しかも物心ついたとき、日活はロマンポルノの会社になってた。

能 そこの不足をテレビで補ったわけだ。

成 あとテレビはね、俺の世代だと『仮面ライダー』★83。

能 『仮面ライダー』『ウルトラマン』★84 世代ね。

成 あとドリフ。特撮とドリフターズなのよ。学校のクラスでの話題は、いつも特撮とドリフと『仮面ライダー』。俺も話は合わせてたよ。でも頭の中にあったのは地元の祭囃子とクレージーキャッツ★85。それが今の俺を形成している。

能 レコード屋に行き始めるのは中学生ぐらい？

成 レコードに関しては二つ段階を経てるんだ。最初は兄貴の部屋にあっ

★82 一九六五年公開の大映映画。勝新太郎主演、増村保造監督作品。その後、『続・兵隊やくざ』『新・兵隊やくざ』などシリーズ化した。

★83 一九七一年の第一作『仮面ライダー』から始まり現在まで続く特撮テレビドラマシリーズ。

★84 一九六六年にTBS系列で放送された第一作から現在まで続く特撮テレビドラマシリーズ。

★85 戦後日本を代表するコミック・バンド、タレント・グループ。メンバーはハナ肇、植木等、谷啓、安田伸、石橋エータロー、桜井センリ、犬塚弘。

たピクチャーレコードとかピクチャーソノシートを聴いてた段階。このときに、再生機の回転を変えたり、針を自分で勝手に上げたりして遊んでて、同時に音楽の素晴らしさもそこで体験した。このときの記憶はけっこう鮮明で、『2001年宇宙の旅』[★86]の最後にボーマン船長が静かな豪邸に入ると、エリザベス朝の庭があって老人がいるシーンというシーンがあるけど、あんな感じ。無人の部屋に入ると、六〇年代の遺物が自分をじっと待っているという。雪村いづみが三人娘の頃の「ブルーカナリー」とか、スティーブ・マックイーン[★87]のテレビ映画『拳銃無宿』のレコードが置いてあった。当時、ガンブームというのがあったんだ。

能　たしか小林信彦[★88]が作ったんだよね。

成　「ヒッチコックマガジン」[★89]の編集長時代にね。ガンブームに兄貴は完全に淫《いん》してた。というか今も淫してて、いまだにハワイ行って銃撃ってる。

能　(笑)。

成　俺は全然ハマんなかったけど、西部劇やジェームズ・ボンド[★90]がものすごく流行ってた。「早撃ちは誰が一番か」とか映画雑誌の記事になったりしてて。当時、日本でその中にいたのが三橋《みはし》達也[★91]。

能　それは本当の六〇年代だね。

成　シックスティーズだよね。ビートルズがあって、『007』があった

★86 一九六八年公開のSF映画。スタンリー・キューブリック監督。革新的な映像技術でその後のSF映画に多大な影響を与えた。

★87 一九六〇年代から七〇年代に活躍したアメリカの俳優（一九三〇〜一九八〇）。代表作に『大脱走』『荒野の七人』『ゲッタウェイ』など。

★88 小説家（一九三二〜）。雑誌編集者を経て、テレビの構成作家、文筆業へ。著書に『日本の喜劇人』『唐獅子株式会社』『極東セレナーデ』『うらなり』など多数。

★89 一九五九年創刊のミステリ小説誌。小林信彦が初代編集長をつとめた。六三年に終刊。

★90 イアン・フレミングの小説とそれを原作とする映画『007』シリーズの主人公。映画は一九六二年の第一作から二十五作が公開されている。

★91 俳優（一九二三〜二〇〇四）。川島雄三作品に数多く出演。その他に『悪い奴ほどよく眠る』『天国と地獄』などでも知られる。

時代。兄貴は特別音楽好きじゃなくて、そういう人がガンブームの影響で買った西部劇の主題歌のレコードが残ってた。三流のビッグバンドが『007』のテーマを演奏してるレコードとか。メロディー間違ったりしてて。

能　カバーばっかり入った〈デラックス版〉みたいなレコード、あったよね。

成　うちにあったのは、シングルサイズのピクチャーレコードが四、五枚入った分厚いアルバム。今のデアゴスティーニみたいなの。そういうのがいっぱいあったんだよ。兄貴は東京に行っていなかったから、一人でそのレコードを聴いてた。ピクニックに持っていくようなポータブル・プレーヤーで。

能　うちにそれ、あるよ。またリバイバルしてるよね。

成　たしかビクターのプレーヤーだったな。回転数が33と45以外に16と72もあって、あれはSP盤★92の名残だろうね。そのプレーヤーの存在も今の俺を作った一つ。

能　というと？

成　今若い子はアニメを倍速で見るとかいうけど、俺は33回転のレコードを72回転で聴いてたんだよ。それが面白かった。みんな72回転で音楽聴いてみろと言いたい（笑）。そのプレーヤーはずっと捨てずに持ってて、中

★92 現在のシングル／アルバム以前のアナログ・レコードの形態。RPM＝78が基準なので、72とは微妙な回転数ではある（yo）。

学のときにちゃんとしたステレオを買った後も、マイルスをそれで聴いてた。

能　キュルキュルキュルって早回しの音でマイルスを。

成　逆に16回転で聴くのも面白かった。

能　どっちかと言うと回転数を落とした方がいろいろと聴こえるよね。

成　でも速ければ速いで、何か別のものが聴こえてくるんだよ。つまり、33、45回転の両脇に六弦ベース★93のような感じで、16と72があったわけ。

能　そういう言い方するとすごいね。六弦ベースとしてのポータブル・プレーヤー（笑）。

成　だから俺は、音楽自体より先に、まずレコードと再生機という機械に触れた体験がある。そっちの方向、つまり音楽より機械工学みたいな方向へ行ったのが大友っち（大友良英）だと思うんだ。俺はそこまで行かなかったけど、あの人の実家、電気屋だから。うちは飲み屋で、兄貴がプレーヤーとレコードを例外的に持ってただけ。ハンダごてを使って改造したり、機械の内部を開けたりはしてない。それでも四歳ぐらいから、プレーヤーをいじって音を聴くことには淫してた。『エデンの東』★94とか、谷啓さんの「ヘンチョコリンなヘンテコリンな娘」のソノシートとか。

能　そういうレコードがマニアじゃなくて一般的な家庭にもあったわけだ。

★93 通常のエレクトリック・ベース（四弦）の両脇に高音、低音のエクストラ弦が張られている。

★94 一九五五年公開のアメリカ映画。ジェームス・ディーン主演、エリア・カザン監督作品。

パソコン雑誌でニューウェーブと出会う

成　売れてたからね。兄貴はただ売れたものを買ってたんだよ。「帰って来たヨッパライ」★95を何の意味もなく買っちゃう人だったから。

能　「帰って来たヨッパライ」！　このレコードの話もよく出てきますね。売れたもんね。

成　その後、中学に入ってステレオセットを買って以降、俺は自分の道を行く。そこで最初に買ったレコードが『Get Up with It』。そこからはわかりやすい話になる。でもその前の時間、兄貴のプレーヤーで兄貴のレコードを聴いてる時間が長くて、それも重要なんだよ。

能　それが音楽に関する原体験なんだね。

能　うちの父は八戸の家電量販店で働いてたんですよ。子どもの頃にはそのサービスセンター部門の所長とか課長とかだった。

成　それはいつ頃の話？

能　一九七〇年代後半から八〇年代前半ぐらいかな。サービスセンターの責任者だから、テレビやらビデオをたくさん修理する。あとは当時出てきたばかりのパソコンも。あの頃はマイコン★96と言ってましたけどね。

成　マイコンって昔あったね。

能　当時は富士通もＮＥＣも自社でパソコン出してた。で、「BASIC」★97っていう言語で、自分でプログラムを打ち込んでいろいろソフトを作って遊

★95 一九六七年十二月にリリースされ大ヒットしたザ・フォーク・クルセイダーズの代表曲。作曲・加藤和彦、作詞・フォーク・パロディ・ギャング（松山猛・北山修）。

★96 「マイ・コンピューター」の略。当時はこっちがフツーの呼び方だったような（yo）。

★97 プログラミング言語の一種。機種ごとに色々独自規格で覚えるのが面倒だった（yo）。

んでたんですよ。子どもの頃に。

成 マイコンっておもちゃ屋さんにあったから、もっとちゃちな作りかと思ってたけど、けっこうちゃんとしてたんだ。

能 おもちゃ屋にあるのはゲーム専門機みたいなので、ファミコン以前のね。その他にもオフィス・ユースの、家計簿をつけたり税金対策の計算ができるような本格的なのがあって、それは当時の値段で四十万ぐらいしたりするわけ。なんで、普通は子どもなんかが触るものじゃないんだけど、うちの父は仕事柄、新製品のチェックかなんか知らないけど家に持ってきたりするのね。家の中の一部屋が家電の置き場所になってて、ただの畳部屋なんだけど（笑）。マイコンやビデオデッキ、そこにビデオデッキが二台、テレビ三台あったりとか。映らないんだけど（笑）。そういう環境で子どもの頃は機械をずっと触ってたの。あと昔はパソコン用のプログラムが載った雑誌がいっぱいあったんですよ。「マイコンBASICマガジン」★98とか「I／O」★99とか。それを愛読してた。

中を開くと延々と記号が並んでるわけ。「打ち込むとインベーダーゲームが作れます」みたいなプログラムがあって、小学四年生ぐらいからそういう雑誌を見てPCのプログラムを打ち込んでた。ビープ音といって「ピー」って音が出るようになってて、それを変調させるとドレミが鳴らせる

★98 読者によるプログラム投稿を中心にした雑誌。〈発行元はなんと「電波新聞社」と言います。修学旅行で上京した際に見学に行ったたくらい熟読してた（yo）〉

★99 同じくプログラムを中心にしたパソコン雑誌。異常に分厚かった（yo）。

んですよ。プログラムを打ち込んでドレミを鳴らしたり、「♪ピーポッポ、ピーポポピーポ」って、主題歌みたいな曲を作ったりしてた。

成　相当すごいな、それ。

能　16進数ってあるじゃないですか。音楽みたいに12じゃなくて（笑）、0から9、AからFまでを組み合わせて16で回すやつがあるのね。「1E」とか「AC」とか、マシン語[★100]って言ってたんだけど（笑）、BASICだと処理が遅いからそれで直接サブ・ルーチン[★101]のプログラム組んで、横スクロールのシューティングゲームなんか作ってた。あの頃が人生で一番頭よかったと思う（笑）。

成　完全に理系だね。マイコンはその後どうしたの？　やめちゃった？

能　それが、あんなに夢中だったのに、あるとき突然飽きたんだよね。そこから音楽の方へ……まあそれはとにかく、何が言いたいかというと、あの頃のパソコン雑誌にはパソコン文化とYMOやニューウェーブ、それとSFが全部一緒になって載ってたんですよ。その直撃を小学生後半に食らったの。

成　ニューウェーブってSFの？

能　ニューウェーブSFと、ニューウェーブの漫画と音楽、ニューウェーブ一般（笑）。あと海外の情報もたくさん載ってた。Appleとアメリカ西

★100 BASICを介さずにコードでもって直接プログラムを制作・稼働させるための言語／システム。（十六進数二桁で記述されることが多い）。なんで十歳くらいの子供がこんな言語覚えてゲームとか作ってたのか、もはや前世の記憶のようにオボロである（yo）

★101 メインのプログラムの他に、汎用性の高いデータ処理プロットなどを独立して作っておき、それを随時呼び出して使用するシステム。

海岸文化の紹介とか。そこへさらにSFの短編があったりして。その流れでYMOを知ったんですよ。

成　パソコン雑誌でYMOを？

能　たしか八二年だと思うんだけど、パソコン雑誌で「YMOが解散しますね」って編集者が一人語りしてる号があったの。で、そこで「YMOって何だろう？」と。あと、自作のゲームに「ソリッド・ステイト・サヴァイヴァー」★102とか「ライディーン」★103と名前をつけた投稿も出てて、それも「何これ、カッコいい」ってグッときた。

成　つまり大谷くんは工学系からYMOに入ったわけね。そのとき同時に、SFやニューウェーブの音楽も知った？

能　そうだね。そこでサンリオSF文庫★104を知ったたし、オタクとサブカルが分岐する以前のポップ・カルチャーにハマった。そのまま筒井さん読んで、よくわからないまま中南米文学ブーム★105を知って……みたいな。相当影響された。

成　今思えば豊かな時代だよね。

成　それにしてもよくYMOの話題が出てくるね。

能　それは仕方ないよ。元ネタ『長電話』だし（笑）。今年はYMOの話をキチンとしておくしかないでしょう。

「ぴあ」でYMOと出会う

★102 一九七九年九月にリリース、百万枚を突破する大ヒットとなったYMO二作目のアルバム。

★103 一九八〇年六月にリリースされたYMO二枚目のシングル。『ソリッド・ステイト・サヴァイヴァー』に収録。

★104 サンリオが一九七八年から八七年にかけて刊行していた文庫叢書。P・K・ディック『時は乱れて』やW・バロウズ『ノヴァ急報』、A・ジャリ『馬的思考』など斬新なラインナップで知られる。

★105 非現実と日常がまざりあうマジック・リアリズムと呼ばれる手法で知られる、一連のラテンアメリカの文学。著名な作家にG・ガルシア・マルケス、A・カルペンティエル、ホルヘ・ルイス・ボルヘスなど。

成　まあね。俺のＹＭＯとの出会いは、「ぴあ」[★106]だった。「ぴあ」にＹＭＯのトランス・アトランティック・ツアー[★107]の記事が出たわけ。「ロスにあるグリーク・シアターでチューブスの公演の前座を日本人バンドがつとめて、大成功した」って。それで知った。写真なし、文章だけの記事。もちろんその前史はあるんだよ。紀伊國屋のフュージョンフェス[★108]に出たりして。でもブレイクスルーは間違いなくあのツアーだった。

能　トランス・アトランティック・ツアーは七八年ぐらいだよね。七八年か七九年。

成　俺はそこで初めてイエロー・マジック・オーケストラを知る。記事は「細野晴臣↓はっぴいえんど[★109]」、「坂本龍一↓藝大」、「高橋幸宏↓ミカ・バンド[★110]」みたいな過去には触れてない。ただ海外で成功した日本人バンドが「イエロー・マジック・オーケストラ」って名前だということ、ＬＡでライブがめちゃくちゃウケたというだけ。それが第一報として「ぴあ」に入る。そこからあとはもう決壊。

能　そのままドーンと行ったよね。

成　それを駅前の本屋で立ち読みしたのを覚えてる。

能　大ブレイク直前の、最初の情報が出たのが「ぴあ」だった。

成　俺の中でこの記憶はゴダールのジガ・ヴェルトフ集団[★111]と繋がってる。

★106　ぴあが一九七二年に創刊した総合エンタテイメント情報誌。最盛期には発行部数五十万部を誇ったが、ネットの普及におされ二〇一一年に休刊した。

★107　ＹＭＯが一九七九年に英・仏・米で行ったライブ・ツアー。

★108　一九七八年開催。対バンはニール・ラーセン（yo）。

★109　一九七〇年代前半に活動したロック・バンド。米西海岸のロックに影響されたサウンドと松本隆の叙情的な詞で日本ロック史に大きな足跡を残した。

★110　加藤和彦、高橋幸宏らが一九七一年に結成したロック・バンド（正式名称はサディスティック・ミカ・バンド）。七五年のアルバム『黒船』は海外でもリリースされた。

★111　一九六〇年代後半から七〇年代はじめにかけて活動したフランスの映画作家集団。同グループ名のもとに匿名で政治的映画を集団的に製作した。

気になるのに聴けないし観られないというところが。

能 ああ、わかる！　ゴダールもさ、情報だけあって実物は観られないって時期が長かったってことですよね。

成 今となってはジガ・ヴェルトフ集団の映画も全部観られるけどね。YMOだってグリーク・シアターのライブは『FAKER HOLIC』ってDVDになってる。

能 だけど当時は文字情報しかなかった。

成 そこから「ライディーン」を聴くまでの時間と、ジガ・ヴェルトフ集団の映画を観たいと思いつつ止め絵で我慢してた時間が重なるわけ。長さ全然違うけど。

能 止め絵で我慢。ジッとグラビアを見て内容を妄想する時間がたっぷりとあった（笑）。宙吊りの、お預けの時間というか、それはつまりフロイトでいう、一つの肛門期なんじゃないか。

肛門期のない文化

成 そう、肛門期なんだよ。

能 われわれはそういうものをたっぷり味わってきた、と。

成 それで言うと、歌舞伎町は肛門期の山なんだよね。

能 突然話題が変わりますね（笑）。

成 いやいや（笑）。今の若い人でもホストに狂う人、キャバクラに狂う人、デリヘルに狂う人はいっぱいいる。あれはつまり肛門期なんだよ。だって、みんないつ出勤するかわからないじゃん。だから、繋がりっぱなしじゃない、いたりいなかったりするのが前提で、毎日公式サイトやＳＮＳを見て、目当ての人が出勤するどうかチェックする。でも、特にああいうところで働く人たちって、あんまりＳＮＳはやりたくないんだって。揉める原因になるから。

能　そうだろうね。

成　歌舞伎町ではどの職種の人もガラケーだった。しかも一台じゃなくて何台も持ってて、客ごとに七つ八つのガラケーに分ける。路上で偽造テレカさばいたり、プロザック（抗鬱剤）をさばいたり。別々の顧客に「来週の月曜日会おうね」とか……。

能　それぞれで別のアドレスを使うわけだね。

成　そう。そこでスマホ一台にしちゃうと、一気に全部見られちゃう可能性があるわけね。何かあると危ないんで、そこをあえてガラケーにしてリスク分散するんだ。ＬＩＮＥも危ない。基本的にあの人たちは、スマホじゃなくてガラケー。ＳＮＳもやらないって人が多い。タチ悪いサギ師だけだ、ＳＮＳ使うのは。

能　すすんで情報の発信をしないことで自分の身を守るわけだ。

成　ああいう人たちにハマる人のハマり方ってすごいから。のめり込んで破産して自殺しちゃったりとか。街の中に飛び降りの名所があったからね。

能　知ってる。その場所の横のビルでライブやったことがあるよ。菊地さんもやったとこだと思うけど。

成　とにかくあそこには肛門期がいっぱいあるわけよ。目当ての相手が店に来ないかもしれない。でも行かないとわからない。「今日出勤する？」と訊いても返事がない。「とりあえず行くね」って春日部あたりからがんばって行くと、やっぱりいないとか。

能　（笑）。

成　そこで気づいたことがある。またしても『幕末太陽傳』[★112]を観るとわかるけど、江戸時代の遊郭システムでは、一番売れてる女郎って、実際には客とほぼやらないですんだんじゃないかと思うんだよ。「廻し」というダブルブッキングの制度があったじゃない？　あと遊郭にはテーマパーク的な、言ってみればディズニーランド的な側面もある。平安貴族を真似た見立て遊びの世界で、口八丁手八丁で相手をなだめたり、料理食いながら待ってて寝ちゃったけど「会えたからいいや」って金払って帰る客がいたり。コストパフォーマンスを重視する「一時間いくら」型の資本主義じゃない、現代の市場では考えられないビジネスが江戸では発展した。

★112　一九五七年公開の日活映画。幕末の品川宿を舞台に起こるさまざまな出来事が、グランド・ホテル形式で描かれる。フランキー堺主演、川島雄三監督作品。

能　そうだね。吉原と『幕末太陽傳』の舞台の品川遊郭はちょっと違ってたと思うんですけど、江戸も後半になるとそういう悠長な遊びに耐えられない人が、すぐヤレる場所に行くことが普通になったりもする。有名な話ですけど、吉原だと初回はベッドインできないとかね。「裏を返す」みたいな手続きがちゃんと用意されてたりとか。

成　うん。それに近い風景が歌舞伎町にはあったんだよ。キャバクラやホストクラブは、金さえ出せば目当ての相手に会えるわけじゃなかった。指名料払って会っても、廻しで「ちょっとごめんなさい」と言って席を離れたら帰ってこない、とか。この仕組みと江戸の遊郭を繋げて掘り下げたら、俺も小沢昭一みたいな仕事ができたかもしれない（笑）。

能　キャバクラはそういうところなんだよね。ワタシ、友人に接待されて一回だけ行ったことがありますが、何が面白いのか全然ピンとこなかった（笑）。

成　（笑）。キャバクラではナンバー1の子は呼んでも廻しで離れちゃう。だからナンバー2でも3でも、とにかく自分から面白い話をしなきゃいけない。そういうときに、たとえば「俺、おにぎり好き？」って話題を出していンする会社にいるんだけど、どこのおにぎりの外装フィルムをデザイくとモテモテになるわけ。テーブルが女の子でいっぱいになる。廻しで別の席へ行ったトップの子も戻ってくる。「フィギュアスケートのキラキラじゃない肌色で遠目に裸に見えるところ、わかる?」とか訊くと、「わかるわかる」とか。自分の服と関係あるから興味を持つんだ。そこで「俺の会社はあの肌色のやつを作ってるの。ラメは別の会社がやってるけど」とか口からでまかせでさ(笑)。

能　わざわざご苦労なことですな(笑)。

成　まあとにかく、一時の歌舞伎町は金さえ払えば目的のものが手に入るわけじゃない。自分から動かないと何も手に入らない。そういう場所だった。

デリヘルにしても、底辺五万円ぐらいから二十万ぐらいまであって、あれもネットで「今日出勤します」って情報を見て連絡したら「○○ちゃん来てません」なんて話が普通にあるらしい。でもそこでキレたら出禁になるからキレられないのだそうだ。つまり女の子の方が括約筋をコントロールしてるわけ。システム上、その女の子の肛門括約筋のコントロール、肛門期的なプレーに乗っからざるを得ない。

能　逆に、そこがないとリビドーが溜まらない。

成　そう。歌舞伎町は肛門期の山だったんだ。インターネットで何でも買える、「ポチる」って言葉が流行ったAmazon勃興期にあって、何かを買うのはこんなに大変なのかと思い知らされる場所だった（笑）。でも、あの文化はもう消えたね。今「推し」をしてる人たちはコスパで動いてるでしょ。あれに肛門期はないよ。チケが入手できるかどうかだけでしょ。

能　ここで音楽の話に戻しちゃうけど、昔は文字情報だけでレコードを聴いてたじゃん。さっきのＹＭＯやゴダールの話みたいに、画像や映像がないのが普通。実体になかなかアクセスできない。ということはつまり、われわれは基本、延々と肛門期を過ごしたとも言えるよね。レコード聴くってそもそも届かない実物をケツ締めてずっと待ってるみたいな感じがある。

成　それをぶち壊したのがＭＴＶ★113でしょ。

能　そうだね。そこから先が現代だなと思う。ただ、ＭＴＶも週一の放送だったから、一度見たら次まで一週間待たなきゃならなかった。で、YouTubeと常時接続の時代になって、それが全部決壊した。

成　そうなんだけど、その前段階があって、あるときからＭＴＶもプールバーみたいな場所で流しっぱなしになったんだよ。だから繋ぎっぱなしのモニターカルチャーが始まったことで肛門期が消えたんだ。下痢だろアレ。

能　なるほどね。まあ、消えたというか、音楽ではそれが経験できなくなった。

成　でも俺たちはガチの肛門期を音楽で経験したからね。ジャケット睨み

★113　一九八一年に開局したアメリカのケーブル・チャンネル。二十四時間、ポピュラー・ミュージックのビデオ・クリップを流し続ける音楽専門チャンネルとして一世を風靡した。

つけて歌詞カード読み込んで。

能　それを幼年期、少年期、青年期とずっと続けてきたから、肛門期をめぐる欲望に耐性がある。

成　そういう身体になっちゃってるよね。

能　もしかするとコレが音楽で得た一番の経験かもしれない（笑）。

成　肛門期がないって話に繋がるけど、こないだペン大で入試をやったときに面白いことがあった。俺、YouTube世代で、ジャズ研とジャズ喫茶を経験せずにモダンジャズを学んだ若者がこの世に必ずいて、いつか会えると思ってたわけ。そしたらこないだの試験でついに出会ったんだよ。「ジャズ喫茶って知ってます？」と訊いたら「え？　ジャズの喫茶店ですか」と答えるぐらい、本当に知らない若者に。

能　「ジャズの喫茶店」ってむしろ何？（笑）

成　「大学のジャズ研は？」「大学行ってません」。本当にYouTube純正なのよ。もともとはテクノが好きだったけど、あるときYouTubeでジャズの動画を見た。そこで知ったが最後、もうジャズは繋ぎっぱなしでいくらでも聴けるから。

能　そうだよね。我慢しなくていい環境になってるからね。もう仕方がない。

YouTube・CD・ジャズ喫茶

成　そこからジャズの曲と教則動画を見狂った。そのおかげで不器用なビル・エヴァンス[★114]ぐらいの腕前になってて。「純正ってこういうタッチなのか」と思った。ジャムセッションも人間関係も経験しないで、YouTubeだけでジャズ経験をした人の演奏を初めて聴いた。なんだけど、その後「楽譜は読めますか」と訊いたら、慌てず騒がず、「読めません」って。

能　おう……（笑）。

成　そこで、「あなたみたいな人がきっと現れると思っていた。われわれは日本にしかないジャズ喫茶という変な空間でジャズを勉強したけど、これからはあなたのような人がワールドスタンダードになると思う。だから、あなたに興味があるし、クラスに来てほしい。来てほしいけど、授業では楽譜を使うからそれが読めないのは困る」と伝えたわけ。そしたら何て言ったと思う？

能　何？

成　「すみません、楽譜読むための動画見るのを忘れました」だって。「これから見ます」って（笑）。「じゃあ来年また入試があるから、一年間YouTubeで楽譜の勉強してください」と返したけどね。落語かよと（笑）。

能　すごい。リアルタイムの人体実験だね。

成　なにしろ常時接続の時代だから、ジャズに触れようとすればなんでもあ

★114　ジャズ・ピアニスト。流麗な和声の扱いによって、以後のピアニストに大いなる影響を与えたスタイリスト（yo）。

る。大変な量を聴いてるし、教則動画もピアノからドラムからみんな見ている。実際食いきれないぐらいあるからね。もう座ってるだけでPCからパンケーキが出てくるような状況で。

能 時代だね。繋がりっぱなしだから……ところで今の話で思い出したけど、実は俺、ジャズ喫茶にほとんど行ってないんですよ。

成 えええええ！ そうなの⁉ 今回、衝撃の告白シリーズだな。マイコンに夢中だったとかジャズ喫茶には行ってないとか。笛吹いてたとか。

能 八戸にはジャズ喫茶が二軒あって、そのうちの一軒が高校の通学路にあったんだけど、これがゴリゴリのフリージャズが流れる喫茶店で。一回行ったけど暗くておっかなくてすぐ帰っちゃった。地元で行ったのはその一回だけ。音楽はCDで自分で簡単に聴けるからそれでいいやって。

成 そうか。十歳違うと、それだけジャズ喫茶の力が落ちてるんだな。

能 CDも買えるし、中学高校時代がレコードからCDに切り替わる時代だったんで、街の「友&愛」★115とかでLPが投げ売りされてて、それで『至上の愛』とか買った（笑）。それから大学入学でこっちへ出てきて……でも、俺がいた横浜国大のモダンジャズ研究会は山の上にあったんですよ。

成 そうだよね。行ったことあるよ。

能 そんなキャンパスにいたから、ジャズ喫茶に行くのは結局新歓コンパ

★115 一九八〇年代に人気だったレンタル・レコードチェーン。エイベックス創業者・松浦勝人氏がかつてアルバイトしていたことでも知られる。

のときぐらい。そのまま、「行きつけのジャズ喫茶」っていうものを持たないまま今に至る、という。

成　じゃあＪＢＬ★116のでかいスピーカーでマイルスを聴いたりする経験はなかったんだ？

能　全然ないわけじゃないけど、まあ、もっぱら自宅でＣＤコンポでヘッドフォンで……とかですね。ライブは別として。

成　そこは違ってるなあ。俺は大谷くんより十歳上だからジャズ喫茶には通ったし、怖い常連の前ではおとなしくして、常連が帰ると好きな曲をリクエストしたりタバコ吸ったりしてた。それが普通だった。

能　そういう文化を経てきてるよね、菊地さんは。俺にはそれがないんですよ。

成　大谷くんは平成寄りだね。俺は昭和寄り。

能　平成寄りというか、平成スタートというか。その頃はＬＰ↓ＣＤによる再発ブームで、昔の名盤が千円や千二百円で新譜と一緒に買えたわけ。菊地さんの世代は新譜以外は簡単には買えなかったでしょ。だからジャズ喫茶に行くわけで、そのあたりが違う。

成　ＣＤが出始めたときに二十歳だもん、俺。

能　俺は復刻世代なの。

★116　一九四六年創業の老舗オーディオメーカー。特にスピーカーはジャズ喫茶で多く使われ、ジャズ・ファンに人気が高い。

成　なるほどね。ジャズ喫茶のボロボロになったヴァイナルを聴いた記憶がないわけね。

能　最初からアーカイブ世代。「幻の1500番台」[★117]がCDになってちっちゃくなって（笑）、千五百円で棚に並ぶのを見てたから。そういう状態からジャズを聴き始めた。

成　ライブでは何を聴いた？

能　最初に行ったライブが山下洋輔のソロなんですよ。それが高二のとき。山下さんが八戸に一人で来たんだよね。

成　八戸にはジャズを聴かせるライブハウスはなかったの？

能　ジャズのライブハウスはなかったかなあ。八戸は歓楽街だから、箱バンを入れるような店はいっぱいあった。でもそういう店はお酒飲む場所だから、あんまり出入りはしてなかった。バリバリのジャズよりソウルやロックの方が流行ってて、ディスコもあったし。三沢の米軍基地が近いから。

成　そうだよね。基地の影響があるよね。

能　ディスコには高校時代こっそり行ってた。でもジャズのライブはもっときちんとした場所でやる感じで、ちょっと敷居が高いというか。山下さんのライブも公会堂で見た。ジャズライブをやる喫茶店はなかったかも。

成　銚子もジャズのライブをやる店はなかったけど、ジャズ喫茶は二軒あ

銚子のカウント・ベイシー・オーケストラ

★117　BLUE NOTEレーベルの型番で、ハードバップ作品の名盤が数多く吹き込まれた。

った。その中の一軒のジャズ喫茶の親父が呼び屋をやってて、それがすごかったんだ。銚子市民会館大ホールに、たいしたメンツを呼んでライブをバンバンやってた。時代的に言うとフュージョン全盛期の七四、七五年から俺が銚子を出る八一年ぐらい。ネイティブ・サンとか渡辺香津美バンドが来たんだよ。

能 いいねえ。最高ですねえ。

成 (渡辺)貞夫さんとか。そんなとき、「たまにはフュージョンじゃなくておじいさんでも聴けるミュージシャンも呼ぼう」という話になって。そこで呼ばれたのがカウント・ベイシーだったんだよ。

能 銚子でカウント・ベイシー観たんだ⁉ フレディ・グリーン★118がいるとき?

成 うん。フレディ・グリーンはギリギリいた。何回目かの黄金期だったといわれてたメンツで、実際、そのとき観たカウント・ベイシー・オーケストラはメチャクチャよかった。同じ会場で渡辺貞夫も渡辺香津美もネイティブ・サンのライブも観たけど、何だかピンと来なくて。そんなときに聴いて魂が震えるぐらい感動したのが、カウント・ベイシー・オーケストラだった。もうね、ヤバかった。「リル・ダーリン★119」とかやっちゃって。言葉もなかったよ、本当に。しかもノンPAでさ。

★118 カウント・ベイシー楽団のリズムを長年支えたギタリスト。フォービート・カッティングは至宝(yo)。

★119 ベイシー楽団定番のチークタイム曲。

能　素晴らしい。最高ですなあ。

成　あんまり興奮して、ライブが終わった後に楽屋へ行っちゃったぐらい。あそこは学校の吹奏楽部も出る大ホールなんで楽屋も勝手知ったる場所なわけよ。便所の裏から入れば楽屋に通じてるとか知ってて、勝手に押しかけたの。そしたら、演奏を終えたばっかりのカウント・ベイシー・オーケストラの連中が着替えてた。全員。

能　ひええ。

成　そのときの俺は中学生で坊主頭（笑）、彼らからしたら詰襟で坊主のアジア人の少年が、目ギンギラギンに輝かせて楽屋にバーンと入ってきて、さぞかしびっくりしたと思うんだ。でもそこで怒るんじゃなくて「おお、ようこそ！」ってハグしてくれたわけ。黒人のおじいちゃんたちの、香水だか整髪剤だかの濃厚な匂いに包まれて、こわごわ「サインください」と頼んだら、全員がサインしてくれて。

能　すごい思い出だなあ。

成　それはかなり大きな体験としてある。中学時代に生で聴いたカウント・ベイシーとジャズ喫茶体験。昭和の話だけどね（笑）。

能　俺はそういう経験はなかったなー。

成　俺と大谷くんと、十歳違うだけでこれだけ違うってことがよくわかるね。

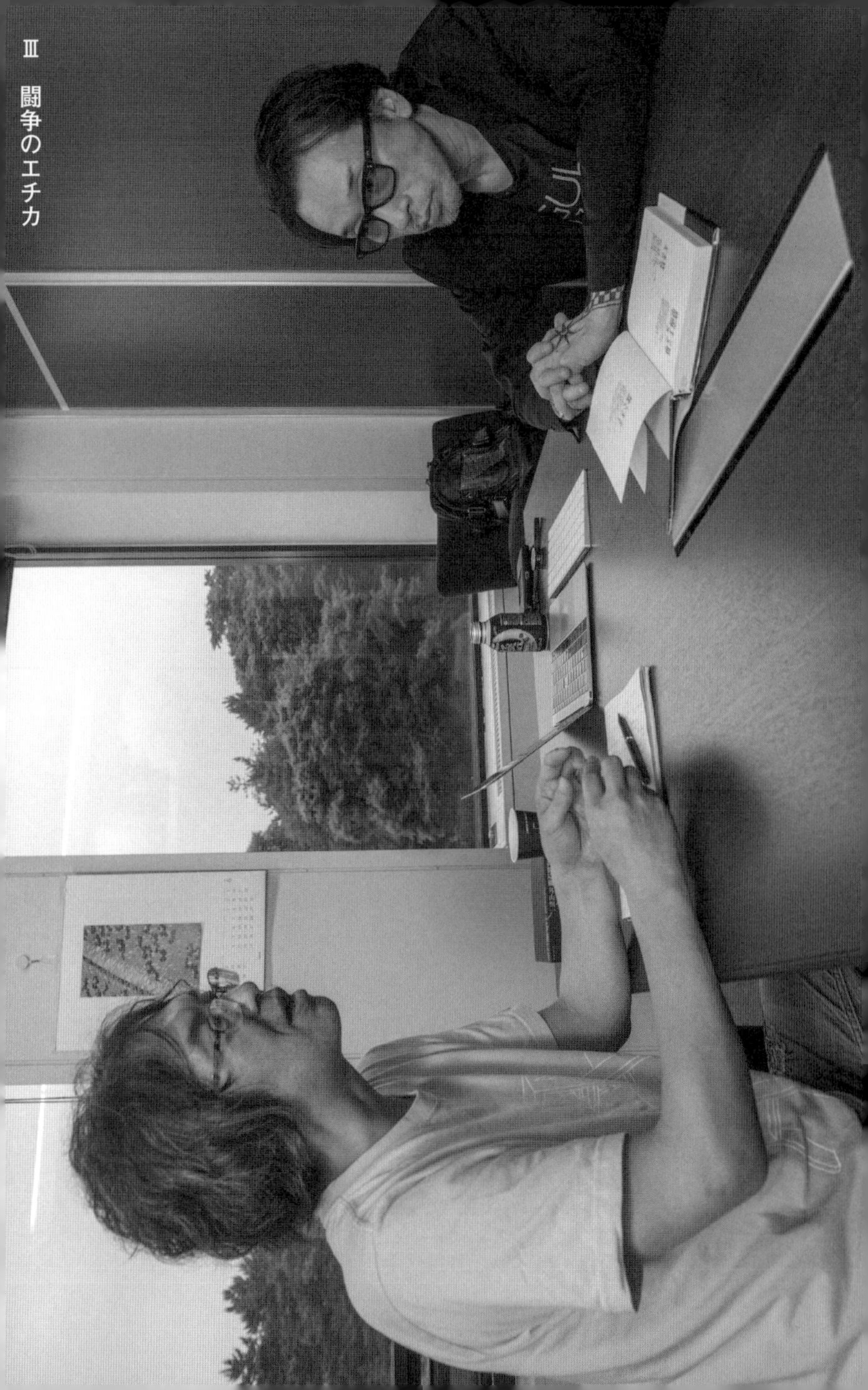

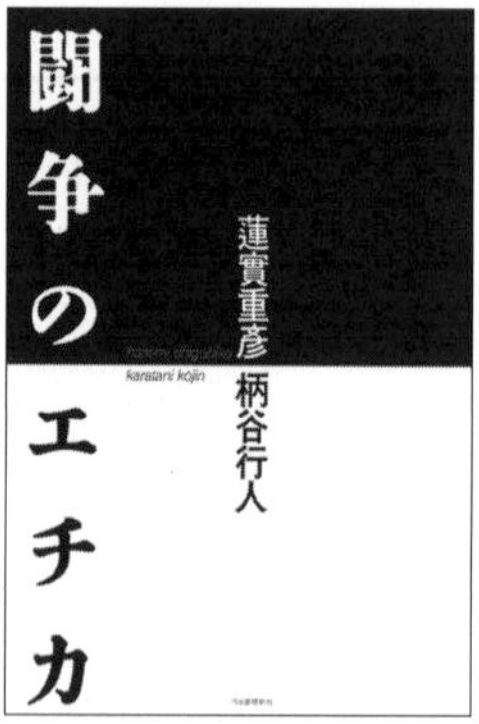

『闘争のエチカ』蓮實重彦・柄谷行人
（河出書房新社、一九八八年五月）

八〇年代を代表する知識人二人の批評と文学をめぐる対話集。「ポスト・モダンという神話」「情報・コミュニケーション空間の政治学」「終焉とエクソダス」の三章からなる。なお菊地成孔には、この本と同タイトルの作品集『00年代未完全集』（USBメモリー）がある。

二〇二三年六月十五日収録（九段下・毎日新聞出版）

ニューアカブームから遠く離れて

大谷▼今回の参照本は柄谷行人と蓮實重彦著『闘争のエチカ』です。この本が出たとき、蓮實さんが五十二歳だから、今の俺ぐらいの年齢でした。

菊地▼これ出したときに五十二なんだ。すごいね。

大谷▼柄谷さんが五十七かな。ちなみに菊地さんは、今日が六十代最初の仕事だそうで（笑）。

菊地▼昨日六十になりましてな。

大谷▼この本、出たときに買って読んだんですよ。まだ高校生でさっぱりわからなかったんだけど。でも「共同体」に「単独者」、「批評とポスト・モダンという神話」とか、出てくるタームが強力だったから、記憶には残った。

菊地▼結局コピーライターの時代だよね。出たの何年？

大谷▼一九八八年。

菊地▼一九八〇年代を俯瞰《ふかん》、包括する視点があるよね。

大谷▼「ニューアカのあの騒ぎは何だったのか」という議論もある。

菊地▼八〇年代に荒れ狂ったニューアカデミズムと、ニューアカデミズムというアプリケーションに乗っかってやってきたポスト・モダンの総括だね。2章の「情報・コミュニケーション空間の政治学」なんて今読んでも通用する議論だと思うし。そこから最終的に3章の「終焉とエクソダス」に向かう構成もいい。

大谷▼白と黒のモノトーンの装丁とか、栞《しおり》が二つ黒と白で付いてるところもカッコよかった。

菊地▼八〇年代、みすず書房に代表されるニューアカ本を「シロ難」って呼んでたんだけど、知ってる？

大谷▼あったね。シロ難解、あと、クロ難解。

菊地▼背表紙が白いか黒いかで判別するという。あとアカ難というのもあった。どれも渡辺和博さんの『金魂巻《きんこんかん》』で名づけられたんだけど。

大谷▼難解本ってシロとクロじゃなかったっけ？

菊地▼アカもあったの。中沢新一の『チベットのモーツァルト』とか。あれは背表紙が赤だったから。

大谷▼俺、「中産階級」や「階級闘争」って言葉は『金魂巻』で知った。といっても今の人には何が何やらだろうけど。

菊地▼歴史の断層ってこういうことだよなあ。

大谷▼『金魂巻』って、一般には㊎、㋝で知られてる本で、当時ベストセラーになったんだよね。

菊地▼俺は兄貴が全共闘世代だってこともあって、『金魂巻』にはリアリティを感じた。兄貴自体はノンポリでオタク第一世代だったんだけど。

大谷▼全共闘世代がまだ三十代の時代だからね。

菊地▼『金魂巻』は学生運動や全共闘の時代からの断絶とポストモダンの時代の幕開けを飾る、ある種シンボリックな本として語られるよね。で、それから四十年。外山恒一《とやまこういち》さんなんて「今の学生にすすめたいものは学生運動しかない」と言ってて、時代は何周もしたわけだけど……大谷くんのイメージだと、軽薄短小のエイティーズという感じ？

大谷▼「㊎、㋝」、「ネアカ、ネクラ」の時代ですね。

菊地▼今思えば、大変な階級闘争の時代だったよね。「㊎、㋝」とか「ネアカ、ネクラ」って、今の「リア充、非リア充」なんか比べものにならないような制圧力があった。

大谷▼そうそう。それと比べたら「陰キャ」なんてどうってことない。

菊地▼「陰キャ」も「陽キャ」も「リア充」も、昔と同じことを言ってるだけにしか見えないよね。それをあたかもリアルで新しい何かのように錯覚してるけど、そんなの昔からあるんだよ。所得格差とかさあ。

大谷▼昔からあるし、昔の方が階級闘争は激しかった。なにしろ「オタクに人権はない」ぐらいの扱いだったんだから。

菊地▼ほとんど被差別民みたいな扱いだった。

大谷▼まさに階級社会ですよ。

菊地▼そういう被差別的だった人たちが、差別を受けなくなってきたあたりの時期に出たのが『アフロ・ディズニー』で、あれが出たのが十四、五年ぐらい前。

大谷▼オタクがしだいに市民権を得てきた時代にね。『WANTED!』のときはまだ被差別意識が強かった(笑)。

菊地▼で、その後の社会で何か変わったかというと、変わってるようには思えない。俺は昨今取り沙汰される問題に新しさを何一つ感じない。

大谷▼『アフロ・ディズニー』が出たのは東日本大震災の前なんだよね。震災後に流行ったのがツイッターで、あれはツイッター以前の本。SNS以前というか。

菊地▼出たのが二〇〇九年だからね。

ネット性善説の時代

菊地▼昔、俺がホテルで缶詰めになってたときに大谷くんが陣中見舞いに来てくれたことがあって、そのときに「菊地さん、mixiってものができたんですよ」って言ったのを覚えてる？　「これは2ちゃんねると違うんです」って。

大谷▼そんなことありましたね。

菊地▼mixiは紹介制だっけ？

大谷▼招待制ですね。紹介制というか。

菊地▼「招待制だから、2ちゃんねるみたいな便所の落書きのような荒れ方はしない」と言ってて。

大谷▼たしか湾岸の方のホテルだった。

菊地▼大谷くんがそこへ打ち合わせを兼ねて来て、そのときmixiの話になった。それが印象に残って、「じゃあやろうか」と思ったわけ。でも自分ではできないから、ＺｏｏｍやＬＩＮＥと同じく、人に頼んでmixiのページまで連れていってもらった。そしたら異様に宣伝が多い。しかも抗鬱剤の宣伝ばっかり（笑）。「何か嫌な雰囲気だな」と思ったら、「菊地成孔コミュ」というのを見つけちゃったんだよ。

大谷▼それはあったでしょうね。

菊地▼それで、あれは管理人というんですか。

大谷▼はじめに誰かがコミュニティを作って、興味を持った人がそこへ参加する形なの。つまりオフィシャルではない。ファンが勝手にコミュニティを作って集まり、そこで情報交換する。

菊地▼そんで、管理人が自分の生徒だったの（笑）。それ見て、こけちゃったんだよね、カクンって。で、結局mixiはやらずに終わり。

大谷▼やらなかったわけね。

菊地▼大谷くんはmixiやってたの？

大谷▼うん。そもそもその前のパソコン通信からやってました。ホンのちょっとだけだけど。

菊地▼そうだ。それは前回からの続きだね。

大谷▼パソ通があって、そのあとにＢＢＳ文化が来る。文化は言いすぎか。Bulletin Board Systemでの告知とか遊び。匿名でも書ける掲示板にみんなでいろいろ書くっていう。それが二〇〇〇年ぐらいで、そのときはまだダイヤルアップ、電話線で繋ぐ方式だったし、ユーザーも限られてて。だから長い文章を書くときは線を一度抜いて、書き込んでからまた入れてアップして、というやり方。昔はパソコン少年だったから、相当前からそういう文化には馴染んでたんですよ。

菊地▼そう話してたよね。

大谷▼なんで、ネットに対する抗体がある。若い頃にあらかじめワクチンを打ってたようなもので、パソ通からの人は基本ネット・ジェントルなんですよ（笑）。そういう前史があるから、mixiを知ったときは「パソコン通信みたいだな」と思ったのね。パソコン通信にもコミュニティがあるから。ただ、パソ通時代はみんなリテラシー高いんで、繋げて書き込めるだけでサブカル・エリートみたいな。

菊地▼そういえばパソ通でＡＳＡＨＩネットってなかった？

大谷▼あった。そこに筒井康隆先生の……。

菊地▼『朝のガスパール』の掲示板があったよね。それは覚えてる。ＡＳＡＨＩネットが、これからは文学もネットに参入してくるはずという前提で作った掲示板。

大谷▼電脳筒井線ね。『朝のガスパール』自体は新聞小説だけど、並行してＡＳＡＨＩネットや何やらで議論して、それを時々連載小説に反映させていく実験的な試みで面白かった。

菊地▼「ストーリーを合議で決める」というとき、中南米幻想文学ファンと昔からのＳＦファンが喧嘩して炎上したりね。それを筒井先生が例によって無邪気な子どもの感覚で楽しんでて（笑）。それで、ＡＳＡＨＩネットが主催だったかちょっと曖昧なんだけど、ネットの文学賞があったんだよ。

大谷▼あった気がする。（編集部注：「パスカル短篇文学新人賞」と思われる）

菊地▼いつだったか、そこで賞を取った小説が掲載されてて、読んだら面白くて。あまりの面白さに一気に読みきっちゃった。

大谷▼へえー、どんな小説？

菊地▼ネットの掲示板を舞台にしたホラー。九〇年代ってみんなネットのあり方に楽観的だったじゃん。美術批評家の伊藤俊治さんは「当時はこの技術が素晴らしい未来をもたらすと信じていたけど、その希望は挫折した」とよく言う。そんな時代だったのに、この小説はネットを性悪説の立場で描いてた。

大谷▼それは珍しいね。

菊地▼地の文はなくて掲示板の書き込みだけで進んでいくスタイルで、掲示板に現れた荒らしをみんなで追い詰めていくストーリー。荒らしはＩＰアドレスを変えたりして逃げるんだけど、どんどん追い詰める。最終的に荒らしの自宅をつきとめる。そうして、「今からあなたの部屋に入室します」となる。そこから入室してどんな報復を加えるかが冷静に書いてあるんだけど、最後がすごい。「あなたが二度とネットに書き込めないように両手の指を切断します」。そういう警告で終わる。

大谷▼うわ、怖いね。

菊地▼怖いでしょ。「うわ、指切るんだ。ヤクザの指ツメより怖ぇえ」と思って。

ＭＩＤＩに夢を見た頃

大谷▼坂村健先生のＴＲＯＮ構想とかユビキタスとか、俺の世代だとつくば科学万博とか。かつてはパーソナル・コンピュータに夢を抱く時代があったわけです。ものすごい勢いでスペックとか上がり続けてたし。ところが時代は変わる。日本ではＮＥＣや富士通はパソコン関連事業から撤退し、ＰＣは海外製ばかりになる。たぶん二十年前ぐらいにその曲がり角があったと思う、たとえば、世紀の愚策と名高いＣＣＣＤ（コピーコントロールＣＤ）が出たのが二〇〇〇年ぐらいでしょ。音楽業界がデジタル・データ管理に対応できなくて、パソコンで音楽聴くこと自体を禁止しようとした。今の若者には「は？」みたいな話だと思うんですが。

菊地▼続・歴史の断層を感じるなあ。

大谷▼そのあたりで、かつての自由なパソコンのイメージも変わった。それ以前は、まだパソコンに夢があったと思う。ある時期までのパソコンの文化はアメリカのカリフォルニア経由、西海岸文化だったわけ。それこそ六〇年代ヒッピー革命の最新型で、国家や大企業の鎖から解き放たれた個のネットワークが世界に広がる。そういう楽観的な理想があった。ところが二十一世紀に入って状況は激変した。ＰＣ事業は寡占化が進み、ＳＮＳが一般化して、それがみんな広告産業と一体化してしまった。今や誰もがパソコンを持ちインターネットも行き渡ったけど、まわりを見渡すとかつての理想と全然違う世界が現出している。

菊地▼要するに今はどん詰まりなわけだ。昔パソコンに理想を託した人ほど、「この状況はディストピアだ」と言う。

大谷▼それはパソコンがってこと？

菊地▼ＳＮＳ。六〇年代から流れてきた大河の流れが今は……。

大谷▼どん詰まり。ＳＮＳにおけるコミュニケーションはデマとフェイクと広告でディストピアそのものって話になってきた。

菊地▼でも俺、昨日六十歳になったとき最初にやったことが、ツイッターのアカウントを取ったことなんだよね（笑）。

大谷▼おお、取ったんだ？

菊地▼取った。取ってすぐに消せることがわかったんで、そこから現れたり消えたり。もう十分単位で現れたり消えたりをやってみた。まあそれはいいとして、今のようにスマホとＳＮＳが中心になる前、ネットはＰＣで見るものだったよね。

大谷▼そうだね。昔はＰＣの掲示板とかホームページ、あとブログか。

菊地▼ブログもあったね。アメブロとか「はてな」の時代。言いたいのは、そのもっと前の一九八〇年代、まだＶＲもインターネットもすべて全部夢想の時代に、ＭＩＤＩだけはすでにあったってことなんだよ。

大谷▼音楽の話ね。そう、ＭＩＤＩだけが先行して、ＰＣが普及する前から音楽はデジタルで考えることへと踏み込んでて、その意味で音楽は時代に先駆けてた。

菊地▼そうなんだよ。ＭＩＤＩが一番早かったということを、あらゆるソーシャルネットワークをやる人に言いたい。ＭＩＤＩってMusic Instrument Digital Interfaceだからね。

大谷▼ライン録音とか。「空気震わせなくて録音できるんだ」って驚いたもん。ＭＩＤＩとはちょっと違いますが（笑）。

菊地▼ＭＩＤＩができたのが八三年ぐらい。ＭＩＤＩやコンパクトディスクが登場したとき、「これによって何かが荒れるのではないか」という暗さは微塵もなくて、ただただ光り輝いてた。CDなんて実際にかなりキラキラ光ってた。

大谷▼MIDIの登場はショックだったよね。「がんばればオーケストラが一人でできる」というショック。

菊地▼それに比べれば、SNSは出てきた段階で「絶対おかしい」と俺、思ったもん。まっさきに思い出すのは、「kamipro」というプロレスの雑誌で事実上の連載を十年間やってたときのことなんだけど。

大谷▼「紙のプロレス」ね。

菊地▼あの雑誌でもう特集することがなくなって、「ツイッター特集」をやったことがあったんだ（笑）。そのときはまだツイッターが何なのか俺はよく知らなかったんだけど。編集者は、「ツイッターは荒れませんから」って楽観的に言うわけ。でも俺は「こんなもの荒れるに決まってる。下手したら2ちゃんねる以上にひどいことになる」と思った。既視感だけだもの。ネット絡みで新しいメディアが出てきたときって、いつも「今度こそ嫌な目には遭わない」という話になる。「2ちゃんねるでは嫌な目に遭ったけど、次はいいことがある」って。でも結局荒れる。今回もきっとそうなると思ったら、やっぱりそうなっただけど、そんな俺もMIDIには夢を見てたのよ。「インターネット最高じゃん！」的にね。

YMOとアカデミズムの接近遭遇

大谷▼俺は菊地さんより若いから、ニューアカもリアルタイムじゃなくて年上のお兄さんたちの話で、後追いなわけ。じゃあどこが接点になったかというと、これも実は坂本龍一なんですよ。

菊地▼おお、そうなんだ。

大谷▼ニューアカデミズムの入り口は坂本さんだった。前も話したかもしれないけど、リアルタイムで間に合ったのが「君に、胸キュン。」で、そのあと坂本さんがソロになる。『音楽図鑑』とか。それとMIDIやCDの登場が自分の中で一緒になってるんですよ。ニューアカも同じで、八〇年代のYMOの動向と重なってるんですよ。坂本龍一を通して浅田彰を知り、細野晴臣を通して中沢新一を知る、みたいな。

菊地▼なるほどね。何か、後輩ぽいなあ(笑)。

大谷▼それが中学生から高校生の頃。『闘争のエチカ』が出た時期はニューアカも沈静化してて、だからこの本で総括が行われるんだけど、俺が一連の流れを理解したのは後になってから。『金魂巻』が出たのが『闘争のエチカの』が出る四年前の八四年。そこからの数年で状況が変わったんだよね。八〇年代の前半は旬だった文化人がテレビに出たり、盛んにメディアに登場してたでしょ。糸井重里の番組『YOU』とかに。それこそ『話せばわかるか』の世界で、ニューアカが盛んに取り沙汰されたのもこの時期。

菊地▼八〇年代前半に盛り上がった諸々の文化現象が八八年頃には落ち着いちゃってた。

大谷▼同時期には糸井重里を通じて橋本治を知る、ということもあった。

菊地▼橋本治は七〇年代に『桃尻娘』でデビューして、そこから出ずっぱりだったよね。編み物まで。

大谷▼その橋本治は八〇年代の後半以降、旺盛に社会批評を書くようになる……というあれやこれやの情報が、『闘争のエチカ』が出た八八、八九年頃にまとめて自分の中へ入ってきた。

菊地▼YMOは八三年に「散開」する。その後の坂本龍一は、もともと持っていた社会運動への夢と、ハリウッドのユダヤ財閥的なビジネスの間で引き裂かれていく。一方の細野さんは比較的無邪気で、坂本龍一ほどのアンビバレンツはない。もともと持っていたアメリカへの憧れははっぴいえんどの「さよならアメリカ」で一時的に区切りをつけて、YMO後はワールド・ミュージックと精神世界の探求へ向かう。その途上で気鋭の宗教学者だった中沢新一と仲良くなる。同じ頃、坂本さんは浅田彰さんと交流が始まる。

まあまあ、定説言っただけだけど。
大谷▼まさにそういう形で知識が入ってきた。音楽やサブカルチャーと思想が連動していて、坂本さんが先にあっての浅田彰だった。そこからさらに、いわゆる「左翼」的な文化に触れてくのはもっと先の話になるんですが……。
菊地▼俺の場合そこはちょっと違ってた。「京大の学生が出版界を変える」と言われた大事件である『構造と力』(一九八三)と『逃走論』(一九八四)の発売に、素手・丸腰で立ち会ったんだ。
大谷▼YMOと結びつくことなく、直でそちらと対面したと。でもYMOはYMOとして認知してたんだよね。
菊地▼もちろん。クラフトワーク+カンフー・ディスコ+エキゾだったし。嫌いなモンひとつも入ってない。
大谷▼音楽と別に浅田彰は浅田彰として知った?
菊地▼そうだね。でも当時のYMOと思想をめぐる空気は感じ取ってたよ。アカデミズムと積極的に結びつこうとする濃厚な雰囲気は感じ取れた。まあ、サロンだと思ってたけど。
大谷▼それは感じるよね。ビジュアル的にもロシア構成主義を参照してたりするし。
菊地▼うん。YMOは最初から現代美術や現代思想、あらゆる現代と結びついていこうとする顔つきをしていて、そこがクラフトワークとは違っていた。ブレーンいっぱいいたしね。
大谷▼いわゆるロックバンドとも全然違う。
菊地▼テクノポップの文脈で並べられるP-MODELやプラスチックスともね。いわゆる「御三家」って、「テクノ・ロック」でしょ。むしろ。
大谷▼自分の中では浅田彰とテクノは最初から結びついてるんだけど、理由はそこだね。でも菊地さんは

ＹＭＯとニューアカは別々な体験としてあるんだね。

菊地▼うん。あのー、俺は今でも生活の上でフロイトを使ってるけど、出会いはＹＭＯよりずっと前の中学生時代。そこからのフロイディアンだから、浅田彰の「トラウマはトラとウマに分かれて走り去る」って言及には目がとまるよね。ジャック・ラカンを構造主義の最後尾に置くとか。フロイトの議論自体は十九世紀の話でカビが生えてるというか、ほとんどシェイクスピアみたいな古典だけど、でも俺にとっては今も使える道具なわけ。特に、エンタメの物語を分析するときは必須で。

大谷▼フロイト評価にはアップダウンがあるけどね。ユング派が盛り上がるときもあるでしょ。

菊地▼日本で精神医学といえば長い間、河合隼雄で、つまりユング派だから。

大谷▼日本ではユング派の方がメジャーだよね。

菊地▼昭和では多くの人が「心理学」と聞いたとき漠然と想像するのはユング派だった。「精神分析」か「分析心理」かっちゅうと後者のがノリやすいし。今はトラウマやＰＴＳＤが一般語になってるし。

大谷▼相対的にユングが下がって、フロイトが上がっている時代？　ラカン経由で、とか。

菊地▼今はフロイトが上がってるエグい時代なんだ。トラウマによって人間の行動が制御されるという心理上のメカニズムに関して誰も異議を唱えない。トラウマを幼児期限定じゃなくて、直近のエグいことも含むように下方修正してからがすごいよね。つまり一次大戦後だけど。

大谷▼フロイト話を「そんなことないですよ」って言えないもんね、今。神経症時代。

菊地▼今、フロイトが最も使い勝手いいのは娯楽映画の脚本だけど、まあとにかく、言ってみればずっと古い道具を振り回してきたわけだよ。

大谷▼そんなところに、まだ二十代だった浅田彰の『構造と力』と『逃走論』ショックがバーンと来た。

菊地▼そういうこと。おっどろいたねえ。アレは。

アナログとデジタル

菊地▼俺、人民服から学生服になった最初の武道館行ってるんだ。当時はまだ浅田彰と坂本龍一、中沢新一と細野晴臣という繋がりが生まれる前。そのときのパンフを見ると、なんと寄稿してるのが『ものぐさ精神分析』の……。

大谷▼岸田秀？　へえ。

菊地▼岸田秀が「文化というのは結局松葉杖なんです」って文章を書いてる。ＹＭＯと『ものぐさ精神分析』なんて全然関係ないと思うじゃん。なのになぜ岸田秀が寄稿してるのか。あれはニューアカとは関係ない高橋幸宏さん細野さんの「神経症と共生したい」ってアティテュードだと思うんだ。それゆえの一度きりの邂逅《かいこう》で、その後は二度と邂逅していない。ごくごく初期なんだけど、あのことは忘れてはいけないと思って（笑）、パンフを探したんだけど出てこなかった。要するにあの時期のＹＭＯがいかに神経症という問題と戦ってたかという話ね。

大谷▼七九年とか、そのぐらいでしょう？　その頃はまだ神経症的なものってほとんど認知されてないんじゃない？

菊地▼そうだね。なぜＹＭＯがそこにこだわったかというと、当時の演奏形態のヤバさからも来てると思う。演奏中に今でいうノイズキャンセラーとしてヘッドホンをつけて、そこからクリックに対して演奏したでしょ。それは聴覚も壊すし、メンタルを病みかけたと思うんだ。元々のニューロティカに加えて。

大谷▼なるほどね。

菊地▼ただ、それはその後のモニターの発達なんかで、ほぼ解消されてしまうんだけどね。だから岸田秀との邂逅は七九年のあの一度きりだった。

大谷▼それにしても、クリックを聞きながらリアルタイムでライブ演奏するのはショッキングでしたよね。

菊地▼ショックだった。それは見た目がカッコいいという意味でもショックだった。単にレコーディングと同じ見た目がさ。あんなにね。

大谷▼「こんなことできるのか」という感動と、「ミュージシャンってこんなこともやるんだ」という驚きと。

菊地▼だけど、松武秀樹が担当してた、今でいうモジュラーみたいなのがあるじゃない？

大谷▼シーケンサーですね。

菊地▼あのシーケンサーの城壁は八割方こけおどしだよね。そこが素晴らしいんだけどさ。

大谷▼あんまり音出てなかったらしいね。

菊地▼ファンにはご存知ってやつね。

大谷▼知ってますよ。

菊地▼ものすごく大がかりに見えて、実際は簡単なシークエンスフレーズを出すぐらいだった。

大谷▼でも、ああいう形で見せることで、メンバーとコンピュータが同期してるイメージをはっきり見せるっていうのは……。

菊地▼背景にマザーコンピュータがあって、演奏してるメンバー全員がその端末と繋がっているかのようなイメージね。本当は全然そんなことないんだけど。

大谷▼そういうイメージも含めて、音楽と思想が結びついた代表的な存在だった。

菊地▼うん。ていうか、かつてバッハが『十二音平均律クラヴィーア』を作った時代には、平均律の楽器はなかったじゃない？

大谷▼ウェル・テンパードって状態が最新だった。まあ、すでにあった説もありますが、普及はしてなかったんじゃないかと。イメージ・理念先行型の楽曲なわけですよね。

菊地▼つまり、ヨーロッパ音楽が行き着く十二音完全等分平均律の楽器はまだない時代に、バッハは自身の作曲で先駆けたわけだよね。同じように、ＹＭＯもＭＩＤＩがまだない時代に、あたかもＭＩＤＩがあるかのような顔で登場したんだよね。

大谷▼「あれ、デジタルじゃなかったのか」って知ると驚くよね。

菊地▼実はアナログだった。それだけでも「ＹＭＯは偉い」と言うしかなくて、そこは譲れないね。たとえば、さっき出た同時代のプラスチックスとかＰ－ＭＯＤＥＬ、それからヒカシューとＹＭＯは全然違う。さっきも言ったように御三家はロックバンドだよ。

ＹＭＯフォロワーとしての菊地成孔

大谷▼話をちょっと戻して、八〇年代当時の若き菊地成孔はニューアカの波をドーンを受けたと。そのときすでにサックスを吹いてたわけですよね。でもニューアカとジャズってあんまり関係なくないですか？

菊地▼自分がやってる音楽に関してはそうだね。ニューアカにせよインターネットにせよ、当初想像したようなユートピアはもたらされずで、そこに夢を託した人たちを失望させる。だけど、当時から俺は自分の命題に集中していて、中心の軸はそっちだった。具体的には、TIPOGRAPHICAの活動が自分の中心にあった。TIPOGRAPHICAを通じて、「アフリカ音楽」と「リズムが訛《なま》る」って主題を何十年も研究したから。あの時間がなかったら、今頃何やってたんだろうな。
大谷▼TIPOGRAPHICAの結成って八七年ぐらい？
菊地▼八六年。
大谷▼面白いタイミングですよね。そこでいよいよ今日の本題に入っていくと、「われわれはこれまでの音楽と批評の活動を通して、音楽をめぐる新しい考え方を根付かせたのではないか？」ということの確認と反省会をしたい（笑）。まずは、ＤＣＰＲＧ（DATE COURSE PENTAGON ROYAL GARDEN）が五文字の略だということ。
菊地▼そっちか（笑）。
大谷▼ＳＤＧｓやＬＧＢＴＱ＋に先駆けている。ＬＧＢＴＱ＋って、最初聞いたときはバンド名かと思ったよ。ＴとＱって「トリオ」で「カルテット」？みたいな。
菊地▼俺も（笑）。しかもはじめはＬＧＢＴだったのが、いつの間にか文字が増えたよね。
大谷▼Ｑがついて、そこに「＋」も入るとか。「山下洋輔トリオ＋１」みたいな（笑）。この拡大してゆく略称の大流行の現状をふまえると、ＤＣＰＲＧは早かった。ＹＭＯだって三文字だからね。
菊地▼二文字増えた（笑）。ＤＣＰＲＧに関しては、ペンタゴンが五角形だから略称も五文字にしたの（笑）。あと単純に当時のリズム感として五文字って覚えづらい。だから、わざとそうしたんだ。五連符の推進っていう大義もあったし（笑）。でも意外に通じちゃったけどね。五・七・五とあっけなく結びついた（笑）。
大谷▼ＹＭＯに話題を戻すと、彼らの偉大さは今さら言う必要もないぐらいだけど、それでも彼らの登場がＭＩＤＩより早かったことは確認しておきたいね。
菊地▼そこがすべてぐらいすげえよ。

大谷▼その後、TIPOGRAPHICAで、今堀さんや菊地さんたちがMIDIでの打ち込み作曲で「リズムの訛り」を作曲構造に導入するでしょ。そういう意味ではティポはYMOの直接の後継者なわけですよね。で、その後DCPRGが、ジャズのマナーでディスコの中にポリリズムを取り入れた音楽を創造する、と。この流れがさ、日本音楽界の中でYMOの遺産を正しく引き継いだラインだと俺は思っていて。

菊地▼そうなんだよ。俺のYMOフォロワーとしての仕事はスパンクハッピーだけではなく……。

大谷▼DCPRGにある。三文字の略称が五文字に増えたことも含めて（笑）。イギリス人を「Day Tripper」で踊らせたYMOがいて、で、ワールド・ミュージック的な、アフリカの訛りをデジタルに解析して、さらにそれをディスコの箱バンにアサインしてアップデートしたDCPRGがいるっていう。七〇年代からのさまざまな音楽的な試みと達成をふまえて活動を始めたのが、TIPOGRAPHICAとDCPRGだった。この音楽史的な意味はよく理解されてないと思うな。

菊地▼リズムについて言うと、当時俺は、TIPOGRAPHICAのやりすぎか、「将来ドラムはみんなヨレる」と思ってたの。「きっとヨレて当たり前になる」って。これは「YMO外」とすべきなのか「YMO内」とすべきなのか、いまだにわかんないんだけど。

大谷▼それはキープしながらヨレるってことね。

菊地▼そう。『No New York』みたいなパンクのヨレ方じゃなくて、「上手くてヨレる」って意味。

大谷▼過入力のヨレじゃなくて、リラックスしたままヨレる。

菊地▼計算されたスキリングとしてのヨレ。そういう意味では、その後の潮流より一足早かったと言えば言えるね。まあ、年がら年中早すぎたんだけど（笑）。

なぜ思想家は音楽を語らないか

大谷▼他にわれわれが一般に認知させたものがポリリズムだよね。あの時間を割っていく感覚。「一般」にはまだまったく認知していただいていない気もしますが（笑）。

菊地▼そうだね。DAWやる人が一番わかってる。クオンタイズに五連入ったし。「絶対入る」って十六年ぐらい言ってたけど。

大谷▼でもYMOの時代のように、この仕事を現代思想の人たちはフォローしてくれなかったんじゃないか、と。リズムの認知と時間構造の関係性は、思想側からもかなり食える話だと思ってるんですけどね。

菊地▼たしかに思想界隈の人とは組むことはなかったよね。DCPRGはクラブカルチャーにターゲットしてたし。

大谷▼組まなかったというか、誰もいなかったというか。

菊地▼まあ、もうそういう時代じゃなかったし。

大谷▼うーん、それはないと思うんだけどなー。

菊地▼いや蜜月はとっくに終わってたんだよ（笑）。「浅田彰と坂本龍一が交流したけど、結果何も生まなかった」みたいな。どちらのファンも喜ぶようなわかりやすく実利的な展開は生まれなかった。「組んだ」という事実の訴求力が一番すごかったわけで。細野さんと中沢さんが交流したことで、素晴らしい音楽や学問的成果が生まれたかというと、そうでもない。結局は、昔でいう画家と詩人が仲良くしたり、編集者と作家が飲んで遊んだりというサロン文化の類で、一時的に真空になったのよ。今はアカが豊かになって来たから。

大谷▼音楽方面出身で、積極的に思想の仕事もした批評家って佐々木敦さんぐらいですよね。佐々木さんの考えだと、思想の世界では二〇〇〇年ぐらいから東浩紀の一人勝ち。その東さんが思想とともに話題にするのはゲームとアニメ、漫画で、音楽にはほとんど触れない。だからゲンロンまわりの思想フィールドから、音楽の話は出てきにくいのかもしれない。だけど、本来ならポリリズムなんていくらでも語れるテーマじゃないですか。

菊地▼そうだね。語れるよね。ポリリズムにマルチBPM、M‐BASEとかね。俺は直接コミットメントしてないけど、M‐BASEは社会学なんだよね。

大谷▼そうそう。あれは完全に社会学というか、レヴィ＝ストロース的な人類学研究が入ってる。「ファイヴ・エレメンツ」とか言ってるし（笑）。

菊地▼そう考えると、学問と音楽の蜜月関係も結局サロンカルチャー以上のものにはならなかったと俺は思う。でも、それはそれでいいんだよ、別に。もともとサロンってそんなものだし。こないだ浅田さんがキーボードを弾きながらBTSを分析したラジオ番組（『RADIO SAKAMOTO』二〇二一年十一月七日の回）があったけど、聴いた？

大谷▼聴いた聴いた！　よかったよね〜

菊地▼あれは鮮やかな仕事だった。仕掛けたのは坂本さんでしょ。「病気で自分は動けないから、代わりにやってほしい」と。そしたらものすごい代打が出てきたというね。でもあの番組を聴いた民がヒイヒイ言って喜んだかというと、たいして喜んでない。

大谷▼それはまあそうなんだけど（笑）。

二〇二〇年代の思想界隈

菊地▼思想の世界の昨今の動向は大谷くんの方がくわしいだろうから、教えてほしいんだよ。俺が知ってるアカ難、シロ難、クロ難の時代って、ビバップが出てきたばっかりの頃、パリでスイングvsビバップのフェスが開かれたじゃん？　あのイメージなわけ。オールドアカデミズムがスイングでニューアカがビバップ。両方が対立してバトルしてるイメージ。七〇年代以前から活躍してる思想家、たとえば吉本隆明とか柄谷、蓮實といった人たちが当時の若手のニューアカ学者とか、ちょっと違うけど工作舎の……。

大谷▼松岡正剛？

菊地▼松岡正剛とか、ああいった人たちをどう評価して絡んでいくか。というのを見た記憶がある。でもそれ以降については、さっき言ったみたいに自分の命題に没頭してたから、よく知らないんだ。

大谷▼まさに『闘争のエチカ』の時代ね。

菊地▼もっと言うと、俺はその後いわゆるアカデミズムより、ポップ・アカデミズムというか面白主義というか、そっちへ引っ張られたから。赤瀬川原平さんの「トマソン」とか、そっちの方へ。その結果いまだに美学校にいる（笑）。だから本当の意味でリスペクトを感じてるのは、「写真時代」における末井（昭）さんや南伸坊さんで、あの人たちはアカデミズムなんて言わないよね。

大谷▼「オモシロ主義」。「昭和軽薄体」。懐かしいというか、遠い目になりますね（笑）。一緒になりそうだけど、このあたりはニューアカや現代思想とはちょっと違う世界で。

菊地▼ところが一方で、千葉雅也さんとか、今まさに名前が出た東浩紀さん、片山杜秀《もりひで》さん。ああいう人たちと俺は何だか知んないけど会ってるんだ。で、「調子に乗んな」と言われるかもしれないけど、彼らは俺っていうか音楽家をリスペクトしてくれる感じがあるわけ。不思議なことに。

大谷▼近々、東さんがやってるゲンロンのイベントにも出るんですよね。

菊地▼もう何回か出てる。荘子ｉｔ（ラッパー）くんは俺たちを尊敬してると言いながら、ゲンロンにいる。俺がしなかったことをしてる構図。あるいは八〇年代ルネサンス。無意識的な。

大谷▼なるほど。

菊地▼若いミュージシャンの家に行ったりすると、千葉雅也さんの本が置いてある。気になるんで「ちょっと貸して」って読むと、「この人はドゥルージアンだ」とわかる。せいぜいそこまでで、そこから知識を深めたりしてないからね。今名前があがったような人たちを「ニュー・ニューアカデミズム」とは呼ばないの？

大谷▼呼ばないですね。そもそも九〇年代に、浅田彰や柄谷行人が始めた「批評空間」という雑誌があったんだけど……。

菊地▼あったね。

大谷▼あの雑誌は影響力があった、と思うんだけど、にもかかわらず、そのスクーラーもニューアカデミズムほどの波にはなっていない。

菊地▼そうなんだ。まあニューアカは八〇年代のブーミングだからね。コピーライトだもん「ニューアカ」ってワード自体が。

大谷▼ということをふまえて思想界の現状をかいつまんで言うと、えーと、國分《こくぶん》功一郎さんに千葉雅也さん、あと東浩紀さん。そのあたりが今を代表する「現代思想」のプレーヤーとして若者に読まれているんじゃないかな、と。実はワタシほぼ同世代なんですが。

菊地▼そこはＳＮＳの力も強いよね。

大谷▼たぶんね。そこが一つのまとまりとしてあって、別にもう一つ、福田和也のような保守を標榜する人たちのグループもいる。そこのフォロワーは今ネトウヨ方向に流れたりしてて。

菊地▼福田和也ね。あの人が坪内（祐三）さんと作ってた「en-taxi」に書いたことがあるよ。

大谷▼さらに社会活動家、アクティビストの一群がいる。なかでも、文学＆政治的発言としていま目立つのはいわゆる「68年革命」の言説ですかね。そして最後に、とりわけ今大騒ぎなのがフェミニズムをめぐる揉め事というか、キャンセル・カルチャーも含めた、学者と活動家とのバトル。だいたいこの四つのかたまりで、今の思想界の勢力図が描けると思う。まあワタシの勝手な見立てですが、こうやって眺めてみると文学と音楽のジャンルは「語られる」ものとしてはちょっと下火ですかね。今は。

菊地▼しつこいようだけど、ブームだったんだよ、「知」がさ（笑）。良い時代だよ心底（笑）。大正の人間が明治をホメてるような話だけどね。

日本の音楽史を引き継ぐ

大谷▼ジャズは政治や思想と結びついた最初のポップ・ミュージックだったわけじゃないですか。われわれがジャズ・ミュージシャンと名乗ると一目置かれる理由はそれかもしれない（笑）。ジャズをやるからには思想的・教養的世界を通っているに違いない、と思われている。これが「ＹＭＯやってます」だと尊敬されないと思うんだよね。

菊地▼え？　尊敬されないんだ（笑）。

大谷▼されないね。

菊地▼俺たちもYMOは通ってるのにね。YMOはポップよりロックよりフュージョンだから、ジャズメンはみんなYMO好きよ。

大谷▼もちろん。この本はそればっか（笑）。だけど「YMOフォロワーです」とか「テクノポップやってます」と言うと尊敬されない（笑）。

菊地▼そこはジャズに対する名誉的な誤解もあるんじゃないの？　山下洋輔さんにしても俺にしても、そのへんの話をちゃんとしないから。学生運動とジャズが密接に関わってるかのようなイメージってけっこう強いよねー。坂本さんですらそう思ってたんだから。

大谷▼山下洋輔さんはむしろ「写真時代」の側の人ですよね。もし菊地さんが山下さんの思想を受け継いでるとすれば、それは「写真時代」の思想なんだってことをみんな理解してない。「ジャズですか。じゃあ深遠な思想があるのか」と誤解されてる（笑）。

菊地▼山下さんはもう『今夜は最高！』側だよ！　出てないけど（笑）。そこのパンドラの箱が開いてないんだね。阿部薫とかのせいでしょ。

大谷▼全然開いてない。ていうか聴かれていない。それで言うと今の音楽も思想も学生運動と繋がってないから、外山（恒一）さんの「今こそ学生運動を」という提言と実践はホント面白い気がする。

菊地▼例の村上春樹さんが仕掛けた、山下洋輔トリオ大隈講堂再乱入ライブ、一九六九年のライブを再演したイベントがあったじゃない？　あの音源を今度レコードで出すんだって。

大谷▼へー、そうなんだ。村上春樹の権威とあわせて、ますます「かつてジャズは学生運動のBGMだった」という説が定着しちゃいますね……。思想界隈では、いまだにジャズのことを、社会運動や政治思想と結んで一時代を築いた高尚な音楽、とだけ思ってる人がいるんだよね。（チャーリー・）パーカーとか

何にも考えてないよ！　フュージョンもあるよ！　スウィング楽しいよ！（笑）
菊地▼思想の人々は『Jazz the New Chapter』なんかに目配りしてないのかな。
大谷▼そうね。そっちにも行かないんじゃないですかね。今はネットで昔の曲をいくらでも聴けるけど、ジャズ史をふまえて聴いてるわけじゃないし、いい感じのBGMとしてか、または逆になんかムツカシイ音楽だなーというイメージだけで終わり、みたいな。まあ、日本においてはジャズよりも、思想と音楽の繋がりで言えばYMOの方がずっとずっと大きいよ、ということは言っておきたい。
菊地▼YMOは「頭がいい人たち」で、「頭がいい」というのはオタクの最後の砦なのよ。「金もないし、モテないし、風采も上がらないけど、俺は頭だけはいいぞ」というね。『コロンボ』と一緒なんだけど（笑）。YMOはオシャレなだけじゃなくて頭もいい。そこがオタクに刺さった。それまでにもオシャレな音楽をやる人はいたわけよ。だけど、それとオタクは関係なかったの。ところがそこに「頭がいい」が加わることによって開口部ができて。
大谷▼オタクが入ってくる（笑）。
菊地▼「知的」の株価がとんでもなかったんだよ（笑）。とはいえオタクのファンが坂本さんの思想に心底共鳴してたとは思えないよね。ファンだから一応話は聞くけど、半ば「王様のお戯れ」と思ってたのが本当のところでしょ。ガチンコはいないじゃない。
大谷▼それで言うと、坂本さんの政治思想、いわゆる初期左翼時代から亡くなるまでの思想的な変転と一貫性については、今こそちゃんと議論ができると思う。七〇年代はキャラメル・ママの時代であると同時に、左翼内ゲバの時代でもあった。この両面を同時に捉えるという視点ね。
菊地▼エコロジーやフェミニズムを経たあとまでを。
大谷▼話に出た、いわゆるジャズと思想の結びつきで言うと、フリージャズ時代とその後とでは切断面の方が強いけど、俺たちはジャズ・ミュージシャンであると同時に、ＹＭＯの遺産も引き継ぐ意志がある。ジャズとＹＭＯを同時に引き続ぐということは、つまり日本の音楽史の書き換えを要請するという、大胆な立場をわれわれは唱えていきたい（笑）。

菊地▼何かすごいアツいな（笑）。そういえば、佐々木あっちゃん（敦）は「音楽家で最初にゴダールのタイトルを引用したのは坂本龍一さんで、その次が小西（康陽《やすはる》）さん、次が菊地さんだ」と言うよね。小西さんから俺はいいとして、ＹＭＯの１stＢ面については誰も何も言わないから、年末のゴダール番組で村井邦彦さんに直接訊いたけどね、村井さんもわかんないって（笑）。

ニュー・ニューアカデミズムはなぜ存在しないのか？

菊地▼俺が今日知りたかったのは、さっき言った「ニュー・ニューアカ」が存在するのかどうかだった。たとえば、映画にはヌーヴェル・ヌーヴェルヴァーグという呼称がある。まず、ヌーヴェルヴァーグは揺るぎなくあるわけ。だけど、ヌーヴェル・ヌーヴェルヴァーグと言われた一派はもとのヌーヴェルヴァーグよりも商業性があった。『サブウェイ』のリュック・ベッソンとか、『ディーバ』のジャン＝ジャック・ベネックス。あの世代がヌーヴェル・ヌーヴェルヴァーグ。で、さらにそのあとにも、もう何回目のヌーヴェルだかわからないヴァーグがあるんだ。フランソワ・オゾンとかさ。

大谷▼新人なら何でもいいんじゃない？

菊地▼そうなんだよ。フランスで有能な新人が出てくるとヌーヴェル・ヌーヴェルヴァーグと呼ばれてしまう。フランスの映画監督はそこから逃れられない。ヴァーグしばりなわけよ。

大谷▼アカデミズムの場合でも、優秀な新人が登場するたびに、「ニュー」を付けていって、ニュー・ニュー・ニューアカデミズムでもいい気がするんだけれども……

菊地▼いい気がするよね。「ニュー・ニューウェイヴ」とか（笑）。

大谷▼だけど、八〇年代以降はそれほどの波がない。東さんはゲンロンをやってるから、その周辺の人たちは「ゲンロン一派」と言われていて、たしかに東浩紀はニューアカデミズムの正嫡ではあるでしょう。ただ、東さんやゲンロン一派がニューアカの後継者かというと違う気がするし、誰もそうは言わないし、自分たちでも自称しませんよね。思想界隈で「ニュー・ニューアカデミズム」って呼称が出てくることは、まあ、自虐的な使われ方以外ではないでしょうね。

菊地▼ニュー・ニューアカデミズムとは言わないいんだ。それは、ニューアカ自体がハイプで八〇年代の負の遺産に見えるから嫌だってこと？

大谷▼うん。ハイプで、バブルで、お遊びで、気取り腐ってて、国民総鬱病的な現状にはまったくふさわしくない（笑）。

菊地▼そうすると、フランス映画で有望な新人がいつまでたってもヌーヴェル・ヌーヴェルヴァーグと呼ばれるのとは逆ってことだね。

大谷▼ゴダールやトリュフォーのように、反逆児でありステータスでもあるというあり方は、日本の思想界では成立していないいんじゃないですかね。小林秀雄で終わり（笑）。

菊地▼さっきから言ってるように、俺は佐々木あっちゃんが無性に好きでたまらないし（笑）、東さんとも何回か仕事した。片山杜秀さんとも長い対談をやったし、千葉雅也さんとは何度も食事をしている。なんだけど、実は彼らの業績をよくわかってない。彼らもたぶん俺の音楽をそんなに聴いていない。だから、サロン以下のサロンというか。ヨーロッパのサロン文化だと、たとえばディアギレフとストラヴィンスキーとココ・シャネルはお互いの業績を理解してたじゃない？　シャネルはストラヴィンスキーのパトロンよ。ところが今はそうなってない。こちらは向こうの本を読んでないし、向こうもこちらの音楽をよく知らない。「でもまあいいか」という感じで、シンプルに、すれ違っただけなのよ。加藤和彦さんのキャンティ族まででしょ。サロンは。

大谷▼お互いに影響を与え合ったりはしない？

菊地▼まったく。少なくとも相手に何も与えてない自信がある（笑）。さらに言うと、昔も実は同じだったんじゃないかという気がする。ニューアカデミズムの業績が当時のアーティストに何か影響を与えたかというと、たぶん与えてない。じゃあその後の若い人たちには影響を与えたかというと、それも与えてないと思うんだよ（笑）。

大谷▼まあね。でも「スキゾ」とか「パラノ」は当時流行語になったよ。

菊地▼流行語じゃしょうがないじゃん（笑）。海外のユース・カルチャーで言えば、ヒッピーにおけるサイバネティクスとかインド哲学とか、あるいはもっとわかりやすくマルクスとか。ああいう広がりはなかったでしょ。マルクス強えよな〜。ロシア人だと思われる以外（笑）。

大谷▼たしかに、ライフスタイル自体を変えるほどの影響力があったかというと、それはビミョーで。それでも「逃走」とか「大きな物語」とか、一般語化するじゃないですか。「リゾーム」とか「強度」とか「大文字の他者」とか……そういう点で、たとえばさっき言った頭のいいオタクの大学生にはある種のイメージというかダメージを与えたんじゃないですかね。ポップ文化に応用できそうだったところが強みというか。

菊地▼いやあ、そこらへん全然わかんないんだよ（笑）。そういえば千葉雅也さんってツイッターが好きじゃない？

大谷▼ツイッター好きだよね。

菊地▼ツイッターにやたら可能性を見出してる。ひょっとして本の中で「ツイッターはリゾームだ」と言ってるんじゃないかって気がして、おっかなくてページくってない（笑）。宇川（直宏）くんがそれを言うならわかるんだよ。宇川くんは、「SNSはストリートだ」と言う。でもそれはDOMMUNEと繋がる話だから説得力があるし、なるほどと思う。DOMMUNEにはちゃんと現場がある、だから「SNSはストリートだ」という言葉のカッコよさとサイバー・クラブとして、また昭和地上波深夜番組リスペクトとしてDOMMUNEを続ける堅実さが両立できていて、無理がない。そこは千葉さんと違うよね。別にそれが嫌ってことじゃないんだけど、不思議というか……彼があんなにツイッター使ってるのを見ると「何だかすごいな」と思うね。

大谷▼ですね。佐々木さんもスゲーいっぱい投稿してるみたいだし。

菊地▼千葉さんのようなドゥルージアンがツイッターを称揚するとすれば、俺みたいなドゥルーズ馬鹿から見ても、これもうリゾームしかないだろうって予感がさ（笑）。リゾーム面白すぎるよ（笑）。

大谷▼まあ言い方としてはそうなるかもね。あと不思議に思うのは、思想家や学者も今は盛んにSNSをやるけど、みんなそこでの発信と自分の思想・学問がほぼ無関係に見えること。SNSと自分の仕事ってリンクしないのかな？　それと、今SNSのメインは画像の投稿なんですよ。写真や動画が主流。でも彼らはみんなあんまり画像の投稿はやらないんだよね。

菊地▼SNSでもまだ言葉を書いている。たんに写真撮る習慣ないんじゃない？

大谷▼言葉しか書いてない。あれは何なんだろうって今考えてますね。

思想家は音楽家に憧れる

大谷▼で、ここまで話しておいて何だけど、俺たちがバカなのは「でも音楽がよければ全部いいんじゃないの」と思っちゃうところだよね（笑）。思想以前の話として、というかこれも一種の思想かもしれないんだけど、とにかくいい音楽が鳴りさえすれば何でも大丈夫と狂信している。現実音痴のバカ（笑）。

菊地▼そういう音楽家の狂信的なところがリスペクトとも繫がってるんだよ。イデオローグな苦悩なんかないし（笑）。

大谷▼ですかね。思想云々の前にミュージックの強度への揺るぎない確信がある。そこは相手にも伝わってる気はするけど、そこしか伝わってない気もする（笑）。

菊地▼歴史的に見ても、はるか昔から音楽家は別格だった。音楽と繫がる人たちは別格だという習慣みたいなモンは、ヨーロッパのサロン文化までギリギリ繫がってた。ということをふまえてものすごく上から言っちゃうけど、学者は別格の存在である音楽家と繫がってペダンチックでいたい欲求があっても全然おかしくない。相手が俺は間違いだけど（笑）。

大谷▼確信を持ってる人と一緒にいたい、みたいな？

菊地▼音楽家は別にそんなこと思わないよね。本当に音楽が好きかどうかがわかるだけで。

大谷▼思わないね。

菊地▼何年か前、蓮實先生の三島賞の受賞パーティへ行ったことがあったじゃない？　あのときだってケータリングの寿司や蕎麦がうまいとか、そんな話ばっかりしてたもんね。

大谷▼受賞講演の会場が超満杯で、二人ともちょっと遅く行ったらもう入れなくて、どうすべか、と思ってたらすぐ横のパーティ会場の扉が開いたんで、いの一番でそっち移動して、キャッキャ言いながらメシ食ってた（笑）。「新橋芸者みたいな人いるね」とか言いながら。あんとき呑んだコンソメが生まれてこれまでで一番美味かった（笑）。

菊地▼文学者と知り合えて箔がつくとか一ミリも思わなかったし、むしろ俺たち音楽家があそこに入っていくと、物書きが寄ってきたもんね。俺、川上未映子さんに手繋がれて引っぱられたよ。ここは別に遠慮せずにはっきり言っちゃっていいと思うけど、サロン文化というのは、非音楽家が音楽家に憧れてるスタートでしょ。音楽家なんてただのバカエピキュリアンなのに（笑）。

大谷▼そうね。演劇、絵画、芸術家一般ってことでもいいんじゃない？

菊地▼バレエやダンス、舞踏でもいい。だからマイルスがパリに行けば、ボリス・ヴィアンが寄ってくるしサルトルが寄ってくる。それがサロンでしょ。だいたいマイルスがサルトルに会いたがるわけない（笑）。

大谷▼思想家や学者は書斎の人だから、直接ステージに立ってみんなの前で表現することをしないまま活動してることへの自省回路がある。外でも、どうしても先生・生徒みたいな立ち位置を作っちゃうから、みんなで楽しくワイワイやってる音楽の創作現場はむしろ謎で、だけどみんなでメシは一緒に食えるから、おしゃべりしてメシ食って酒飲んでそれをもって共同作業に参加したとする（笑）。サロンにはそういう意味があったとすると、この文化は書斎派の人のためにも続けておくべきじゃないかという気がする。

菊地▼それで言うと、坂本さんが吉本隆明に作曲させたことあったじゃない？

大谷▼『音楽機械論』（一九八六）でね。吉本隆明にシンセ弾かせたソノシートが付いてる（笑）。

菊地▼あとオーネット・コールマンがジャック・デリダと一緒にステージをやったら、ブーイングがひどくて帰っちゃったとか。音楽家が、音楽に関心ある学者やインテリに手ほどきして、実際にやらせてみる。あれがなくなったよね。

大谷▼そうね。今度やらせてみましょうか（笑）。

菊地▼やらせたいね。でもこれが浅田さんじゃダメなんだ、ピアノうまいから。そうじゃなくて、たとえば佐々木あっちゃんに「何でもいいから」って楽器屋に行ってさ。一番いいのはコンガなんだけど（笑）。何か上手そうじゃん。

大谷▼（笑）。楽器やったことない人をつかまえて「何でもいいから」って。バンド組んでもらう。指導はちゃんとするからって（笑）。

菊地▼今って、みんなが自重してて、ハシャがない時代でしょ。でも演奏やらせたらハシャがない人はいない。絶対にいないって確信がある。以前、荘子くんが「文學界」で筒井さんにヒップホップをやらせたことがあったけど、ああいう試みをもっとやるべきだね。ただし、荘子くんと筒井さんのあれは筒井さんがハシャいでないからね。「何だこれ」と思いつつ、「まあ若い者と付き合ってみるか」って感じの温度感で。

大谷▼もともと筒井さんは俳優だから、作家としてではなくホリプロ所属の役者として余裕で朗読してるっていう。

菊地▼そうなんだよ。それじゃつまらない。たとえば千葉雅也さんにバンドのボーカルやらせてライブしたら狂ったようにハシャいだとか、そういうのが欲しいよね。

大谷▼いいね（笑）。

菊地▼それは向こう発ではできないから、こちらで仕掛けるべきでしょ。昔、近田（春夫）さんが意地悪く、音楽批評家にロックバンドやらせたレコードあったけど、俺たちもそういうことした方がいい。千葉さんはグラムロックの格好させたら絶対似合うよ。見てわかるもん。

大谷▼絶対！　似合うよね。

菊地▼グラムロッカーはガリガリじゃなくてふっくら、ぽっちゃりしてていいんだってことを千葉雅也さんに証明してほしい。

大谷▼われわれの知り合いだと高村是州《ぜしゅう》（ファッションイラストレーター）さんに協力してもらって。ステージ用にバッチリ決めてもらって（笑）。

菊地▼それで、後ろにルックス最高のロックバンドをしつらえて、「ライブやりましょう」と。実現したら、どれぐらいはハシャぐかな（笑）。

大谷▼以前、國分功一郎さんのＤＪを見たことあるんだけど、TM NETWORKのたしか「Get Wild」とかかけてた。「これが世代ということか……」と思いながら（笑）、聴いたんだけど。

菊地▼世代を超えられるのか、それとも世代には結局屈するしかないのか。

大谷▼超えていきたいですね。柄谷行人にＤＪしてもらうとか。「ＤＪアソシエーション」とか名乗って（笑）。で、やっぱり「Get Wild」がかかる（笑）。

思想家にはヤケドしてほしい

菊地▼学者や思想家に音楽やらせるとして、彼らはヤケドしたくないからまずは逃げるだろうけど、そこをヤケドさせたいよね。あのデリダだってヤケドしたんだから。ヤケドしてナンボ。

大谷▼学者だけじゃなくて文学者でもいいよね。もちろん。

菊地▼川上未映子さんにもう一回歌ってもらうとか？　でもそれだとヤケドにならないか。だったらパートナーの阿部和重さんの方がいいかもしれない。
大谷▼阿部和重さんにロックバンドを……。
菊地▼やっぱロックバンドだね。「アベカズシゲ」で、もうロッカーの名前だよ。
大谷▼ロックバンドだね（笑）。
菊地▼ラップやる人はいないのかな。
大谷▼やらせるとしたら誰だろうね。
菊地▼東浩紀さんでしょ。ラッパーのテンションだもん。
大谷▼アジテートしてもらう。あのー、これ、最初に言ったのはたしか宇川さんなんだけど、俺、東さんは顔が毒蝮三太夫に似てると思うんだよね。そういう人には歌をきちんと歌ってほしい（笑）。ジャズファンクみたいなバックトラックをこちらで作ってさ、それで歌ってもらう。「ババア、よく生きてたな。批評だよバカ野郎！」って。
菊地▼「冥途の土産に聴いてけババア。家畜化して長生きしろよ！」。
大谷▼（笑）。で、その後いい感じのバラードをたっぷりと。あの人絶対いい声だから。
菊地▼そうだよ。だって、ずっと腹式呼吸だしさ。『闘争のエチカ』から幾星霜、今俺たちは何をすべきかと考えた結果……。
大谷▼坂本龍一さんが吉本隆明に曲を作らせたように……。
菊地▼そして、オーネット・コールマンとジャック・デリダが共演したように。これからの俺たちに課されたミッションは……。
大谷▼思想家と文壇人をステージに上げること（笑）。

菊地▼ステージに上げて音楽をやらせることだね。これは他の音楽家にはできないでしょう。

大谷▼ですね。俺たちがきっちりバックつとめますよ。トラックも作るし、凄腕のミュージシャン、バンドに揃えますよ。

菊地▼もっと簡単に言うと、JAZZ DOMMUNISTERS（菊地・大谷によるヒップ・ホップ・クルー）にフィーチャリングで入ってくれませんかという話だね。

大谷▼あーいいね！　若手の思想家に、いい気分で歌ってラップしてもらうというプロジェクト。しかもBADHOP（八人組ヒップホップ・クルー。二〇二四年二月解散）みたいに何人も。

菊地▼それだね。昔、舛添要一がロックンローラーとして一枚シングル出しててさ。ここはやっぱり総本山として東さんでしょ。吉幾三に「オイ」って曲があるんだけど（笑）。アレ歌ってほしい。東さんって映画出たり小説書いたりはしてるよね。『クォンタム・ファミリーズ』とか。それはまあ本業のヴァリエだからいいとして、今、思想家にとって必要なのはヤケドすることだと思うんだよ。国民の誰もがヤケドしたくないと思っているこの時代に、あえて前へ出てヤケドする。生配信のヤケドどこじゃねえんだから。曲しくじったらさ（笑）。

大谷▼素晴らしい。外山（恒一）さんは適任かもよ。もともと弾き語りで暮らしてたらしいし。

菊地▼ただそれは普通にあり得るじゃん。ヤケドにならないよ。フォーキーだよあの人。

大谷▼あー、そうですね。監獄も入ってるし。もし一緒にやるならよっぽど意表をつかないとね。

菊地▼そういえば片山杜秀先生はＤＪができるんだ。できるに決まってるよね（笑）。

大谷▼譜面ももちろんイケる方でしょうから、片山先生はアジテーションなんかやらせたら興奮しそうじゃない？

菊地▼そうだね。じゃあラップか歌だね。今まで誰のためにロッカーが拡声器使ってきたかっちゅう話だよ。

大谷▼あとギターソロとか。片山先生がギターソロでメタリカみたいなやつをギンギンに弾く（笑）。

菊地▼あれだけはっきり「ロックは嫌いだ」と言ってる人が、いざペンタトニックのギターソロを弾いたら止まらなくなるとか。怖いぐらいヤバいよそれ（笑）。

大谷▼ディストーションに驚いたりして、アンプから出た音に思わず興奮して弾きまくる。

菊地▼それしちゃったら、合理化に数年かかるよね（笑）。

ゲンロン・ロックフェスティバル

菊地▼いいこと思いついた。ゲンロン・ロックフェスティバルやればいいんじゃない？

大谷▼ゲンロン・ロックフェス？

菊地▼フジロックじゃなくてゲンロン・ロックを七月にやる。ゲンロンに関わった人はとにかく何かはやらなきゃいけないと決めてさ。ウチらが場所押さえて楽器の用意から指導まで面倒見るからやりましょう、と。

大谷▼いいね！　ゲンロン・ロックフェスやろうよ。ゲンロック（笑）。俺、舞台監督やります（笑）。

菊地▼音楽家じゃない人が音楽をやってみる。それがどれほど啓発的か世に知らしめたい。もちろん子どもにも有効だし音楽マニアにも有効だけど、学者がやってみることが何より大事。思い切ってステージに上がってヤケドして、そこで何か道が開けるかもしれない。まあ得ることと捨てること両方あるかもしれないけども（笑）。でもゲンロンこそ、ＹＭＯと直結カルチャーのひとつだしね。

大谷▼斎藤環さんが、奥さんのハープの伴奏でアリアを歌うコーナーを作りましょう。小説家も……。

菊地▼とにかくアベカズシゲさんには何かやってほしいよね。作詞とかそんなことじゃなくて。

大谷▼ベース弾いてほしいね。ミッシェル・ガン・エレファントみたいな格好して（笑）。

菊地▼ぶっちゃけた話、「音楽やるとしたら何やりたいですか」と俺たちがたずねたら、けっこうみんな答えてくれるんじゃないかなって気がするよね。盛りアガりすぎかな今？（笑）

大谷▼ヒアリングしようか。

菊地▼うん。で、やりたいことと本当の適性は別だから、そこは俺たちが判断する。歌が歌いたいって人がコンガの名手かもしれないし。まあ、たんにあっちゃんにコンガ叩かせたいだけなんだけど（笑）。絶対上手いよ。もう体つきからしてさあ（笑）。

大谷▼ドラムを叩かせてみたらよかったとか。「もし一曲やるとしたら何ですか」とまずは訊いてみる。

菊地▼誰にでも思い出の一曲があるからね。訊かれた方は「カラオケでも歌わされるのか」と思ってたら、フェスで、バンドが用意されてたと（笑）。そういう前例って他にはないのかな。さっきあげたデリダとオーネットとか以外に。

大谷▼富岡多恵子が坂本龍一プロデュースでアルバム出してる（『物語のようにふるさとは遠い』一九七七）。でもそれぐらいかなあ。少ないよね。

菊地▼この話でもキーマンは坂本さんなんだね、結局。ビートたけしにコミックソングじゃない歌を歌わせたのも坂本龍一だし（「TAKESHIのたかをくくろうか」一九八三）。

大谷▼その曲の作詞が谷川俊太郎でね。

菊地▼そういうことを細野晴臣がやるとは思えないし、幸宏はもっと思えない。やっぱり坂本龍一って人の暴れっぷりはすごいよな。ブントの頃暴れ足りなかったんだな。

大谷▼それを今再現するのはJAZZ DOMMUNISTERSの役目かもしれないですね。

菊地▼どんな役目だ（笑）。でも次のJAZZ DOMMUNISTERSのアルバムの客演は全員、学者か文学者ってことにしよう。

大谷▼と先に言っておき、誘ったのに参加しなかったらこっちで勝手に「逃げた」ということにする。タチが悪い（笑）。

菊地▼真のタチの悪さ（笑）。でも、別にバカにしてるとかじゃないのにね。ハニームーンをもう一度ってだけだ（笑）。

大谷▼（笑）。

菊地▼ここも重要なことでね。今って、たとえばネットで恥かかされたとして、合理化もしないでしょ？

大谷▼そのまんまですね。

菊地▼でも音楽やってスベったら、そのまんまってわけにいかない。そこで何かいると思うんだ、言い訳が（笑）。そこに頭いい人たちの実力がさ。

大谷▼やる気にさせるのも大事だよね。

菊地▼それは俺たちにしかできないのかね。でも突然誘ったら怖がられるよ。「バカにするんでしょ？」とか言って。全然違うのに。飲んで盛り上がってから、「一曲どうですか」という流れが現実的？

大谷▼やっぱりカラオケから、ですかね。楽器が置いてあるカラオケ的なところでセッションする。間奏で勝手にサックスを吹く（笑）。

菊地▼大谷くんは学者や小説家とカラオケ行ったことあるの？

大谷▼うーん、ないですね。

菊地▼ないよね。中原（昌也）くんとすら行ってないでしょ。ていうか中原くんは音楽家だから……そういえば映画批評家の滝本誠さん、あの人フルート持ってるんだよ。なんで持ってるのか訊いたら、「ヒューバート・ロウズになれるかと思って」だって（笑）。そのとき中原くんと一緒だったんで、「だったらやりましょう」って二人でムチャクチャ口説いたわけ。「メンバーなら俺が三日で集めます。やりたい曲を教えてくれればレパートリーとして練習しときます。フルート吹きましょう」と言って。それから二年間ぐらい言い続けたんだけど、とうとう首を縦に振らなかった。恥ずかしいって。あれも、ステージまで用意する実行力さえあればいけたかもしれない。

大谷▼「もうライブハウス押さえましたから」って。

菊地▼先にライブのブッキングしちゃう。「滝本誠クインテット」とか、勝手に形を決めてお膳立てして（笑）。楽器持ってる人たちに関しては徹底的にやるしかないね、これは。

大谷▼シラッとまずは「楽器って何かやられてました？」みたいに訊いておくところから始める。

フィーチャリングＷ村上

菊地▼柄谷行人は何か楽器やってるかな？

大谷▼やってないと思うなー。

菊地▼最後の手段で蓮實先生に歌ってもらうのはどうかな？

大谷▼蓮實先生にはフランス語でシャンソン歌ってほしいね。

菊地▼瀬川（昌久）さんと一緒に♪モンパリ〜とか歌いながら進んでる本あるじゃん。『アメリカから遠く離れて』。大谷くんが「あのあたりの曲を全部用意するから歌っていただけませんか」ってお願いしたらやってくれるかな。ビッグバンド雇って。

大谷▼瀬川昌久トリビュート企画なら歌わざるを得ないんじゃないですか（笑）。で、蓮實さんが歌うなら東さんだって歌わざるを得ない。

菊地▼得ないね。何が「得ない」かわかんねえけど（笑）。

大谷▼いつの間にか浅田さんがピアノ弾いてたりして。

菊地▼伴奏で（笑）。あ。楽しくなってきた（笑）。ていうか、現実味しかなくなってきたよ（笑）。

大谷▼浅田さんの伴奏で蓮實さんが歌って、間奏で俺たちがサックスを吹く。

菊地▼それこそサロン文化だね。ゲンロン・ロックフェスティバルとは品格がさ（笑）。

大谷▼というか、フェスの中にまぎれて一瞬登場するの。昔の『今夜は最高！』みたいに。

菊地▼（笑）。あー！　宮台（真司）さんを忘れてた。

大谷▼あ、そういえば社会学者系の人が手うすですね。宮台さんドラムスお上手なそうで。でも、コンガとか？

菊地▼そうね。宮台さんにラテンの格好させてコンガ叩かせたら、相当すごいよ。『サウダーヂ』（二〇一一年公開の映画）に出るどころの話じゃない。あっちゃんとツインコンガでしょ。なんか話してて涙出てきた（笑）。なんて泣けるツインコンガ。

大谷▼それでよーく見るとピアノがやっぱり浅田さん。

菊地▼そこはやりたいよね。浅田さん、「蓮實さんが歌うと言われてるのでピアノで伴奏していただけますか」と頼んだら、どうかな？

大谷▼やるんじゃない？「蓮實さんが歌うなら」って。

菊地▼蓮實先生は歌うとなったら練習するだろうね。本当はハリウッド式のオーケストラ用意したいけどね。「コンガは……」とか言うかな？

大谷▼あと柄谷行人は全共闘の前の六〇年安保世代だから、歌うならロックじゃないよね。

菊地▼だよね。反戦フォークかな。

大谷▼俺が思うに「緋牡丹《ひぼたん》お竜」とかじゃない？　あとロシア民謡とか。「男と女の間には〜」とか（笑）、柄谷行人が歌う「夢は夜開く」を浅田彰がピアノで伴奏するとか。いやあ夢が広がるね。

菊地▼夢が膨らんじゃうよね。九〇年代かな？　中上健次が都はるみの曲をアルバート・アイラー風にやった。そういう世界がバーで夜な夜な繰り広げられたわけでしょ。

大谷▼文壇バーでね。そこから始めるといいかもね。まずは文壇バーを手がかりにするといいかもしれない。そこから話を進めていってゲンロン・ロックフェス、へと。

菊地▼そうだね……面白いな、今日（笑）。

大谷▼話が止まりませんね（笑）。

菊地▼そうだ、ここまで来たらW村上を落とすべきだよ。今まで考えもつかなかったけど、ここまで話が熟してるんだとしたら、逆に、まずは村上龍さんには俺が接近するしかない。

大谷▼ペペ・トルメント・アスカラール・フィーチャリング村上龍？

菊地▼というか、もうSALSA SWINGOZA（一九九七年に結成された十一人組サルサ・バンド）でしょ。村上さんにサルサについて対談したいとか言って、ドッキリでね（笑）。別室でもう演奏始まってるわけ（笑）。で、ドッキリにキレてももう力ずくでクラーべ持たせちゃって。ライブの桁違いな気持ちよさと爆発的な興奮で相好も崩れるだろうし、どこまでいくか予想もつかない。ティンバレスまでいきかねない（笑）。

大谷▼絶対ハシャいじゃうよね。

菊地▼そしたら村上春樹さん。もう逃げられない。さっきの早稲田のイベントで関わったから。「村上さん、大隈講堂のフリージャズの再演したんだから、叩きましょうよ」とか言ってさあ。

大谷▼ドラムス、村上春樹。

菊地▼「山下さんと共演してくれませんか。ドラムでもいいし、サックスでもいいですから。サックスなら僕、指導しますんで」ということで、W村上に楽器をやらせちゃう。もう言わないのかW村上って。

大谷▼あのさ、スガダイローさんと本田珠也さんと菊地さんでトリオやってるでしょ？「二代目山下トリオ」とか勝手に言って（笑）、そのライブで、曲の途中で気がついたら珠也さんの代わりに村上春樹がドラム叩いている（笑）。そのバンドと、SALSA SWINGOZA with 村上龍の対バン。

菊地▼武道館イケるよ（笑）。

大谷▼やれるね。

菊地▼今日、武道館のそばにいるから（この日の対談は武道館に近い九段下で収録された）、あそこのヴァイブスがここまで来ちゃったね。器がさ、もうさ（笑）。

大谷▼SALSA SWINGOZA・フィーチャリング村上龍。山下洋輔トリオ・フィーチャリング村上春樹。

菊地▼これが実現した暁には他の人たちにも範囲を広げ、いよいよアカデミシャンを口説き落として、ゲンロン・ロックフェスティバルを開催する。リスクは俺たちの命があぶないという程度だ。

俺たちの〈闘争のエチカ〉

菊地▼みんなもうSNSなんかやってないで、この通過儀礼を通ってもらおうよ。そうしない限り「闘争のエチカ」とは言えませんよ、という話だよ。そのためにも、やっぱり蓮實・柄谷両先生にご登場いただきたい。

大谷▼蓮實・柄谷とW村上、それに東さん宮台さんも演奏する音楽フェス、「闘争のエチカ」（笑）。

菊地▼「ポスト・モダンという神話」も崩壊しきり、さっきのヌーヴェル・ヌーヴェル・ヌーヴェル・ヌーヴェルヴァーグじゃないけど、今やポスト・ポスト・ポスト・ポスト・モダンになっちゃってる。だったらもう「情報・コミュニケーション空間」なんてどうでもいいじゃないかと。ChatGPTにしゃべらせとけばいい。どうせ誰もコミュニケーションしなくなるんだから。手も握らないし、チューもしなくなる。「人間は不潔だから人工授精でいい」ってことになるよ。言語でコミュニケーションなんかしなくなる。そうして「終焉とエクソダス」を迎える……いや、終焉とエクソダスはどうかわからないけど（笑）、だったら今こそ音楽だよ。そのことに気づいちゃったね、すごい気づきだ今日。

大谷▼気づいてしまった。まだ先のステージがある。これは可能性として大きいね。ポスト・ポストとか言ってる場合じゃない。

菊地▼場合じゃないね。何かに終止符を打つことになるし、終わりの始まりになるかもしれない。そのことを俺たちに気づかせてくれたのも、結局やっぱり坂本龍一さんだったわけだ。

大谷▼そうなっちゃいましたね。

菊地▼とにかくこれは実現しないと。机上の空論じゃまったく意味がないから、具体的にプランを立てるべきだね。われわれは音楽家だけど、アカデミズムやら批評に片足を突っ込んでいる。これはそんなわれわれができる最後の仕事かもしれない（笑）。

大谷▼俺たちの最後の「闘争のエチカ」。倫理的仕事（笑）。

菊地▼W村上をフリージャズ、サルサで対バンさせる。これは協賛企業をかなり選ばないと動きませんよ。

大谷▼武道館だね。または早稲田の村上春樹記念館（笑）。村上春樹記念館に龍が出たら面白いね。

菊地▼というか大隈講堂でしょ。大隈講堂でSALSA SWINGOZA。ラテンに学生運動。

大谷▼すごいじゃないですか。

菊地▼蓮實さんのバックを浅田さんがつとめ……なんか多角的な看取りみたいな話ですね（笑）。

大谷▼アウトロで浅田さんがさりげなく「戦メリ」のフレーズを入れたりなんかして。

菊地▼そんなの余裕でしょ。

大谷▼浅田さんだけの一ステージがあってもいいよね。ボーカルだけ男の子が代わっていくステージ。それをやるときは、蓮實さんの「瀬川昌久追悼、戦前歌謡大会」が対バンで。

菊地▼そっちは全部ミュージカルナンバーだね。

大谷▼またはアメリカのスタンダードか映画音楽。蓮實さんが「オーバー・ザ・レインボー」歌っちゃったり。

菊地▼そこに筒井先生がクラリネット持って出てきたらどうする？

大谷▼今ならあり得るよ。

菊地▼そんなんなったら俺、断りきれない（笑）。「先生はセミプロですからこの場ばかりは」とは言えないな。

大谷▼そこがクライマックスだね。でもそれだと「ザ・ウチアゲ」になっちゃうけど（笑）。日比谷野音でやったという。

菊地▼どっちが先の方がいいのかな？　ゲンロン・フェスから始めて「ザ・ウチアゲ」に行き着くか、蓮實さんたちからいくか。現実的にはゲンロンからの方が早くない？

大谷▼ゲンロンからお願いしてみましょうか（笑）。

菊地▼やっちゃおうか、もう。これ実現したら、いろんな人がうらやましがるよ。『闘争のエチカ』から幾星霜、俺たちの結論はこれしかない。アカデミズムと音楽との再結合を音楽の実演という形で整理する。命懸けの仕事ですよ。

adidas

『たかが映画じゃないか』山田宏一・和田誠
（文藝春秋、一九七八年十二月）

映画批評家・山田宏一とイラストレーターで無類の映画通・和田誠が、古今の映画をめぐって縦横無尽に語り合う。二人の知識と記憶力、映画への愛に圧倒される。全編に軽やかで「ハッピーな感覚」（山田）が満ちあふれた名著。

二〇二三年九月十四日収録
（四谷・菊地成孔事務所［ビューロー菊地］）

シネコンが大好き

O　今回の参照本は和田誠[*1]と山田宏一[*2]の『たかが映画じゃないか』。ということで、今日は映画の話を中心でいきましょう。

K　『たかが映画じゃないか』って、「この映画はあのシーンが好き」とか「あの女優がいい」とか、延々としゃべってるだけだよね。

O　それで楽しく読ませるんだから、さすがだよね。芸がある。われわれだと和田誠と山田宏一みたいな感じにはきっとならないけど……。

K　さすがにこの二人のようにはね。でも俺はこういう時代の人がうらやましい。

O　映画が娯楽の中心だった時代の人たちだから、ツーカーなんだよね。

K　俺たちがジャズの話をするときみたいな感じかも。「あのアルバムの何曲目が」って話をしだすと止まらなくなる、あの盛り上がり方に近い。だけど、われわれに果たして映画でそんなに話ができるのか（笑）。おおざっぱに言うと、大谷くんは音楽批評家で俺は映画批評家ということになってるじゃん。ただ俺は映画に曲を提供したり役者で参加したりで現場に入ってるから、気軽に語りにくいところはあるんだけど、一映画ファンとして話す感じ

*1　イラストレーター、エッセイスト、デザイナー、映画監督（一九三六～二〇一九）。一九五〇年代から半世紀以上にわたり多彩な分野で活躍。映画監督としても『麻雀放浪記』『怪盗ルビイ』など数々の作品を残した。

*2　一九三八年生まれ。映画評論家。一九六〇年代、フランス留学時にトリュフォーやゴダールらと交流。帰国後、映画評論家として現在まで旺盛な執筆活動を展開。著書に『友よ映画よ　わがヌーヴェル・ヴァーグ誌』など多数。

でいいのかな。
O　今日はそれでいいんじゃない？
K　そもそも二人で映画の話をちゃんとしたことないよね。大谷くんは映画館に行ってるの？
O　たまに行くけど、今ってチケット事前予約しなきゃいけないでしょ。あれが俺、できないんですよ。スマホを持ってないからQRコードも読めないし。仕方ないから借りたタブレットで読もうとすると手がふるえる（笑）。結局、人のスマホを使って予約したりして。あれは困るよね。最近は居酒屋でもQRコードだったりするから、うっかり一人で呑みにもいけない。
K　わかるよ。俺もスマホ持ってないから、QRコードは読めない。ずっとデジタルの実印だと思ってたアレ（笑）。
O　あのー、俺が大学進学でこっちへ来た頃は、まだ横浜にはホントたくさん映画館があって、当時はよく行ってた。その日の気分で予約なんてせずにふらっと入って、たまたまかかってたのを観て。それに慣れてたからまだシネコン[*3]の方式になじめなくて。
K　勝手が違うもんね。俺は実家の両脇が映画館だった話を何度か書いてて、そのせいで「菊地さんはシネコン嫌いでしょ」「昭和の映画館が好きですよね」ってよく言われるんだ。

＊3　シネマコンプレックスの略。同一施設内に複数のスクリーンを持つ映画館のこと。

O　「浅草の名画座とか行くんでしょ」とか？

K　うん。街の小さな劇場が好きだと思われてる。実際好きな劇場もあるよ。ラピュタ阿佐ケ谷[*4]とか。あそこは俺が観たい映画が今一番かかる名画座。川島雄三[*5]の初期作品とか。でもそれはそれとして、俺、シネコンも大好きなんだよ。

O　シネコン好きなんだ。

K　好きだよ。何が好きってまずフードがいい。楽しいよ。ネットで予約しなきゃいけないとか、そういうややこしいことは一緒に行く人にまかせちゃうからね。新宿近辺にはシネコンがいっぱいあるし。

O　むしろシネコンばっかり。

K　コマ劇場跡は東宝シネマだし、丸井はバルト9がある。新宿は銀座と並んでシネコンが集まってる街だから、馴染みがある。ただし、コロナ禍以後は前ほど劇場に行かなくなっちゃったけどね。

O　映画の試写も、今はわざわざ試写室へ行かなくていいしね。データでもらえるから。

K　オンライン試写もあるし、データでもらえる場合もある。あとDVDが送られてきたりとか。

O　コロナで映画館に行きづらい時期があって、映画を自宅で観る傾向が進

*4　東京・杉並区にある名画座（一九九八年開館）。一九五〇～六〇年代の日本映画の特集上映で知られる。

*5　映画監督（一九一八～一九六三）。一九四〇～六〇年代にかけて、松竹・日活・東宝・大映で数々の傑作を残す。主な監督作品に『洲崎パラダイス　赤信号』『幕末太陽傳』『しとやかな獣』『貸間あり』など。

んだよね。動画配信サービスの加入者もすごく増えたというし。

ブルーレイ依存症

K と言いながら、舌の根も乾かぬうちにだけど(笑)、俺は今、映画の鑑賞はほぼDVDとブルーレイになってる。あとは日本映画専門チャンネル[*6]とBS松竹東急。[*7]川島雄三なんか、ここ数年でほぼDVDになった。良い令和だよ。

O 自宅派になったと。Amazonプライムや U-NEXTでも川島雄三の映画はけっこう観られるよね。

K そうなんだけど、俺は配信では観てない。

O Amazonプライムや Netflixは繋いでないんだ。俺は映画は今、動画配信を家のテレビで観るのはやってる。今のテレビってすごくて iTunesまで取り込まれてるからね。驚くよ。

K YouTubeも観られるしね。今は大型の液晶モニターの中にあらゆるコンテンツが集まってる。テレビのリモコンにも、YouTubeや U-NEXTのボタンが最初からある。

O あるある。契約すれば、ボタンを押すとすぐ切り替わる。ものすごく便

*6 日本映画放送株式会社が運営する専門チャンネル。日本映画を中心に、過去に放送されたドラマの再放送も行っている。

*7 今年(二四)で二周年。「午後ロー」的な「テレビで映画を観る」ことへのルネサンスを志向しているBS(nk)。

利だし、映像の量も膨大にある。

K　俺はそれがおっかなくて、あえて繋いでない。いったん繋いで観始めたら大変なことになりそうで怖くて。

O　菊地さんの場合、それは正解かもしれない（笑）。

K　だから俺は今もDVDとブルーレイ中心。そもそもCDが好きだし。

O　あー、ネット配信じゃなくて、フィジカルわざわざ買って観るのね。

K　そう。以前竹中直人[*8]さんが、「自分は日本一のレーザーディスク・コレクター[*9]で、映画の内容如何にかかわらず出たLDは全部買う」と言ってたんだ。俺はそこまでは言わないけど、でもそれに近い。たぶん日本で一番ぐらいDVD／ブルーレイに依存してる人間だと思う。

O　自宅派でブルーレイ依存症なわけね。

K　あと配信に繋がないのには、もう一つ理由がある。

O　何なの？

K　配信で観るのとDVDやブルーレイで観るのとでは、同じ映画でも見ごたえが違うんだよ。実はちょっとだけ配信を試したことがあったんだけど、これがダメだったの。

O　わかる……けど、その違いは何なんだろう？

K　パッケージのあるなしとか。あとモノが光学的に動いてるところがいい

*8　一九五六年生まれ。コメディアンとして活動するかたわら、俳優・映画監督としても活躍。監督作品に『無能の人』『東京日和』など。

*9　レコードと同じ直径三十センチの大きさの光ディスクに最大二時間の映像を記録できるビデオディスク。VHSより高画質のため、一九八〇～九〇年代、マニアの間で人気を博した。

のかな。でも音楽はYouTubeで聴くからな……たんに慣れてないだけって可能性もあるけど、よくわからない。PCとモニターの結線がメンドくさいだけかも。

音楽はタダになるが、映画はタダにならない

O 映画って、テレビで観ると時間の都合で編集されてることがあるよね。金曜ロードショーとか当然のようにカットされてるし。そっち先観ると「ん？　こんなシーンあったっけ？」とかなるじゃない？

K そうそう。ある映画について調べようとしてウィキペディアを見ると、「一九七八年日本テレビ放映版」とか「ゴールデン洋画劇場放映版」って情報が書いてある。

O 「日曜洋画劇場放映版」とか。

K 観くらべると、オリジナルとカットの位置が違うし声優も違う。今、映画の情報を扱う人はそこまで言及するようになってるね。まあ世界一の声優文化だし。

O たとえばゴダール[*10]の映画について何か書くとき、YouTubeに映像があるかどうか調べると、いろいろ出てくることは出てくる。ただ、出典がわから

*10 ジャン=リュック・ゴダール。映画監督（一九三〇〜二〇二二）。映画批評家として活動後、一九六〇年に『勝手にしやがれ』で監督デビュー。以後、二〇一〇年代まで数々の作品を残す。

ない。ということは編集されている可能性がある。それで時々、「あのシーンが消えてる……？」ってことが起こる。そもそもスペイン語吹き替え版だったりとか（笑）。ネットでタダで観られる映画の映像はデータとしては信用できないよね。

K　デジタルリマスタリングでカットされる情報もあるしね。

O　その点、音楽だと編集の有無は聴けばわかるから、同じことは起こらない……と思う（笑）。もうＡＩ時代だからダメかもしれないけど、音楽を論じるときはネットのデータでも大丈夫な気がするなー。耳だけの方が差異が正確に聴き取れるというか。ウチらの『アフロ・ディズニー』[＊11]では「映像」と「音」がズレてる／ズレてないってことをテーマにしてたわけですが、音だけだとそのファクターは生まれないんで。

K　実際、音楽はワイヤレスイヤホンと親和性が高いし、ネットでタダで音楽を聴く状況はかなり一般化したよね。俺は、音楽は結局のところタダになると思う。踏んばって「推しのアーティストに少しでも」とか言ってくれるのは一部リベラルだけ。音楽家はとっくに、コンサートやグッズが主な収益源になってる。要はレコード登場以前の時代に戻る。これはもう必然だからしょうがない。

O　でも、その流れに関して別に嫌な気はしないよね？

＊11　『憂鬱と官能を教えた学校』『東京大学のアルバート・アイラー』につづく講義録。二〇〇九年八月刊行。〈菊地・大谷講義モノではこの1、2だけが文庫化されてないキワモノ中のキワモノである（yo）〉

K　まったく抵抗ない。でも映画に関してはDVDやブルーレイを予約して買うし、映画館へもたまには足を運ぶ。それはこの先も続けると思う。たとえば、今年話題になった『エブエブ（エブリシング・エブリウェア・オール・アット・ワンス）』[*12]は、ジャッキー・チェン[*13]映画にヒロイン役で出ていたミシェル・ヨー[*14]が復帰して、移民役でアカデミー賞を獲った。しかもアクションもやってますという。「じゃあ観に行こうか」となる。「ネトフリ限定」とか、一本も観てないね。

O　モノに金を払うしフットワークも軽くなる。

K　うん。街の小さな映画館も好きだし、シネコンも好き。俺、どのシネコンのフレーバリーポップコーンがうまいかわかるからね。新宿で一番うまいのはバルト9。一番まずいのは東宝シネマ。ポップコーンなんだよ映画館はさ。結局さ。

映画はⅡがいい

K　映画は日常的に観てる？　予想もつかないけど（笑）。

O　今は頻繁には観てませんね。それにはきっかけがあって、一時期左目が悪くなったのが原因なんですよ。二〇一六年に左目の視力が突然落ちて、そ

*12　二〇二二年公開、カンフーとマルチバースをかけあわせた異色のアクション映画。ミシェル・ヨー主演、ダン・クワンとダニエル・シャイナート監督。

*13　一九五四年生まれ。俳優、プロデューサー。カンフーアクション映画のスターとして一九七〇年代より活躍。九〇年代にはハリウッドにも進出。現在に至るまで旺盛な活動を展開している。

*14　一九六二年生まれ。俳優。香港映画界で活躍後、九〇年代以降はハリウッドでも活躍。『エブリシング・エブリウェア・オール・アット・ワンス』ではアジア人女性初のアカデミー主演女優賞受賞を果たした。

こから半年ぐらいほぼ片目しか見えない状態があったの。大学病院で検査してもらったんだけど、謎のウィルスのせいらしいんですが、それがホントに謎で治療できなかった。そんなときに映画をまとめて観る仕事があって、それがすごく苦痛だったんですよ。「こんな状態の人間に映画評を書かせていいのか?」と……幸い視力は回復したんだけど、今でも左目の調子は悪くて、焦点が合いにくい。それがきっかけで映画館へ行かなくなっちゃった。

K 片目の状態で観るのはつらいよね。

O そこで映画とちょっと距離ができちゃって。仕事と関係なく映画を一番観てたのは九〇年代後半ですね。

K つまり観る時期もあれば観ない時期もあるわけね。

O 映画に関してはそうですね。子どもの頃はけっこう観てたと思う。地元の八戸市小中野には映画館が三軒あった。そこが映画に関する最初の記憶で、本格的に観始めたのは八〇年代。当時めちゃくちゃ盛り上がってたのが「ロッキー」[*15]シリーズだった。特に『ロッキーII』[*16]。親と一緒に、ほぼ最初に見た洋画だったんじゃないかなあ。

K IじゃなくてIIなんだ?

O IIだね。もっと言うとIIIとIVの方が一人で見に行ったぶんもっと盛り上がったんだけど(笑)。『スター・ウォーズ』[*17]も初めて観たのはIIかIIIだった。

*15 一九七六年に公開された第一作が大ヒット、脚本・主演のシルヴェスター・スタローンをスターダムにのし上げたヒット・シリーズ。その後、二〇〇六年の『ロッキー・ザ・ファイナル』まで五本の続編が製作された。

*16 一九七九年公開のシリーズ第二作。一度は引退したロッキーがボクサーとして再起し、チャンピオンとなるまでを描く。

*17 一九七七年にジョージ・ルーカス製作の第一作が公開後、現在までスピンオフ作品も含めて数々の続編が製作されているSFシリーズ。

Ⅰを観るのはその後。いつも一作目の大波が去った後、次の波が来るタイミングで観るパターン。『エイリアン』[*18]も『ランボー』[*19]もⅡから入った、みたいな。

K　それは一作目に何か抵抗があるわけ？

O　そうじゃなくて間に合わないの（笑）。八〇年のときに八歳だから、エイティーズに作られるシリーズ大作の一本目は観てないのが多い。かろうじて一作目に間に合ったのは『ターミネーター』[*20]とかかな。当時流行った映画はほとんどⅡで知った世代。あとは『ランボー』もそうだけど、八〇年代のヒットシリーズの一作目って地味なのが多くない？　それもあってⅡの印象が強い。

K　相変わらず正論の角度がトンでもねえなあ（笑）。

O　『ロッキー』『ランボー』『ターミネーター』に『スターウォーズ』。そういうシリーズ物を純粋に娯楽として楽しんでた。映画は親公認の娯楽だったし。ただし洋画限定ね。「邦画は観ちゃダメ」と言われてた。

K　それは日活ロマンポルノ[*21]とか観ちゃう可能性があるから？

O　そう。うちから一番近い映画館が東映と日活だったんだけど、そこへは行かせてもらえなかった。一度隠れて『トラック野郎』[*22]を観に行ったのがバレて怒られたことがある（笑）。これが洋画になると反応が違って、「行く」

*18　一九七九年に第一作が公開されたSFホラー映画シリーズ。八六年公開の『Ⅱ』から二〇一七年の『エイリアン：コヴェナント』まで五作の続編がある。

*19　一九八二年に第一作が公開されたベトナム帰還兵ランボーが主人公のアクション映画シリーズ。八五年公開の『怒りの脱出』から二〇二〇年公開の『ラスト・ブラッド』まで四作の続編がある。

*20　一九八四年に第一作が公開されたアーノルド・シュワルツェネッガー主演のSFアクション映画シリーズ。一九九一年公開の『Ⅱ』から二〇一九年公開の『ニュー・フェイト』まで五作の続編がある。

*21　一九七一年から一九八八年にかけて製作された成人映画レーベル。谷ナオミや東てる美など数々のスター女優を生む。神代辰巳、曽根中生、田中登らの監督作品は現在も評価が高い。

*22　一九七五年に第一作が公開された菅原文太主演の映画シリーズ。長距離トラック運転手の主人公が巻き起こす騒動を描く娯楽活劇で、一九七九年公開の『故郷特急便』まで九

と言うとこづかいをくれるんだよね。たぶん洋画鑑賞は教養の一種と思ってたんだろうね。繁華街まで行って、オールナイトで『スター・トレックⅡ』[*23]を観たりしてた。

K　またⅡなわけね。

O　そんなのばっかり（笑）。『バック・トゥ・ザ・フューチャー』[*24]も『メジャーリーグ』[*25]もⅡが一番面白いと思う。例外は『キングコング2』[*26]と『霊幻道士2』[*27]の二本立てのときで、そのときはさすがに「何でどっちもⅡなんだよ」と思った。

K　（笑）。松竹東映テレビがⅡの特集してたよ。「Ⅱ《ツー》」好みの人へ。とか言って。

O　もう全然面白くなかった。ユン・ピョウ[*28]のファンだったから観に行ったんだけど。

ユン・ピョウ、ブルース・リー、ジャッキー・チェンへ

K　え、ちょっと待って大谷くん、ユン・ピョウのファンだったの？　この本もうその話だけでいいよ（笑）。ということは『プロジェクトA』[*29]と『スパルタンX』[*30]は観てるわけだ。

作の続編がある。〈ということは80sに見たってのは時期が合わないなあ。再上映だったのかしらん（yo）〉

*23　一九六〇年代からテレビドラマで人気を博し、八〇年に映画第一作が公開されたSF映画シリーズ。第二作『カーンの逆襲』は八三年に公開。二〇一六年公開の『BEYOND』まで十二の続編がある。

*24　一九八五年にスティーヴン・スピルバーグ製作総指揮、ロバート・ゼメキス監督の第一作が公開されたSF映画。八九年公開の『Ⅱ』、九〇年公開の『Ⅲ』と二作の続編がある。

*25　一九八九年に公開されたスポーツ・コメディ映画。実在する球団を舞台に、架空のレギュラーシーズンを描く。九四年に『Ⅱ』、九八年に『Ⅲ』が公開された。続編に石橋貴明が出演したことでも話題を呼んだ。

*26　一九八六年公開のモンスター映画。前作で死んだはずのキングコングが人工心臓で生き永らえていた、という設定で展開される第二作。

*27　一九八六年公開のホラーコメディ。妖怪キョンシーが登場する人気シリーズ第二作。主要キャストの一

O　当然観てる。『プロジェクトA』は最初「日曜洋画劇場」で観たけど、その後劇場で何度も観たし、『スパルタンX』は公開に間に合った。
K　大谷くんがユン・ピョウ好きって初めて聞いた。
O　初めて言うからね（笑）。
K　俺は世代的にはその一つ前、ブルース・リー[31]がど真ん中なんだよね。
O　ブルース・リーに間に合った世代なんだ。
K　完全に間に合った。学校の男子生徒が全員ヌンチャク持ってて、休み時間は教室中にヌンチャクが飛び交ってた。それぐらいの直撃世代だけど、でも俺は圧倒的にジャッキー・チェンの方が好きだった。
O　そこは同じだね。初期の『少林寺木人拳』[32]あたりから始まって、ジャッキーはずっと好き。TVでもそのあたり放映してたし。みんな観て、次の日学校で修行の真似すんの（笑）。
K　あ、でも俺はアーリー・ジャッキー・チェンにはあんまり興味ないの。好きなのはハイバジェットになってからの作品で、それこそ『スパルタンX』『プロジェクトA』、あと『ポリス・ストーリー』[33]とか。
O　あー、『ポリス・ストーリー』はいいよねー。
K　あれが一番いいでしょ。まあ、本当のマニアは『五福星』[34]だけどね。
O　中でも『ポリス・ストーリーII』[35]が一番いい（笑）。あと『キャノンボ

人としてユン・ピョウが出演している。

*28 一九五七年生まれ。アクション俳優。一九八〇年代に出演した『プロジェクトA』や『スパルタンX』でスターに。以降現在まで俳優として活動を続けている。

*29 一九八三年に公開されたジャッキー・チェン主演・脚本・監督のアクション映画。二十世紀初頭の香港を舞台に水上警察と海賊との闘いを描く。八七年に続編『史上最大の標的』が公開された。

*30 一九八四年に公開されたジャッキー・チェン主演、サモ・ハン・キンポー監督のアクション映画。スペインを舞台に、ジャッキーとサモ・ハン、ユン・ピョウの三人組が誘拐された美女を救い出すストーリー。

*31 俳優、中国武術家（一九四〇～一九七三）。一九七一年に主演した『ドラゴン危機一発』が大ヒット、世界にカンフーブームを巻き起こすが、七三年に三十二歳の若さで急逝。代表作に『燃えよドラゴン』『ドラゴン怒りの鉄拳』など。

*32 一九七六年公開のアクション映画。父の仇を討つため少林寺で木人

ールII[36]』。あれにはジャッキーがゲスト出演してて最高。俺が超大作映画と言われてすぐ思い浮かべるのは『キャノンボール』シリーズだね。

K　面白すぎて目が回ってきたよ（笑）。七〇年代の『タクシードライバー』[37]とかは観なかった？

O　それは後になってビデオで観た。公開当時の時代の空気やノリを知らずに『タクシー・ドライバー』を観たけど、それで本当に観たと言えるのかは疑問だよね。だいたい内容だってうろ覚えだし。ジュディ・フォスター[38]が出てたことぐらいしか覚えてない。

「映画観たグラフィー」の崩壊

K　そういえば今SNSで、個人の映画史を記録できるサービスがあるんだけど、知ってる？　よくわからないんだけど（笑）。

O　え？　何言ってるのか全然わからない（笑）。

K　要するに、登録すると古今東西の映画のリストが出てきて、そこで自分が観た作品をチェックする。そうすると個人的な映画史が形成できるんだよ。本で同じことをやるのは難しいけど、映画だとそれができるらしい。しかもそれは他人の映画史ものぞける仕組みになってて、たとえばヴィンセント・

（人形）を相手に修行をつむ青年の物語。公開時、興行的には失敗したが八〇年代以降に再評価された。

*33　一九八五年公開のポリスアクション映画。麻薬密売組織と香港警察との死闘を描く。派手なカーチェイスやアクションが盛り込まれた大ヒット作。続編やスピンオフ作品も多数製作された。

*34　一九八三年に公開されたサモ・ハン・キンポー監督・主演のアクション映画。日本劇場公開版ではジャッキー・チェン主演として編集された。ユン・ピョウも出演。

*35　一九八八年公開の第二作。無差別爆弾魔との闘いを描く。

*36　一九八三年に公開されたカーアクション映画『キャノンボール』シリーズ第二作。ジャッキーは日本人の設定で出演している。ジャッキーは「I」から出てますね。どっちも最高！〈yo〉

*37　一九七六年に公開されたロバート・デ・ニーロ主演、マーティン・スコセッシ監督作品。社会への怒りを募らせたベトナム帰還兵のタクシードライバーの狂気を描く名作。

*38　一九六二年生まれ。俳優、映画

ギャロ[*39]もそこに登録してるから、ギャロ本人の映画史が見られるわけ。

O　ビジュアルを見てチェックできるんだ。面白いね。

K　今、映画はそういう遊び方ができるようになってる。俺はそれを予見してたとは言わないけど。二十世紀のシネフィルは「自分がどれだけたくさん観たか」を誇ったじゃん。実際は観てないものまで観たふりしてさ。でも俺は「そういうポテンツ主義はダメな時代になる。それよりもむしろ、何を観てないか申告した方が絶対面白い」ってずっと言ってたんだよ。自分で言えば、ゴダールもトリュフォー[*40]も全部観てて、ヌーヴェルヴァーグはくまなくおさえてるように見えるけど、実はエリック・ロメール[*41]のあれは観てないとか。そういうのって誰にでもあると思うんだよ。つまり、その人の強度じゃなくて弱度を見る。

O　「今さら言えない」系ね。

K　そこに焦点をあてた方が面白い。日本映画語りまくるのに、「実は黒澤明[*42]は観たことがない」とか「小津安二郎[*43]のトーキー作品は一本も観てない」とか。俺、溝口健二[*44]って一本も観たことないの。

O　たしかにそっちの方が知りたいよね。

K　これは何の他意もないけど、町山智浩さんみたいになると、「全部観てます」という体にしなきゃいけなくなる。でもそんなの原理的に無理で、だ

プロデューサー。『タクシードライバー』では少女娼婦役を演じたが、同年公開の『ダウンタウン物語』では妖艶な歌姫を演じた。

*39　一九六二年生まれ。俳優、画家、ミュージシャン。一九九八年公開の『バッファロー'66』では脚本・監督・主演・音楽を手がける。俳優としてはスコセッシやコッポラの作品にも出演している。

*40　フランソワ・トリュフォー。映画監督（一九三二～一九八四）。ヌーヴェルヴァーグを代表する巨匠。作品に『大人は判ってくれない』『突然炎のごとく』『終電車』など。

*41　映画監督（一九二〇～二〇一〇）。ヌーヴェルヴァーグを代表する監督の一人。作品に『夏物語』『友だちの恋人』『海辺のポーリーヌ』など。

*42　映画監督（一九一〇～一九九八）。『七人の侍』『用心棒』など数多くの名作を発表し、ルーカスやコッポラら海外の監督へも大きな影響を与えた。代表作の一つ『生きる』は、カズオ・イシグロの脚本によりイギリスでリメイクされた。

ったら何を観てないかを申告した方がいい。ずっとそう言ってたのになかなかそういう流れにならないと思ってたら、今言ったSNSがいきなり出てきた。SNS良いね〜（笑）。

O　なるほどね。でもそれは観たことがある映画をチェックしていくんだよね。

K　そうなんだけど、そこから逆に「これは観てないんだ」ってことがわかる。それは画期的。二十世紀のシネフィルの「観た記憶」ってあるじゃない？　芦屋小雁[*45]は家に来た客に開口一番、「何が観たいですか？」って訊いたというよね。

O　コレクションがすごくて何でも揃ってたらしいね。和田誠や山田宏一にも何でも観てそうなアウラがある。

K　ところが今、何の忖度《そんたく》もない、身も蓋もないSNSカルチャーの登場でそのアウラは消えざるを得ない。それが面白いんだよ。ある意味、映画を観ることと別の楽しみが生まれている。

アステアがわからない

K　大谷くん、『オール・ザット・ジャズ』[*46]は観た？

＊43　映画監督（一九〇三〜一九六三）。日本映画を代表する監督の一人。『晩春』『麦秋』『東京物語』『秋刀魚の味』など、六十歳で亡くなるまで五十四本の作品を残した。

＊44　映画監督（一八九五〜一九五六）。一九二〇年代から五〇年代にかけて、『西鶴一代女』『雨月物語』『赤線地帯』など数々の名作を残した。

＊45（あしやこがん）一九三三年生まれ。喜劇俳優。兄の芦屋雁之助と漫才コンビとして活動後、喜劇役者となる。怪奇・SF映画のフィルムコレクターとしても知られている。

＊46　一九七九年公開のミュージカル映画。ブロードウェイの伝説的振付師ボブ・フォッシーが脚本・振付・監督をつとめた自伝的作品。

O　観てない。

K　観てないんだ。俺はパブリック・イメージとして「エロい人間」ってことになってるじゃん。実際どのぐらいエロいかは夢の世界としてさ。そんな俺にとって『オール・ザット・ジャズ』のボブ・フォッシー[*47]は神々の一人。

O　俺にはそういうことがあんまりわからないのかもしれないなー。

K　そうだよね。俺がエロいようには大谷くんはエロくないんだな。じゃあ『ザッツ・エンタテインメント』[*48]は？

O　それはさすがに観た。でも正直言うと、俺、フレッド・アステア[*49]の魅力ってよくわからないんですよ。だいたいあの映画、こま切れだし。

K　よく瀬川昌久[*50]先生と本出したね（笑）。アステアの意味がわからないって人が。

O　意味がわからないというより、なぜみんなあんなにアステアが好きなのかがわからないっていうね。

K　そうなの!?　それは「なぜみんなあんなにチャーリー・パーカー[*51]が好きなのかわからない」って言ってるのと同じでしょ。

O　アステアがいいのはわかるんですよ。わかるんだけど、ここまで特別視されてるのが腑に落ちない。「粋」とか「洗練」とか言ってる人はさ、その当時の泥臭いダンスをどこまでしっかり見てウンザリしてるのか、その時代

*47 振付師、俳優（一九二七～一九八七）。『くたばれ！ヤンキース』『シカゴ』など数々のミュージカルの演出、振付、『レニー・ブルース』『オール・ザット・ジャズ』など映画の監督をつとめた。

*48 一九七四年公開のミュージカル映画。一九二〇年代から五〇年代までのミュージカル映画の名シーンをコメントを挟みつつ紹介する内容で、フレッド・アステアらが出演している。

*49 ダンサー、歌手（一八九九～一九八七）。一九三〇～五〇年代のハリウッド・ミュージカル映画の中心で活躍した大スター。〈「アステアの意味がわかんない」んじゃなくて、同世代の他のダンサーと比べて語るってことができない人が「アステア最高！」って言うのは軽薄なんじゃない？みたいな意味です！（yo）〉

*50 音楽評論家（一九二四～二〇二一）。一九五〇年代に仕事でNYへ渡り、チャーリー・パーカーらジャズ・ミュージシャンに触れ、帰国後に執筆活動を開始。著書に『ジャズで踊って』、『アメリカから遠く離れて』（蓮實重彦との共著）など。

の下品な部分を知ってる人が言うならいいんだけど……ま、アステアが特別なのはわかりますけどね。

K アステアを洗練してるって思ってる日本人は、自分の生活の下品さにウンザリしてたんだよ（笑）。

O それに『ザッツ・エンタテインメント』って映画としてそんなに面白いかな？

K 面白いよ〜。ミュージカル映画ほどヤオイ向けのモンないのに、それで実際ヤオイ作ったんだからさ。

O タップが観たいなら映画じゃなくて実演観に行けばよくない？……いいシーンがあるのはわかるけど、でも、だったらアステアよりジャッキー・チェンの方がいい。話がめちゃくちゃでも。

K ジャッキー・チェンなら最初から最後まで楽しく観られる？

O 楽しく観られるね。

私がユン・ピョウだった頃

K 『ポリス・ストーリー』で、山の斜面にゲトー（ゲットー）みたいな場所があって、ジャッキーがそこへ潜入捜査する場面があるの覚えてる？　あ

＊51　ジャズ・ミュージシャン（一九二〇〜一九五五）。ビバップを生み出した伝説的アルト・サックス奏者。「モダン・ジャズの父」とも呼ばれ、後世に大きな影響を与える。アルコールと麻薬に溺れ、三十四歳の若さで夭逝した。

れ、最終的にそのゲトー全体を爆破するんだよね。

O それそれ。俺、そういうのが一番好き（笑）。

K 香港のアクション映画全部とは言わないけど、少なくともジャッキー・チェン組は人命尊重の考え方はなかったなと思うね。人命が軽い。

O 本人が自分の命を軽く扱ってるから（笑）。

K 『ポリス・ストーリーⅢ』[*52]でジャッキーが列車の上で闘ってるとき、ヘリコプターが飛んでくるシーンがある。トム・クルーズ[*53]が『ＭＩ』[*54]シリーズでコピーしてるけど。そのシーンの撮影中にヘリコプターのプロペラが頭にあたったか何かで、ジャッキーは片耳の聴覚をなくしたんだよ。それなのに撮影続行して映画を完成させちゃった。

O 観た記憶あるけど、それで片耳聞こえなくなったんだ。

K それ以来ジャッキー映画ではヘリコプターを使わなくなった（笑）。でも耳が聞こえなくなるくらいは序の口で……。

O 飛び込むガラスを間違えたりしてたよね。アクションに異常なぐらい体を張る。すごかった。エンド・クレジットに流れるＮＧシーン集とか。ジャッキー・チェンは少年時代のアイドルだった。

K そういう人がたくさんいるよね。ジャッキーが好きすぎて、ほぼほぼ同化しちゃった有名人にウッチャンナンチャンのウッチャン[*55]がいる。顔が似て

*52 一九九二年公開。ミシェル・ヨーを相棒に迎えたシリーズ第三作。

*53 一九六二年生まれ。俳優、映画プロデューサー。八六年公開の『トップガン』で大ブレイク。『レインマン』『ザ・エージェント』や『ミッション：インポッシブル』シリーズなど数々の話題作に主演。

*54 一九九六年公開のスパイアクション映画。ＣＩＡの工作員をトム・クルーズが演じた。二〇〇〇年公開の第二作以降、現在までに六作の続編がある。

*55 内村光良。一九六四生まれ。タレント。一九八五年、南原清隆とウッチャンナンチャンを結成。バラエティ番組で活躍を続ける。映画好きとしても知られ、自身でも『金メダル男』など監督作品がある。

たし（笑）。あの人、自分でもカンフー映画作ったしね。

O 出川哲朗に「チェン」て呼ばれてたもんね（笑）。そういえば中学の頃、一つ上の学年にジャッキーさんって呼ばれてる人がいた。その人、授業中でも何かっていうと上半身裸になるのよ。それで「俺のことはジャッキーと呼べ」って。

K ジャッキー・チェンはもう集合的な存在だからね。ブルース・リーもそう。小中学のクラスは言うまでもなく、チャウシェスク政権崩壊後のルーマニアを撮ったドキュメンタリー[*56]を観たら、そこにもブルース・リーが出てきた。当時は貧困化の影響でゲトーが拡大した時期で、駅のマンホール下に有機溶剤を吸う子どもたちがいて、ヤバい状況だったわけ。そこを仕切ってる男の名前がブルース・リーなんだよ。

O （笑）。全世界にブルース・リーやジャッキー・チェンがいたわけね。

K ルーマニアのブルース・リーも真冬なのに上半身裸で、しかも肌に銀色のペンキを塗ってた。

O ヤバいね（笑）。しかし、日本にもどれだけジャッキーがいたんだろうね。

K 七ケタは軽い。

O 各学校に一人はいたかも。俺はもともとジャッキーが好きだったんだけ

＊56 『マンホールの少年 6年の記録』（英・オランダ製作、二〇一八年）のこと。

ど、先輩にジャッキーさんがいるから自分じゃ名乗れない。「だったら俺ユン・ピョウやるわ」ってことにして、それからユン・ピョウが好きなんだよね。

K 大谷能生はユン・ピョウだった（笑）。

タイトルに「ブルー」がつく映画は駄作である

O 要するに、俺は八〇年代にアメリカと香港の娯楽映画を観まくった世代なんですよ。

K じゃあ『ベティ・ブルー』[*57]なんて観てない？

O 観てない。『レオン』[*58]は観たけど……。

K 『レオン』の監督はリュック・ベッソン[*59]で、それに『ベティー・ブルー』のジャン＝ジャック・ベネックス[*60]、あとレオス・カラックス[*61]。この三人をあわせて「BBC」って言うんだよ。イギリスに失礼だよね。失礼でいいけど。

O レオス・カラックスって『汚《よご》れた血』[*62]の人だっけ？

K そう。フランス産のアメリカ映画みたいな作風でヌーヴェル・ヌーヴェルヴァーグとか言われて、おしゃれな人たちが感動してたのよ。『汚れた血』や『ベティ・ブルー』を観て。

*57 一九八六年公開。邦題のサブタイトルに「愛と激情の日々」とある通り、小説家志望の中年男と奔放な少女の愛の狂気を赤裸々に描き話題となった。

*58 一九九四年公開のアクション映画。ジャン・レノ、ナタリー・ポートマン出演。孤独な殺し屋と麻薬密売組織に家族を殺された少女の交流と復讐を描く。

*59 一九五九年生まれ。映画監督、映画プロデューサー。ネオ・ヌーヴェルヴァーグ世代を代表する監督と呼ばれたが、SF、アクション、歴史物など幅広いジャンルの作品を手がける。代表作に『サブウェイ』『レオン』など。

*60 映画監督（一九四六〜二〇二二）。一九八一年、長編映画『ディーバ』で話題を呼ぶ。八〇年代にはベッソン、カラックスとともに「BBC」と称された。代表作に『ベティ・ブルー』など。

*61 一九六〇年生まれ。映画監督。一九八三年、長編デビュー作『ボーイ・ミーツ・ガール』で一躍脚光を浴びる。代表作に『汚れた血』『ポンヌフの恋人』など。

O　『汚れた血』は名画座で観たけど、全然面白くなかった。

K　全然面白くないよね。俺は今名前が出た監督の映画だと、『ディーバ』[*63]と『サブウェイ』[*64]しか認めない。あとはもうダメだ（笑）。

O　そのへんの八〇年代〜九〇年代フランス映画って、何がいいのかさっぱりわからなかったな〜。

K　こないだ『ディーバ』のデジタルリマスター版DVDが出たとき、そこに入る小冊子への原稿依頼があった。俺はそこに「『ディーバ』は八二年の映画で、実は『プロジェクトA』と同じ年である」って文章を書いたんだよ。『ディーバ』と『プロジェクトA』と『ブレードランナー』[*65]ね。その三本をあげて「八二年は青の時代だ」という話。観ればわかるけど、『ディーバ』は画面が全体的に青いのよ。まあ、リドリー・スコット病なんだけどさ（笑）。

O　それで「青の時代」ね。

K　『プロジェクトA』もネイビーの話でネイビーブルーだから青いんだよ、全編。

O　えー、そうだっけ？（笑）

K　画面に赤みが少ない。

O　まあ海が舞台の映画だしね。

K　そう、海兵隊の話だから。その文章は例によって何の評判にもならなか

＊62　一九八六年公開。近未来のパリを舞台に未知の病気STBOの特効薬をめぐり展開するラブストーリー。

＊63　一九八一年公開。人気オペラ歌手と彼女に憧れる青年が巻き込まれる犯罪を描くサスペンス。

＊64　一九八五年公開。リュック・ベッソンの長編第二作。全編がパリの地下鉄構内で展開するユニークなサスペンス映画。

＊65　一九八二年公開、ハリソン・フォード主演、リドリー・スコット監督作品。謀反を起こしたレプリカント（人造人間）と、それを追う捜査官を描くSFアクション映画。

ったけど、でも俺の中には法則があるの。タイトルに「ブルー」とついた映画はまずダメ。

O 『グラン・ブルー』とか。

K 『ベティ・ブルー』とか。それより見た目が青い映画がいい……ということを言いたかった。「キタノ・ブルー」に関しては精査しますが（笑）。

『裸のランチ』と『さや侍』

K （デヴィッド・）クローネンバーグ[*66]は観た？

O 『ビデオドローム』[*67]はビデオで観た。友だちのうちで観ていて気分が悪くなって、途中で帰った覚えがある。

K 俺もそうだ。当時はキモい自体で一個の価値があったから「キモキモい」だ。

O クローネンバーグ映画は何度かチャレンジして、そのたびにダメで。唯一マシなのは『裸のランチ』[*68]だけど、それはオーネット・コールマン[*69]（と、ハワード・ショア[*70]）の音楽がいいから。

K いやーわかる。素晴らしいよね。下手したらオーネットの中であれが一番よくない？

*66 一九四三年生まれ。映画監督。身体の変容や破壊を描く「ボディ・ホラー」の巨匠。代表作に『スキャナーズ』『ビデオドローム』『ザ・フライ』など。

*67 一九八三年公開。見る者を狂気に陥れる殺人ビデオに魅入られた男を描くSFホラー作品。

*68 一九九二年公開。監督・脚本クローネンバーグ。ウィリアム・バロウズのドラッグ体験を描く原作を映像化したカルト映画。

*69 ジャズ・ミュージシャン（一九三〇～二〇一五）。フリー・ジャズの先駆者と呼ばれるサックス奏者。一九五九年発表の『ジャズ来るべきもの』は当時の音楽界に衝撃を与えた。他に『フリージャズ』など。

*70 一九四六年生まれ。作曲家。デヴィッド・クローネンバーグ作品など数多くの映画音楽作品で知られる。『裸のランチ』でも音楽を担当、オーネット・コールマンをフィーチャーした。

*71 ドラッグ中毒体験を映像化したコンラッド・リュクス監督の映画『チャパカ』用に制作された音源。〈金にモノを言わせてドラッグ関係

O　いいかもしれない。オーネットには映画絡みの音源が二つあって、一つは作ったのに使われなかった『チャパカ組曲』[*71]ってアルバム。もう一つが『裸のランチ』。

K　『裸のランチ』は『チャパカ』へのオマージュなんだよね。モロッコを舞台にオーネットのアルトを聴かせようという意図がある。映画自体は『インディ・ジョーンズ』[*72]みたいでよくわからない話なんだけど。

O　一応探偵物だよね。でも物語より断然音楽がいい。『チャパカ』へのオマージュで、しかも『チャパカ』より出来がいい。もう『裸のランチ』は音楽だけでいい。

K　あのオーネット・コールマンに萌えない人はジャズを聴いてもしょうがないね。俺は最初、あれを予備知識なしで観てびっくりしたもん。「オーネット・コールマンみたいじゃん。これはとんでもない奴が出てきた」って。で、エンドロールを見たら「音楽　オーネット・コールマン・トリオ」だった（笑）。

O　本人だった（笑）。俺も似たような経験があって、事前に何も知らずに『さや侍』[*73]を観に行ったら音楽がすごくいい。びっくりして誰だろうと思ったら清水靖晃[*74]さんだったという。

K　あれは靖晃さんのあらゆる劇伴の中でもグラン・クリュだ。『用心棒』[*75]

著名人を多数登用。最初にオーネットに音楽を依頼するも、九十分にわたって吹きまくるオーネットのサウンドに映画が耐えられなくて不採用（録り直し担当したのがラビ・シャンカール）。支払われたギャラでオーネットは欧州ツアーをして名盤『ゴールデン・サークルのオーネット・コールマン』が録音される……など逸話が多い（yo）〉

*72　一九八一年に公開されたハリソン・フォード主演の冒険活劇。以後、主人公の名である『インディ・ジョーンズ』シリーズとして、四作の続編が公開された。

*73　二〇一一年公開の松本人志監督作品第三作。主演に一般人の男性を起用したことでも話題を呼んだ時代劇。〈コレが松本映画の中では一番マトモだという説ですワタシは（yo）〉

*74　一九五四年生まれ。作曲家、音楽プロデューサー。サックス奏者として数多くのプロジェクトで活動するかたわら、映画、テレビなどの音楽も手がける。映画音楽作品に『さや侍』の他、『ジュブナイル』『しんぼる』など。

で始まり定番化する、オーケストラに和楽器を加えたポップな音楽、大河ドラマママナーの音楽スタイルを完全に更新した。

O　木管五重奏みたいな音楽が流れるシーンがあって、あそこが特にすごい。

K　それこそダリウス・ミヨー[*76]とかフランス六人組[*77]みたいな……それがあの凡庸な画面に流れるというね（笑）。

O　前半は『子連れ狼』[*78]と『木枯らし紋次郎』[*79]がごっちゃになったような話で、後半は全然違う展開になる。あの変な映画のバックにあんな音楽がかかるんだもんね。

K　吉本興業は、映画会社としての松竹に対して積年の怨念があるんだよ。松竹は東宝と組んで映画をバンバン作ったけど、実は吉本も昔、吉本映画[*80]というのがあったんだ。でもそれは失敗した。

O　吉本映画というと、紳助竜介の『ガキ帝国』[*81]とか？

K　そうじゃなくて、横山エンタツとかそのぐらい昔に吉本映画って映画会社ができかけたの。でも失敗して、吉本は映画製作から撤退した。それから数十年後、「北野武監督がいけるなら松本人志監督もいける」という機運が再び盛り上がる。当時吉本は映画会社を作るつもりだったと思う。でも結局、吉本の映画界再進出計画は頓挫する。あの頃、ちょっとしゃれた脚本も書けそうな芸人……たとえば木村祐一[*82]とか板尾創路[*83]に監督をさせてるのよ。『ニ

*75　一九六一年に公開された三船敏郎主演、黒澤明監督の東宝映画。ヤクザ同士の抗争で荒廃した宿場町に流れ着いた三船演じる浪人が、巧みな策略で双方を壊滅させる物語。

*76　作曲家（一八九二〜一九七四）。ピアニストや指揮者としても活躍。ジャズやタンゴに影響を受け、映画音楽も手がけた。代表作に『屋根の上の牡牛』など。

*77　二十世紀前半のフランスで活躍した作曲家集団。ダリウス・ミヨー、ルイ・デュレ、アルテュール・オネゲル、ジェルメーヌ・タイユフェール、フランシス・プーランク、ジョルジュ・オーリック。

*78　柳生一族の陰謀で妻と職を失った剣の達人が、幼子とともに復讐の旅に出る物語。小池一夫原作、小島剛夕作画のマンガと、これを原作とする映画、テレビドラマがある。映画版は海外でも人気が高く、タランティーノにも影響を与えた。

*79　笹沢左保原作、無宿渡世の紋次郎が主人公の時代小説と、これを原作とする映画、テレビドラマ。紋次郎の口癖「あっしには、かかわりのねえことでござんす」も有名。一九

セ札』[84]とか、いろいろある。今や日本映画史にはなかったことにされてるけど、いずれ文芸坐あたりで吉本映画特集をやって見直すべきだと思うね。

O　吉本映画＝吉本出資の映画ってことね。

K　うん。「角川映画になれなかったんや」とか言ってね。二〇一〇年代は吉本興業が映画業界へ進出する夢を持っていた時代で、それは吉本肝いりの沖縄国際映画祭[85]とも関連している。一時期そのへんのことをジャーナリスト並みにネットで掘ったんだけど、怖いものが出てくる予感がしてやめた（笑）。

大谷の生涯のベスト3

O　九〇年代になって八戸からこっちへ来たら、映画館がいっぱいあった。そこから一時期、名画座通いしたんですよ。当時の横浜には、家から歩いて行ける距離になんと四軒も名画座があって、その中でも「ジャック＆ベティ」とその斜め前にあった「横浜日劇」にはしょっちゅう行ってた。日劇は『濱マイク』[86]に出てくる劇場で、いわゆる洋画の三番館で、三本立てで千円。そこに朝十時に入って、三本観終わって外へ出たら夕方の五時とか。ヒマだったし、そういうのが新鮮だった。それが九三～九五年くらいの話で。当時

七二年から放送された中村敦夫主演のテレビドラマは視聴率三十％を超える人気となった。

＊80　一九三三年に社内に映画部を設立。三六年には二代目社長・林正之助が東宝配給の取締役に就任するも、松竹を刺激し、様々な確執の果て、吉本は映画産業に於いて、松竹に大負け（nk）。

＊81　一九八一年に公開された、島田紳助・松本竜介主演、井筒和幸監督のATG映画。昭和四十年代の大阪を舞台にした不良少年たちの物語。同年公開の『ガキ帝国 悪たれ戦争』という続編もある。

＊82　一九六三年生まれ。芸人、放送作家。吉本興業所属。

＊83　一九六三年生まれ。芸人、俳優。吉本興業所属。

＊84　二〇〇九年に公開された木村祐一監督作品。昭和二十年代に実際に起きたニセ札事件をモデルにしたサスペンス・コメディ。

＊85　二〇〇九年から沖縄で開催されている映画祭で、正式名称は「島ぜんぶでおーきな祭 沖縄国際映画祭」。吉本興業は主催ではなく協賛の形を取る。なお、二〇二四年開催の第十

蓮實先生が作ったウエスタンのベスト映画リストをチェックして、あちこち観に行ったりとか。

K やっぱりブッキッシュだね。

O まあね。蓮實先生の文章に触れた後にヒッチコック特集があると、「これは観なきゃ」って行くわけですよ。そうすると、今度は監督で観るクセがつく。そこから三百人劇場[*87]みたいなのにも通うようになる。銀座までブレッソン[*88]見に行ったりとか。そしたら毎回ロバの映画（『バルタザール、どこへ行く[*89]』）だったりとか（笑）。

K 大蓮實がアジりにアジってた頃ね。「ブニュエル[*90]のメキシコ時代の映画をかけた三百人劇場には、三百メートルの行列ができて、劇場のまわりを三周するのが望ましい」だっけ？

O 『映画に目が眩んで[*91]』でロッセリーニ[*92]だのブニュエルだの出てくるじゃないですか。ああいう映画論読んで、で、名画座に行くのに一時期やっぱり熱中してた。懐かしいですなあ。

K 俺はそこが違ってて、あの時期の映画本とアカデミズムの融合と発熱には追いつけず、むしろ何とか平熱化してほしいと思ってた。平熱化して「スクリーン[*93]」や「ロードショー[*94]」のようにならないかって。そんなときに出たのが「映画秘宝[*95]」だったわけ。

六回を最後に吉本興業が運営から撤退することが発表された。

*86『私立探偵 濱マイク』。永瀬正敏主演、林海象監督の探偵ドラマシリーズ。横浜にかつてあった横浜日劇の二階に事務所をかまえる設定になっていた。〈九〇年代、横浜日劇はウチから歩いて五分ほどの場所にあり、そのはす向かいが名画座ジャック&ベティ（こちらはまだ健在）。伊勢佐木町の真ん中にはオデオンと東映と日活があり、有隣堂の横ウラには関内アカデミー1、2があり、と、当時のヨコハマは映画館の聖地だったわけです（yo）〉

*87 文京区にかつてあった劇場。舞台公演のほか、映画の特集上映や落語の独演会などが行われていた。一九七四年開館、二〇〇六年閉館。

*88 ロベール・ブレッソン。映画監督（一九〇一〜一九九九）。プロの俳優ではなく素人を起用する独特のスタイルで知られる。代表作に『スリ』『バルタザールどこへ行く』など。

*89 一九六六年公開。ドストエフスキーの『白痴』の挿話をもとに、一頭のロバと一人の少女の悲痛な運命

O　そっちなんだ。俺は「映画秘宝」を通ってないんですよ。自分とは縁のない雑誌だと思ってた。

K　出た。今回が一番話が合わないかもしれないね（笑）。大谷くんと逆に、俺にとって「映画秘宝」は教科書だった。のちに町山さんともめるとは夢にも思わず（笑）、熱心に読んだ。柳下《やなした》・町山時代の「映画秘宝」は今でも全部持ってるよ。

O　「映画秘宝」を初めてちゃんと意識したのは、中原（昌也）さんの『ソドムの映画市』[*96]が出たときかな。あの本は面白いと思った。宇川（直宏）[*97]さんもそこで知った。

K　俺はそこも逆で、中原くんを知ったのは「映画秘宝」。それから『ソドムの映画市』。俺的にはそこから90sカルチャーに入る。その前の映画本は、八〇年代のニューアカデミズムと結びついてる。俺はそれに圧を感じて読み進められなかった。

O　俺は八〇年代の映画本が教科書で、菊地さんは「映画秘宝」が教科書。そこは年齢と逆なんだね。

K　さらに言うと、さっきシネフィルとして何を観てないかって話をしたけど、俺は蓮實重彥の映画関連本を実は一冊も読んでない。

O　おおお！

を描く。

*90 ルイス・ブニュエル。映画監督（一九〇〇～一九八三）。フランス、スペイン、アメリカ、メキシコで多様な作品を製作。シュルレアリストのダリと共作した『アンダルシアの犬』の他、『昼顔』『ブルジョワジーの秘かな愉しみ』など。

*91 蓮實先生の映画アジり本。ソフト・カヴァーかつ分厚い（yo）。

*92 ロベルト・ロッセリーニ。映画監督（一九〇六～一九七七）。イタリアのネオリアリズモ運動を牽引した監督として、その後の映画界に多大な影響を与えた。代表作に『無防備都市』『ドイツ零年』など。

*93 一九四六年創刊。近代映画社発行の洋画専門誌。双葉十三郎の名連載「ぼくの採点表」でも知られる。二〇一五年に破産を申請するが、別会社が社名を引き継いで雑誌は継続中である。

*94 一九七二年創刊、集英社発行の映画専門誌。映画スターの写真をふんだんに使い、ビジュアル重視の誌面構成で作られていた。インターネット普及の影響で二〇〇八年に廃刊したが、二二年にオンライン版とし

K　厳密には、読んでないんじゃなくて読み通したことがない。『ショットとは何か』もちょっと読んだけど、通読はしてない。

O　いやー、逆に、俺は町山さんの本を一冊も読んだことがないし、柳下さん*98もSFの翻訳家だと思ってたし。「映画秘宝」にいることすら知らなかった。だいぶ後になるまで柳下さんを（R・A・）ラファティ*99とかの訳者として認識してた。

K　そのあたりの認識もだいぶ違うね。タランティーノ*100は観た？

O　『レザボア・ドッグス』*101は封切りのときに観に行った。面白かった。その後の映画も観た。でも『キル・ビル』*102で落ちちゃった。

K　ああ、『キル・ビル』落ちはあるかもね。『パルプ・フィクション』*103は？

O　観たけど覚えてない。だから観たうちに入らない。なんか踊ってた？みたいな（笑）。

K　ヤバい温度の低さだよね（笑）。

O　そうね。全然興奮はしてないです（笑）。

K　俺は「映画秘宝」読んで、『レザボア』『パルプ』観て、「これで映画界が変わる」ってハイになったからね。じゃあ大谷くんが人生を通じて一番ハイになった映画って何？

O　ユン・ピョウの、なんかサッカーやってるやつとか（笑）。あと『キャ

て復活した。

*95　一九九五年に洋泉社で創刊された映画専門誌。当初は一冊ワンテーマのムックだったが、九九年に雑誌化。B級映画やお色気映画などを積極的に取り上げる独自の誌面で人気を博す。二〇二〇年に休刊したが、同年に双葉社から復刊し、現在は秘宝新社刊。

*96　一九七〇年生まれのミュージシャン、小説家である中原昌也が一九九六年に刊行した映画論集。中原は二〇二三年一月に脳梗塞で入院したが、同年十一月退院したことが発表された。

*97　一九六八年生まれ。映像作家、現代美術家。菊地、大谷も出演するライヴストリーミングチャンネル『DOMMUNE』を二〇一〇年に設立。以降現在まで、同チャンネルを拠点に旺盛な活動を展開している。

*98　柳下毅一郎。一九六三年生まれ。映画評論家、翻訳家。宝島社を経てフリーに。W・バロウズやJ・G・バラード、R・A・ラファティの翻訳の他、『皆殺し映画通信』シリーズなど、映画に関する著書多数。

*99　レイフェル・アロイシャス・ラ

ノンボール』とか。

K　（笑）。日本映画ではそういうのないの？

O　んー、ないですね。そもそも劇場で日本映画を観た記憶がほとんどないぐらい。

K　『座頭市』とかさ。

O　「ジャック&ベティ」でさ、「カツライス」特集（勝新太郎[*104]と市川雷蔵[*105]特集）とかあったんで、それ日参して観ましたね。すごい面白かった。でもそれはほぼ勉強としてって感じで、興奮して真似るみたいな体験じゃないわけよ（笑）。そこで小津映画とかも大分観た。

K　音楽聴いて食らうことはあるけど、映画ではそれはない？

O　そうだね。「何度聴いてもいい」って音楽はいくらもあるけど、日本映画でそういうのって思いつかないかな。家で観るものがなくなったとき、いまだと配信ですぐ観れるんで、つい『秋刀魚の味』[*106]をかけちゃうとかってのはあるけど。

K　ロック・ファンだけど『ビッチェズ・ブリュー』[*107]は勉強として一応聴いた、みたいな？

O　そういうことなのかな。映画で興奮……香港映画以外だと、八〇年代オカルト・ホラーブームで『エクソシスト』[*108]や『バタリアン』[*109]なんかは観たし、

ファティ。SF作家（一九一四〜二〇〇二）。奇想と形而上学、ユーモアがちりばめられた独自の作風には熱狂的なファンも多い。著書に『九百人のお祖母さん』『つぎの岩につづく』など。

*100　クエンティン・タランティーノ。一九六三年生まれ。映画監督、映画プロデューサー。暴力的でユーモラス、スタイリッシュな作風で知られる。ハリウッド随一の映画オタクとしても有名。代表作に『パルプ・フィクション』『キル・ビル』など。

*101　一九九二年公開、タランティーノの監督デビュー作。強盗計画に失敗し破滅する男たちを描く犯罪映画。タランティーノは脚本、出演もつとめた。

*102　二〇〇三年に『VOL.1』、翌二〇〇四年に『VOL.2』が公開されたバイオレンス・アクション。かつて所属した組織に夫やお腹の子を殺された殺し屋の復讐劇を描く。

*103　一九九四年公開。ジョン・トラボルタ、サミュエル・L・ジャクソン、ユマ・サーマンらが出演。犯罪をめぐる三つのドラマが交錯するオムニバス形式になっている。「パル

好きだったけど。あの時期の映画はすごい観てるんで、しゃべってて一番楽しい。『クリープショー』[*110]って短編集とか。

K　怖い映画が好きなの？

O　好き。今までの話をふまえて生涯のベスト3を仮にあげるとですね、まず『エクソシスト』。あとは『サイコ』[*111]。そして『エンゼル・ハート』[*112]。この三本。で、リアルタイムで食らった『エンゼル・ハート』のアラン・パーカ[*113]ーが、人生で一番好きな監督かもしれない。

K　一番好きな監督がアラン・パーカーで、一番好きな俳優がユン・ピョウで、一番好きなシリーズが『キャノンボール』。その話はどんどん言ってった方がいいよ。

O　言った方がいいかな？（笑）

K　言った方がいい。このままだと「優秀な音楽批評家」ってことになっちゃうから。別のキ〇ガイみたいな面があることを今のうちにしっかり知らしめた方がいい。

O　アラン・パーカーの『バーディ』[*114]『エンゼル・ハート』『ミシシッピー・バーニング』[*115]。この三本で多感な時期のワタシはズタボロですよ。

K　なんていうかチンコが縮む思いだね（笑）。『ダウンタウン物語』[*116]が一作目だっけ？　あの映画のジョディ・フォスターは最高だよね。音楽も最高な

プ・フィクション」とはかつてアメリカで流行したB級犯罪小説をさす。

*104　俳優、歌手、映画プロデューサー（一九三一～一九九七）。昭和の映画界をささえたスター。豪快で破天荒な生き方でも知られる天才役者。代表作に『兵隊やくざ』シリーズ、『座頭市』シリーズなど。

*105　俳優（一九三一～一九六九）。勝新太郎と並ぶ日本映画黄金時代の大スター。豪快でユーモラスなイメージの勝と対照的に、ニヒルあるいはストイックなヒーロー役を多く演じた。代表作に『眠狂四郎』シリーズなど。大映映画の二枚看板として、二人をあわせて「カツライス」と呼ばれていた。

*106　一九六二年公開、笠智衆、岩下志麻出演、小津安二郎監督作品。妻を亡くした初老の男と一人娘の心情を描く小津の遺作。

*107　一九六九年リリースの、エレクトリック期マイルスの傑作。

*108　一九七四年公開のホラー映画。少女に取り憑いた悪魔と神父の死闘を描き、世界中にオカルトブームを巻き起こした名作。〈「主人公二人がラストの仕事現場［除霊］で初めて

んだアレは。

O　最高だね。ビデオだけど、俺のジョディ・フォスター体験はあれが最初で、その後に『タクシードライバー』、その次が『羊たちの沈黙』[*117]という順番。

K　いやもう、扱いづらさが半端ないよ（笑）。

O　やっぱり？　これ、映画好きの人とは誰ともかみ合わないだろうと思って（笑）、今まであんまり外で映画の話をしたことがない。ある程度は観てるんだけどね、でも、映画を観てギンギンになること自体がそもそも少ないし。

K　つまり基本的にあんまり映画好きじゃないんだね（笑）。

O　そう言われればそうかも……さっき言ったみたいに、昔は日劇へ行って三本立てを毎日観続けるとかやってたけどさ。安い赤ワイン一本とモスバーガーを買って入って、それで朝十時から夕方五時までそれ飲みながら、スティーブン・セガールの『沈黙の～』シリーズ[*118]とかを観るわけですよ。日劇は二〇〇〇年代半ばになくなっちゃうんだけど、最後の三本立ても観に行って。まだ覚えてるんだけど、『キャットウーマン』[*119]『沈黙の要塞』[*120]『ワイルド・ワイルド・ウエスト』[*121]。閉館なのに、ラインナップのこの平熱ぶりがすごいよね（笑）。近所の「日劇」と「ジャック＆ベティ」あと「関内アカデミー」

合流」「過酷な現場の途中で一回休憩が入る」などのマナーに二人は多大な影響を受けている（yo）〉

*109　一九八六年公開のホラーコメディ。謎のガスで甦ったゾンビの群れが、人間の脳みそを求めて街を襲う。八七年公開の『2』から二〇〇六年公開の『5』まで四作の続編がある。

*110　一九八六年公開。スティーヴン・キング脚本、ジョージ・A・ロメロ監督。五つの短編からなるオムニバス形式のホラー映画。

*111　一九六〇年公開のスリラー映画。A・ヒッチコック監督。実在の凶悪殺人犯エド・ゲインをモデルにした男をアンソニー・ホプキンスが演じた。シャワールームでのショッキングな殺人シーンも有名なヒッチコックの代表作の一つ。

*112　一九八七年に公開された、ミッキー・ローク主演のオカルト・スリラー。失踪した歌手の行方を追う私立探偵の物語。ロバート・デ・ニーロの怪演も光る。

*113　映画監督（一九四四～二〇二〇）。一九七六年、『ダウンタウン物語』で監督デビュー。一九八五年の『バーディ』ではカンヌ国際映画

とか、馬車道の東宝とか……要するに九〇年代のヨコハマにあった映画館に記憶がロックされてるんですよ。あと幼児体験としての八〇年代大作もの。

ダンスに萌える

K 大谷くんの映画歴は、八〇年代のジャンクと九〇年代の高カロリージャンルにまたがってるわけね。全米映画批評家賞作品とか、『市民ケーン』[*122]や『第三の男』[*123]のようないわゆる名作とか、そういうのは通ってないんだ。

O それはそれで観た……勉強として。観れば観たで「こういうのがいい映画なんだな」と理解はするけど、でもほとんど興奮しない。みんな「アステアがすごい」って言うから、わざわざ第二松竹へ特集観に行って、ダマされたような気分で帰ってくる、みたいな。

K これはもう何らかの不感症の形を示してるね。

O そうかな?

K おれは映画となれば何から何まで食っちゃう。グルメですらなくて、大食らい。映画は食い物ぐらい好きだけど、他のもの、あー、たとえばサッカーを観ると、すごいとは思うけど……。

O 興奮しない。

祭・審査員特別グランプリを受賞した。その他の作品に『ケロッグ博士』など。

*114 一九八五年に公開されたニコラス・ケイジ出演作品。心を病んだベトナム帰還兵とその親友の交流を描くヒューマン・ドラマ。

*115 一九六〇年代、アメリカ南部を舞台に人種差別の実態を描いた社会派サスペンス。

*116 禁酒法時代のニューヨークを舞台に、ギャング間の抗争を描くミュージカル。

*117 一九九一年に公開された、ジョディ・フォスター主演、ジョナサン・デミ監督のサイコスリラー。連続殺人鬼を追うFBI訓練生が、元医師である猟奇殺人犯のアドバイスを受け、事件の解明に挑む。二〇〇一年公開の続編『ハンニバル』がある。

*118 一九九三年公開の『沈黙の戦艦』に始まる、スティーブン・セガール主演のシリーズ映画で、『沈黙の要塞』『沈黙の断崖』など。。実際には作品同士の繋がりはなく、日本のみで通じるシリーズ名である。

*119 二〇〇四年に公開されたハル・

K うん。ワールドカップを観てても、まったく魂が揺さぶられない。それは一種の不感症だよね。それと同じじゃないの。

O そうか……俺は菊地さんと違ってシネコンが苦手だけど、それもたぶん映画自体への興味より、まず路面にある劇場に行きたい気持ちがあるからかもしれない。

K 映画じゃなくて演劇はどうなの？ ブロードウェイとか。

O 好きだけど、やっぱり頻繁に観に行く感じではないなあ。そっちよりジャニーズ（現・STARTO ENTERTAINMENT）が好きなんで、あれで間に合うというか。歌舞伎座が近所にあればすぐ行ってると思うけど（笑）。

K ジャニーズに行けば演劇も観られるから。

O そうそう。演劇というかレビューね。俺、ダンス観るのが好きなんですよ。

K ダンスは興奮するんだ？

O 興奮する。ダンスなら暗黒舞踏[*124]からタップまで全部好き。

K まあ、それ言ったら俺もそうだ。俺はダンスも大食らいだから。

O ダンスなら全種類ＯＫ。下手でも何でもいい。「踊ってみた」[*125]ですらいいと思うもん。

K 俺も同じ。TikTokでもいいし、ローザスでもいい。ケンカしたけど（笑）。

ベリー主演作品。『バットマン』のキャラクターの一人、キャットウーマンを主役とする。

*120 一九九二年公開。前作『沈黙の戦艦』と内容的な繋がりはないが、日本公開時は「沈黙シリーズ第二弾」と銘打たれていた。〈これ間違ってるかも。セガールの『沈黙シリーズ』だったことは確かなんですが（yo）〉

*121 一九九九年に公開された、ウィル・スミス主演の西部劇。西部開拓時代を舞台に、連邦特別捜査官の活躍を描く。コメディやSFの要素もある変格ウエスタン。〈しかし、考えてみると、これも違うかもしれんという気が。SFというか、メカものだったことは確かなんだけど……↓その後、調査の結果『キャットウーマン』『沈黙の聖戦』『スカイキャプテンワールド・オブ・トゥモロー』の三本だとギリギリで判明（yo）〉

*122 一九四一年に製作された、オーソン・ウェルズ主演、脚本、監督作品。実在の新聞王をモデルに、富豪の数奇な生涯を斬新な映像と構成で描く。ウェルズ二十五歳の監督デビュー作。

O　俺はコンテンポラリーダンスの音楽をけっこう作ってるけど、ダンサーと仕事できるのは楽しい。

K　大谷くん、俺が映画に出たりしても一つもうらやましくないでしょ？

O　うん（笑）。

K　俺はダンサーと関われてる人が超うらやましい。全然縁がないから。どうやったら関われんの？

O　あのー、実は俺はこの最近の十年くらい、舞台音楽の仕事で食ってきたみたいな感じなんですよ。多いときなんて年間八本くらいやってた。だけどそれは記録に残らないし、公演だから一回きりだし。そのせいで人にあんまり知られてないんだけど。舞台の仕事ってまあまあお金が出るときもあるし、出ないときもあるけど（笑）。切れずになんか仕事がありましたね。

K　大谷くんは演劇じゃなくてミュージカルが好きってことね。『セールスマンの死』[*126]よりは『コーラスライン』[*127]がいい。

O　そういうことだね。あと、まさに直球のダンス作品とか。

大食らいでももてあます……

K　どんなクリエイターでも映画には一家言あるじゃん。いろんな場所でそ

＊123　一九四九年製作のサスペンス映画。第二次大戦後のウィーンを舞台に、親友の死の真相を探るアメリカ人作家の姿を描くフィルム・ノワール。

＊124　一九五〇年代、舞踏家・土方巽が創始した前衛舞踊の名称。西欧のダンスとは別の、日本の風土に根ざした踊りは、同時代の作家や芸術家に大きな衝撃を与えた。海外でもBUTOHの名で認知されている。

＊125　SNSでの動画投稿タグ。アニメやアイドルの曲にあわせて踊りを披露する動画のスタイルで、YouTubeやTikTokで人気のコンテンツとなっている。

＊126　一九四九年初演。かつて有能だったが年老いて職を失った元セールスマンが、人生に絶望し死を選ぶ物語。劇作家アーサー・ミラーの代表作にして近代演劇史上の古典的名作とされる。

＊127　一九七五年初演のブロードウェイ・ミュージカル。ブロードウェイのダンサーをめざす若者たちを描く群像劇。一九八五年には映画化もされた。

の手の話を見るけど、大食らいの俺から見るとまあしゃらくさいわけよ。

O いっぱい食ってるとそうなるだろうね。

K ほとんどがしゃらくさい。「生涯の一本は……」とかああいうの。「ゴダールの何々が……」とか。

O 個人的なこだわりだからそれはそれでいいんだけど、反射的にしゃらくさいと感じちゃう。だけど大谷くんみたいに、「アラン・パーカーが最高の監督でユン・ピョウが最高の俳優です」って言われると、この食えなさがさ（笑）。

K 食えないんだ（笑）。

O 食えない。これにはしゃらくさいって気持ちすら立ち上がらない。

K でも本当にそう思ってるんだよ。

O わかるよ。本当だからこその重みがあるよね。

K 菊地さんって映画はともかく、音楽だと意外にロックとか知らないじゃないですか。今日の俺の話も、ロックをよく知らない人が「どのアルバムが好き？」って訊ねられたときの反応に近いというか。「ロックについて対談を」と言われて出てきた話がこれですか、みたいな……ロックだと俺も、熱く語る人たちの中に入ると黙っちゃうわけ。昔、ロックバーで「レッド・ツェッペリン[*128]のボーカルは黒人だとよかったのに」と言ったら、まわりの人た

*128 一九六〇～七〇年代に活躍したロック・バンド。一九八〇年にドラマーのジョン・ボーナムの死去を受け、バンドも解散した。ハード・ロック、ヘヴィ・メタルの先駆者として今なお高い人気を誇る。

ちが「ハッ？」って顔色を変えて立ち上がったことがあってさ。

K　（笑）。

O　「あの『ニャニャニャ〜』ってボーカル、気持悪くないですか？　B・B・キング[*129]みたいな方がよかったのに」と言ったら「お前は全然ロックがわかってない！」って怒られた（笑）。そういう種類の発言を映画について今日はしちゃってるかもしれない。

K　でも今日の話は強く打ち出していいと思う。もしこの章に惹句《じゃっく》をつけるとしたら、「一番好きな監督はアラン・パーカーで一番好きな俳優はユン・ピョウ、一番好きなシリーズは『キャノンボール』です」だね。

O　そして生涯の三本は『サイコ』と『エンゼル・ハート』と『エクソシスト』。

K　『エクソシスト』だけ俺とかぶってるけど、オールタイムに『エンゼル・ハート』が入るのがすごいよ（笑）。

『コロンボ』とアイスお父さん

O　俺、映画の中のカットは丸々覚えてるのも多くて。「このシーンは誰々がここから歩いてきて、向こうへ向かって行く」とか、そういう絵は忘れず

*129　ブルース・シンガー、ギタリスト（一九二五〜二〇一五）。一九五〇年代から晩年まで第一線で活躍し、「キング・オブ・ブルース」と称される。B. B. とは Blues Boy の略。

に記憶する方なのね。でもストーリーは何も覚えてないに近くて、そんなふうだから、たとえば『刑事コロンボ』[*130]を何度観ても犯人、と言うか、どうやってアリバイが崩されるのかわからなくて、最後で「あっ！　そうだったそうだった！」て毎回驚くっていうね。

K　NHKの『コロンボ』のサイトに、「何度見ても新しい！」ってあるけど。

O　本当それ（笑）。

K　このコピーには二重の意味があって、『コロンボ』のクオリティが高いから何度観ても色あせないって意味と、もう一つ、『コロンボ』で解離を起こす人がいるから何度観ても実はわからないって意味もある。

O　俺は後者かも。個々の画面はちゃんと覚えてるのに、その画面がどう繋がってストーリーになってるかは全然覚えてない。

K　つまり解離してるんだよ。俺はこの解離現象を「アイス」と呼んでるんだけど。

O　アイス？

K　アイスクリームのアイスね。たとえば、ここにカルチャーに関心のない、家族とテレビで洋画劇場を観たいだけのお父さんがいるとする。そのお父さんの楽しみは、風呂上がりのビールと冷凍庫のアイス。ビールと柿ピーとア

*130　一九六八〜二〇〇三年にかけてアメリカで放送された刑事ドラマ。コロンボ役を演じたピーター・フォークの代表作にして、ミステリードラマの金字塔。現在も根強い人気を誇り、たびたび再放送されている。

イスのチョコモナカだけが楽しみ。そんな人が世間にはいっぱいいるわけよ。そういうお父さんが、お母さんや娘と一緒に『コロンボ』を観ると内容がわかんなくなっちゃって、「これ誰だっけ?」とか言い出す。

O 言うね（笑）。

K 女二人はいらだってくる。そのときお父さんは、ビールはまだ早いからアイスを食ってる。最初は「家族一緒に映画観ようよ」って楽しく観るんだけど、アイス食ってる間に解離が起こって、「これ何だっけ」とか何度も訊く。お母さんと娘にウザがられる。そうなると、あせってだんだんアイスをなめる速度が速くなる。こう、バーを上下する早さが。

O （笑）。

K その現象を俺はアイスと呼んでる。アートでもエンタメでもいいけど、程度の差こそあれ、誰もが情報に対して解離を起こすわけだよ。解離が起きないってことは、対象を完全に理解して記憶して感動もしてるってことで、そんなことそうそうない。『コロンボ』はアイスお父さんを大量発生させたはずなんだよ。お父さんってあの番組好きだしさ。でも、仕事から帰ってアイス食いながら『コロンボ』を観てるうちに、何が何だかわからなくなる。

O だから「何度見ても新しい」と（笑）。

K そう。『コロンボ』はまだ観てるの?

O　観てる。五月にミステリーチャンネルで『コロンボ』特集をやってたから録画して、コツコツ観てるけど、毎回どれを観たのかわからなくなる。途中まで観て、「あ、これは観たわ」って気がつくとか（笑）。

K　アイスだね。何度も言うけど俺は大食らいだから、世界中のコロンボマニアのブログまで読んでるし、彼らがおさえてない情報もおさえてる。だから俺にとって『コロンボ』はノーアイス。でも、これがサッカーだと途端にアイスになっちゃう。

O　「これどこのチームだったっけ」って？

K　もう両手両足でアイス持っちゃうよ。

キャラメル現象とアニメ不感症

O　もっと正直な告白していいですか？　俺、女優の顔が覚えられないの。ついこないだまで、石原さとみ[*131]と宮崎あおい[*132]の区別がついてなかった。『シン・ゴジラ』[*133]を観たときもどっちが出てたかわからなかった。

K　それはね、キャラメルと言うの。俳優の顔が認識できない現象。たんにアイスから派生した言葉だけどさ。

O　CMで見るたびに「どっちだっけ」って訊いちゃう。

*131　一九八六年生まれ。俳優。『アンナチュラル』『失恋ショコラティエ』（テレビドラマ）、『シン・ゴジラ』（映画）などに出演。〈ちなみに蒼井優、長澤まさみあたりもCMだとアヤしい。綾瀬はるかは辛うじてわかる（体型で）。ホント女優音痴である（yo）〉

*132　一九八五年生まれ。俳優。『純情きらり』『篤姫』（テレビドラマ）、『舟を編む』（映画）などに出演。

*133　二〇一六年に公開された、長谷川博己、竹野内豊、石原さとみ出演、庵野秀明総監督作品。「新世紀エヴァンゲリオン（ヱヴァンゲリヲン）」シリーズの庵野秀明総監督と、樋口真嗣監督がタッグを組み、斬新なゴジラ像を作り上げ、大ヒットした。

K　普通、石原さとみと宮﨑あおいは区別できるよね。

O　説明されると「たしかに違うな」ってわかるんだけど、でも毎回ごっちゃになる。

K　顔を認識する脳の回路の問題なんだろうね。石原さとみはむしろ『若大将』時代の星由里子[*134]に似てる。

O　要するに人の顔を見てない可能性がある。CMを見ても、そこにいる人の顔は見てない、認識しようとしてない。顔の作りより画面の質感で見てるような気がする。

K　CMはそういう解離を起こしやすいね。広告はみんなそうだ。

O　同じ俳優を映画とCMで見ても、全然繋がらないの。「あの映画で演じたのはこんなシーン」って細部は思い出せても、同じ人が出てるCMには気づかない。誰でもあることかもしれないけど、俺はその程度がかなりひどい。五段階のうちのレベル5ぐらい。

K　重症のキャラメルだ。

O　重症のアイスとキャラメル（笑）。でもそのわりにいろいろ観てはいるんだよね。

K　観てない人はアイスでもキャラメルでもないからね。観てるのにわからないからアイスなんだよ（笑）。

*134　俳優（一九四三〜二〇一八）。加山雄三主演の映画『若大将』シリーズのヒロイン・澄子を演じて人気を博した。

*135　二〇一二年から一三年にかけて放送されたテレビアニメ。戦車同士の模擬戦が女性向けの武道「戦車道」として認知された世界で、全国

O　毎日食ってるのにわからない、みたいな……。

K　一種の不感症であり解離症だね。

O　解離なんだろうね。そう考えると、俺、本当には映画もドラマも観てないんだね。アニメも観られないし。

K　アニメもダメなんだ？

O　うん。アニメは口が動いてせりふを言うでしょ。あの声と絵が同期しない。それでだんだん、何を見せられているのかわからなくなる（笑）。キャラクターやメカが動いてるのを観るのは楽しいよ。メカ同士が戦闘したり街が破壊されたりする場面は面白く観るけど、結局何の話だったかはわかってない。

K　じゃあ『ガールズ&パンツァー』[*135]や『ウマ娘』[*136]もわからないんだ？

O　わからない。以前アニメ好きの吉田隆一[*137]くんが、「大谷にアニメを観せて話を聞きたい」と言ってイベントを組んでくれたことがあって（笑）、そこで延々いろいろと観せられたけど、もう全然わからなかった。

K　そこは俺たちがバディのところだね。実は俺もアニメは全然わからない。

O　まともに観たアニメは、たぶん、『名探偵ホームズ』[*138]とかまで。あの犬のやつは大丈夫だった（笑）。

K　俺は『カリオストロの城』[*139]まで。あの映画には感動したけど、それ以降

制覇をめざす女子高生たちを描く。女子高生たちの学園生活とリアルな戦闘シーンのギャップで人気を呼ぶ。

*136　二〇一八年、二〇二一年、二〇二三年に放送されたテレビアニメ。競馬の実在の競走馬を擬人化したユニークな設定で話題となる。勝利をめざしてウマ娘たちの苦闘する姿を描くスポ根ドラマ。

*137　バリトンサックス、クラリネット、フルート奏者の「SF音楽家」。〈いくつものバンドや企画で共演させてもらってます。現在、日本SFクラブ会員（yo）〉

*138　一九八四年から八五年にかけて、テレビ朝日系列で放送されたテレビアニメ。登場人物と設定をシャーロック・ホームズに借りたオリジナル・ストーリー。登場するキャラクターが犬の姿をしている点に特徴がある。全二十六話のうち六話で宮崎駿が監督をつとめた。

*139　一九七九年に公開された宮崎駿監督のアニメ映画。ヨーロッパの小国を舞台に、ニセ札の秘密と少女クラリスの指輪に秘められた謎を追うルパン一行の活躍を描く。映画版シリーズ最高傑作の声も高い第二作。

アニメで感動したことは一度もない。二人とも相当な不感症だよね。

O　この時代にそんなことある？ってぐらい。

K　『ウマ娘』や『ガールズ&パンツァー』がぶっとんだ発想で作られてることは理解できる。『ウマ娘』なんて女の子が昭和の名馬になってるんだよ？　そんなこと普通考えつかないだろ。『ガールズ&パンツァー』も学校に戦車部というのがあるって話だし。ああいうアニメに萌え狂ってる人を見ると、これがまた幸せそうなんだよね。

O　楽しそうだよね。「今期の新作はどうだ」とか言い合ってて。

K　DCPRGのドラムだった田中（教順）ちゃんがそう。ドンズバなんだよ、ジャパン・クールが。あの熱狂ぶりは見てて本当にうらやましい。俺なんて、後に政治家になる山東昭子[140]の六〇年代推してんだからさ。友だち一人もいないよ（笑）。

旧ジャニーズと映画

K　でも大谷くんにはジャニーズがあるのか。俺はジャニーズについてはアイスでもキャラメルでもないけど、すぐ早送りしちゃうんだ。長いと全部は観られない。アリーナ公演をおさめたDVDを観ようとしても、途中で疲れ

*140　（さんとうあきこ）一九四二年生まれ。俳優、テレビタレント、政治家。十一歳で芸能界入りし、俳優・司会者として活躍。その後一九七四年に芸能界から参院議員に転身した。

ちゃう。すごいとは思うけどね。でもテレビで一、二曲歌ってもらうのが一番いい。MCがキツいな。「そんなんじゃダメだ」とは思うんだけどさ（笑）。

O 俺はそこは、完全に一セットまるまる欲しいですね。

K ダンスがあるから？

O そう。ダンスがあって演出があるから。

K ところでジャニーズ映画ってあるの？ ジャニーズができる前、ナベプロは東宝と提携してGS映画[*141]をたくさん作ったじゃん。タイガースだとかテンプターズだとかで。ジャニーズに関してそういう映画って何かある？

O 最近多いですよ。特に東映系かな。

K 単体じゃないジャニーズ映画だよ？

O あ、単体じゃない映画は一本だけですね。『少年たち[*142]』という映画で、二〇一九年公開かな。丸の内までわざわざ見に行った。それが初めてで唯一のジャニーズ映画。SixTONES（ストーンズ）とSnow Man（スノーマン）がメインで、他の出演者もほぼ全員ジャニーズ。主役が京本政樹の息子の京本大我[*143]くん。総監督がジャニーさん。単体じゃなくて事務所単位って意味で言うなら、それ以外にジャニーズ映画というのはない？ のかな？ 昔なんかあったと思うけど……ただ青春キラキラ系映画なんかではジャニーズ勢がたくさん主演してるから、それもカウントするなら、ジャニーズ映画はいっぱ

*141 一九六〇年代、当時人気絶頂だったグループ・サウンズが出演した一連の青春映画。『ザ・タイガース 世界はボクらを待っている』（六八）、『ザ・テンプターズ 涙のあとに微笑みを』（六九）などがある。

*142 SixTONESとSnow Manをメイン・キャストにした映画。

*143 一九九四年生まれ。アイドル。男性アイドルグループ・SixTONESのメンバー。

いあるとも言えるね。
K　そういえば俺が音楽を担当した『岸辺露伴』[*144]にもなにわ男子が出てた。
O　そうだよ。出てるの知らなかったから、「おお、長尾（謙杜）[*145]くんだ」とか思いながら観たもん。ジャニーズなら顔全部わかるんだけどなー。

解離はメディテーションである

O　今日いろいろ話してきてやっと気づいた。俺、映画はそれなりに観てきたつもりだったけど、実は観てないに等しいのかもしれない。
K　アイスが強いとそうなるね。
O　もっと言うと、むしろ解離がしたくて映画館に行ってるのかもしれない。
K　ヤバいね。豊かな結論に向かっていくね（笑）。
O　九〇年代は映画館へ毎日通ってたくさん映画を観た。そういう記憶はあるのに、実はちっとも興奮してなかったらしい、ということに今気がついた（笑）。といって、勉強しに行ってたというわけでもない……じゃあ何だったんだってことだよね。
K　そういう経験は俺にもあるよ。最初は解離していて、情報の分別能力も失調してる。ところが観続けてると、あるとき突然発達段階が訪れる。そう

*144『岸辺露伴 ルーヴルへ行く』。『ジョジョの奇妙な冒険』の荒木飛呂彦による同名マンガの映画化作品。特殊能力を備えたマンガ家が、ルーブル美術館に所蔵された「黒い絵」の謎に迫る。
*145 二〇〇二年生まれ。男性アイドルグループ・なにわ男子のメンバー。

なると一気にストーリーも何もわかるようになる。急に大人になったというか……これも告白みたいになるけど、俺もある時期までは大谷くんとまったく一緒だったんだよ。

O　映画に関して？

K　あらゆる何もかもに対して（笑）。ストーリーもわからないし俳優の顔もわからない。そういう時期があった。だから今の話が理解できる。違うのは、それはそれとして楽しく観ていたところだけど。でも音楽は逆にまったく解離させてくれない。聴けばわかるし、情報も全部入ってくる。

O　音楽は完全にノーアイスだよね。

K　絶対に興奮するしね。何なんだアレは？　ある時期まで映画はその対極にあった。なんだけど、ある時期に俺は大人になって、大人計画がつぶれちゃったんだよ。言語を獲得しちゃった。ストーリーはわかるようになるわ俳優の顔がわかるようになるわで、映画が解離のメディアではなくなった。音楽と同じになった。それからどう変わったかというと、まあ豊かになるというか、オタクみたいになる。その前にあったあの完全な解離の時間……あれは一種のメディテーションの体験だったと今にして思うね。

O　夢の時間ね。

K　夢の時間だよね。年を取るにしたがってあの時間がどんどん減った。昔は夢の時間がいっぱいあったよね。子どもの頃は特に。単純に持ってる情報が少ないから、すぐ解離した。テレビですら、ちょっとそういうところがあった。

O テレビドラマでもあった。

K でも大谷くんは今でもドラマはわからないでしょ？

O わからない。ドラマも解離してる。そもそも俺は誰もが観るような国民的なドラマを観てないし。映画も『寅さん』[*146]シリーズは一本も観てないし。

K 『釣りバカ』[*147]は？

O テレビでちょっとだけ観たけど、あれも観たうちに入らないでしょうね。『金八先生』[*148]も観てないし、『北の国から』[*149]も『渡る世間は鬼ばかり』[*150]も観てない。

K それは俺も観てない（笑）。

O じゃあ何を観てるのかというと、たぶん何も観てない（笑）。

K で、アラン・パーカーが最高、ユン・ピョウが最高、『キャノン・ボール』が最高と。

O その三つに関しては心に全部入ってる。

K そうやってアイスやキャラメルを突き破って入ってくる映画って何なのかね……まあ何にせよ、自分と繋がっちゃったメディアについてはもうオタ

*146『男はつらいよ』。一九六九年に第一作が公開された「フーテンの寅」を主人公とする松竹の映画シリーズ。渥美清主演、山田洋次監督で、二〇一九年公開の『お帰り 寅さん』まで五十作がある。

*147『釣りバカ日誌』。一九八八年に第一作が公開された、西田敏行・三國連太郎出演の映画シリーズ。『男はつらいよ』の併映作品としてスタートし、人気を博す。

*148『3年B組金八先生』。武田鉄矢が熱血教師を演じるドラマシリーズ。一九七九年の第一作から二〇一一年まで全八シリーズがある。たのきんトリオやシブがき隊など、旧ジャニーズのタレントが出演していたことでも知られる。

*149 一九八一年から八二年にかけてフジテレビ系列で放送された連続ドラマに始まり、その後二〇〇二年までにスペシャルドラマとして八作が作られたシリーズ作品。北海道・富良野の大自然に暮らす一家の姿を描く。倉本聰原作・脚本。

*150 一九九〇年に第一作が放送された後、二〇一一年までに十作が放送

クになるしかない。

O 音楽はそうだねー。

K どこまでもいっちゃうよね。だから、今はもう「これにハマるとまずい」と思うものに出会うと、あえて避けるようにしてる。観るとわかっちゃうから。麻薬と同じでハマると死ぬ。だから特撮を観ないようにしてるわけ。

O でも、特撮を今からそうは観ないでしょ。

K いやいや、一本観てゲートが開けば、六十だろうと終いだ。『ゴジラ』[*151]に出てる俳優ってみんな東宝の大スターだからね、当たり前だけどさ（笑）。『キングコングの逆襲』[*152]というマニアの間で名作とされてる映画には宝田明[*153]と浜美枝[*154]が出てて、役名が「マダム・ピラニア」とかいうの。それだけでワーッとなっちゃう。

O 「ダメだダメだ」と。

K 一度入り込んだら、どこまでも観続けなきゃ気がすまなくなる。怖い怖い。あとビートルズとかさ。もうどれだけコンテンツがあるかわからない世界じゃん。いくつ音源や映像があるのかわからない。世界遺産みたいなもので、磨く人たちの気合いも違う。「おっかない世界だな」と思ってたんだけど……つい一枚買ったらダメだった。

された橋田壽賀子原作の人気ドラマシリーズ。中華料理屋を営む一家を中心にした人間模様を描く。シリーズ終了後もスペシャル回がたびたび放送された。

*151 一九五四年公開の東宝映画。監督・本多猪四郎、特殊技術・円谷英二、音楽・伊福部昭。以降、現在まで海外製作版も含めて多数の続編が作られている怪獣映画シリーズ。二〇二三年公開の『ゴジラ－1』はアカデミー賞（視覚効果賞）を受賞した。

*152 一九六七年公開の東宝映画。宝田明、浜美枝出演。天才科学者の作った巨大ロボ「メカニコング」とキングコングの闘いを描く。

*153 俳優（一九三四～二〇二二）。『ゴジラ』第一作で初主演。数々の特撮映画に出演する他、小津安二郎や伊丹十三作品など、二百本以上の映画に出演した。

*154 一九四三年生まれ。俳優。一九六七年公開の007シリーズ『007は二度死ぬ』でボンドガールを演じたことでも知られる。クレージーキャッツの映画にも多数出演している。

O　買ったんだ（笑）。

K　そうなると全部買わなきゃいけない。アメリカで製作されて日本では日曜の昼間にやってた『アニメ・ザ・ビートルズ』[*155]って番組があって、まあ、「そういうヤツ」なんだけど、それもブルーレイ全部買ったからね。英語版も日本語吹きかえ版も。どっちもよ。

O　ヤバいな〜。

K　この説明じゃ、雑すぎんだけど、モンティ・パイソン[*156]がビートルズのパロディでやってたラトルズ[*157]のアルバムも当然買う。ラトルズってモンティ・パイソンのエリック・アイドルがいたバンドで、ラトランドという土地にいる人たちという設定なんだよ。『ラトランド・ウィークエンド・テレビジョン』[*158]って番組のことも全部調べて、全部観た。そんな感じで、オタクが始まると止まらなくなっちゃう。

O　いや、わかりますよ。

K　そういう時間の使い方って、充実はするけど消耗する。だったら解離してた方がいい気もする。それも一種の防衛機制というか。と言っておきながら、まずいことに最近サッカーもわかりかけてきちゃったんだけど。俺の中の子どもの国がどんどん消えつつある。アイスとキャラメルは大切に保管しなきゃいけないって話だよね。「退行が止まらない時代」とか言うけど逆だ。

＊155　一九六五年から六九年にかけてアメリカで放送されたアニメ番組。ビートルズを主人公にしたコメディで、日本でも一九七〇年代から八〇年代にテレビ東京などで放送された。

＊156　イギリスのコメディ・グループ。一九六九年のコメディ番組『空飛ぶモンティ・パイソン』が人気を呼び、以降、映画や舞台などで多彩な活動を展開。のちのポップ・カルチャーに大きな影響を与えた。

＊157　モンティ・パイソンのエリック・アイドルらがテレビ映画『オール・ユー・ニード・イズ・キャッシュ』で演じたビートルズのパロディ・バンド。

＊158　一九七五年にイギリスのBBCで始まったコメディ・テレビ番組。ラトルズは七六年の放送に初登場した。番組内でのパロディや替え歌の企画が人気を呼び、『オール・ユー・ニード・イズ・キャッシュ』のアイデア元となった。

死ぬ気で発達を食い止める（笑）。

O　映画が最大の解離装置だったのが二十世紀だとすると、俺たちはその最後を生きた世代とも言えるね。今の若い人にそんな感覚ないかもしれない。

K　ないと思う。映画はどんどんわかりやすくなってるし。

わかりやすいと消費される

O　結局のところ、自分は子どもの頃観た映画の記憶の方が圧倒的に強いことが今日よくわかった。ジャッキーの映画は解離しなかったし。俺の映画体験はそこからいまだに出てないのかもしれない。

K　アラン・パーカーの最初の作品は子ども向けのミュージカルで、ユン・ピョウは子どものアイドル。要は子どもの解離状態を突き破る強度がある映画は子ども向けだってことじゃないの。そこでオーソン・ウェルズ[*159]が突き破ってきたら恐ろしい（笑）。オーソン・ウェルズの映画は相当な大食らいになった今でもまだちょっと解離する。『マクベス』とか。『審判』とか、もうウットリだよ（笑）。

O　オーソン・ウェルズとかブニュエルとか、観たけど全然コンテクストがわからなかった。映画以前の解離感というか、ただひたすら画面を見て、圧

*159 俳優、映画監督（一九一五〜一九八五）。二十五歳のときの監督作品『市民ケーン』で脚光を浴びる。その他の作品に『黒い罠』『上海から来た女』『マクベス』『審判』など。俳優として『第三の男』での名演も名高い。

倒されるというか。

K　ブニュエルはシュルレアリストだから。完全にヨーロッパのもので、アメリカや香港の映画と文脈が違う。

O　ヨーロッパ特有のかぐわしい香りがするのはわかるんだけど。二重に解離して、逆に素に戻っちゃうみたいな（笑）。

K　俺はブニュエルを観ても、マーベル・シリーズ[*160]を観ても、ホン・サンス[*161]を観ても全然解離しない。だから自分はもう無理だけど、映画は解離のメディアとして復権していいと思う。みんな映画を観て「よくわからなかった」という体験をもっとした方がいい。

O　俺は「覚えてるけどわからない」という感じ。「こうなってこうなってた。で？」という……（笑）。

K　でも俺たちがやってることも、人を解離させてるんじゃないかという気がするね（笑）。

O　そうね。それで心配になることはある。そんなつもりないんだけど。

K　あ、ないんだ？

O　ないない。

K　面白いけど扱いづらい。面白いけど理解できない。「シュール」って言葉は一般化したけど、そこを超えるシュール・シュール・レアリスムという

*160　マーベル・シネマティック・ユニバース。アメコミのマーベルシリーズを原作とする実写映画シリーズの総称。『アイアンマン』『ブラックパンサー』など。

*161　一九六〇年生まれ。映画監督。二〇一〇年の監督作品『ハハハ』がカンヌ国際映画祭で「ある視点」賞を受賞。代表作に『ソニはご機嫌ななめ』『逃げた女』など。

か。

O　ブラック・スモーカー・レーベルでさ、ソロ・アルバム『ジャズ・アブストラクション』『ジャズ・オルタナティブ』『ジャズ・モダニズム』*162って三枚出したのね。それで「三部作ができた！」って自分では興奮してたんだけど、誰にも伝わらなかった。「このジャズ三部作ってカッコよくない？」とか思ったんですが（笑）。

K　わかりづらいんだろうね。ただし俺個人で言えば、ものすごいポップな顔もあるのよ。その極点が『粋な夜電波』*163。

O　あー、なるほど！　あれはわかりやすい枠なんだね。ショートパンチがしっかりヒットしてる感じで。

K　わかりやすいし、エンタメとしてクオリティが高くて、まったく解離しない。あれには俺たちの共著やJAZZ DOMMUNISTERS*164にある「ちょっと意味がわからない」って瞬間は一秒もない。ていうか、解離の快楽すら盛ってたと思うよ。「AMラジオのマイク」は俺を「良い人」にするね。

O　じゃあこの本も読者を解離させる可能性がありますね。

K　いや、むしろわれわれの絵解きになると思うよ。「大谷・菊地とは何だったのか」がこれでわかるかも。ともかく、俺は解離させる側の時間が長かったけど、遺憾ながらポップになったと思う。『デギュスタシオン・ア・ジ

*162　ブラックスモーカーからリリースされた大谷の「ジャズ三部作」。〈アブストラクト・ヒップホップ、コラージュ、と来て三枚目が無伴奏サックス・ソロ・アルバムという。一枚目だけ、とてもよく売れたそうです（yo）〉

*163　『菊地成孔の粋な夜電波』。二〇一一年から二〇一八年にかけて、TBSラジオで放送。

*164　N/K aka 菊地成孔と谷王 aka 大谷能生によるヒップホップ・クルー。〈二人なのに2MC2DJ。そろそろ新譜出せるくらいにリリック溜まってきました（yo）〉

ャズ』[*165]の頃なんて、一般の人はわからない。だから一所懸命説明する。すると、その説明がさらに解離を引き起こす。あの状態からはもう離れちゃった。

O あの頃の菊地さんには人を解離させる力を求められてた気がするけど。今はどうなんだろう？

K 『夜電波』以降の俺は、人を解離させるトリックスターとは思われてない。もっとわかりやすくて、年とともにオワコンに向かっていく存在だと思われてる。わかりやすいってことは消費されるってことなんだけど。ポップじゃないとアンチポップの姿も見えない。

O でも食べてくれる人がいれば、料理は提供し続ける？

K 食べてくれるお客さんがいればね。実家が水商売だから。

夢グループVSゲンズ物語

K 「夢グループ」って知ってる？

O 通販の？（笑）

K あそこのやってることとって、若い音楽を聴かなくなった中高年に、往年のタレントがオールディーズポップスで夢を見せる商売なわけ。アメリカには昔からそういう商売があったけど、日本には懐メロ番組しかなかった。

*165　菊地成孔の初ソロ作。アラン・デュカスのレストランに啓発されたデギュスタシオン・コース＝「スペインの宇宙食」スタイルのジャズ・アルバム。

O　それが、今はそうじゃなくなってきた？

K　団塊の世代が後期高齢者になる時代だから、需要がある。夢グループは芸能事務所だけど、例の通販番組で儲かってるからコンサートも豪華でさ。逆か？　まあいいや（笑）。とにかく一つのパッケージショーで千昌夫[*166]と新沼謙治[*167]が観られるんだ。

O　あの社長と女性歌手が出てくる番組ね。

K　そう。俺は今、「夢グループ」って言葉で音楽家を捉えてる。「この人はそろそろ夢かな？」って。「夢」を判断基準にする。そうすると見えてくるものがある。たとえば（山下）達郎さんやサザン（オールスターズ）は一見するともう夢だけど、方舟派じゃん？　サザンってライブの最後の曲を投票で決めてるんだよ。

O　（笑）。

K　「十数年ぶりに『C調言葉に御用心[*168]』になりました～！」とかやってるわけ。

O　あの人たちは昔からそんなことしてるからね。

K　そうなんだよ。だから実は夢じゃない。矢沢永吉も夢じゃない。でも「これはもう夢かも」って人たちがいるのよ。

O　たとえば？

*166　一九四七年生まれ。歌手。一九六五年、「星影のワルツ」でデビュー。バブル期には歌手業を休業し不動産業に専念、「歌う不動産王」と呼ばれた。一九九一年に歌手活動を再開。代表曲に「北国の春」など。

*167　一九五六年生まれ。歌手。一九七六年、「嫁に来ないか」でレコード大賞新人賞受賞。代表曲に「青春想譜」「ヘッドライト」など。

*168　一九七九年リリース。サザンオールスターズ五枚目のシングル。

K　TRF[*169]とか。サザンや矢沢より若いけど、もう夢。九〇年代に活躍した人たちはあるときから軒並み夢化すると思う。小山田（圭吾）[*170]さんはまだ夢じゃないけど、やがて夢になるよ。一回売れた限りは。

O　小西（康陽）[*171]さんはそれが嫌でああなったのかな。あのままピチカート・ファイヴを続けてたら、きっともう夢でしょ。

K　渋谷、夢だよね。

O　野宮（真貴）[*172]さんと一緒のままだと夢化しそう。そうなるのが嫌でピチカート・ワンなのかもしれない。

K　つまり現代には、アイスとキャラメルに加えて夢という概念がある。いや、夢に行くのは、まったく悪いことじゃないんだけど。

O　悪いことじゃないよね。

K　でも俺としては安易な夢化には抵抗したい。じゃあどうするか。夢に対抗するには「現実」グループを作るしかない。それを俺は「セルジュ現実グループ」と呼んでる。

O　ダジャレじゃんか（笑）。

K　夢に対抗するには現実グループを作らないと、みんないつの間にか夢グループ化していくだけになるからね。そのぐらい夢はデカい。何たって無意識が見せてんだからさ（笑）。

*169　五人組ダンス&ボーカルグループ。avex邦楽第一号のグループとして一九九三年デビュー。TK（小室哲哉）ファミリーの一員として九〇年代には高い人気を誇った。代表曲に「EZ DO DANCE」など。

*170　一九六九年生まれ。ミュージシャン。八九年、小沢健二と結成したフリッパーズ・ギターでデビュー。解散後の九一年以降はコーネリアス名義で活動。九〇年代には「渋谷系」ムーブメントの中心人物として高い人気を誇った。

*171　一九五九年生まれ。ミュージシャン。一九八四年にピチカート・ファイヴとしてメジャーデビュー。九〇年代は小山田圭吾らとともに渋谷系の代名詞的存在として人気を博した。その後もソロ活動や映画・ドラマ音楽など多彩な活動を続けている。

*172　一九六〇年生まれ。歌手。ピチカート・ファイヴの三代目ボーカル。ピチカート・ファイヴ解散後はソロの歌手として活動している。

O　ゲンジでもいいんじゃない？　セルジュ・ゲンジ・グループ。ゲンジ物語みたいな。光ゲンズ・ブール……ちょっと訛ってる（笑）。

K　夢かゲンズか（笑）。

O　「お前まだゲンズ物語だな」とか。

K　でもホントの話、夢グループって二十世紀のサブカルチャーを総括する最大の概念だと思ってるのよ。「昭和歌謡」って言うじゃん。六十三年もあんだから無理だよ（笑）。この問題系も夢が整理できる。夢は現実を整理すんだからさ（笑）。

O　今はまだ夢グループ対ゲンズ物語で覇権を争う最中であると。

K　夢グループ対セルジュ現実グループ。

O　夢グループは今どんどん勢力を伸ばしてるよね。

K　そこに解離は一切ない。世の中で一番解離しないのがノスタルジーだもん。

O　俺たちももう五十、六十だから、世代的にはそこへ踏み込んでるよ。

K　踏み込んでるけど、今日の話でわかる通り四歳児くらいの解離状態を大切にしてんだから（笑）。退行を超えてる。

O　そうですね（笑）。普通ならノスタルジーの「全部わかる」側に行きそうなのに、そうなってない。

K　それどころか、ただの解離からマッシュアップされて、「懐かしい解離」という状態にまで至っている（笑）。解離するために映画館へ行ってた頃が懐かしい。意味がわからない時代が懐かしい。『エンゼル・ハート』だってわからなかったんでしょ？

O　わからなかった。それで十回ぐらい観たもん。

K　そういうことだよね。子どもの頃に神社へ行くと、意味はわからないけどうっすらした恐怖感とワクワク感があったじゃない？　俺たちをブラック・ジョーカーだと思ってるお目出たい奴がいっぱいいるけど、俺たちは基本、夢を見せる魔法使いだ。

面白くても大丈夫

K　最近のプログラム・ピクチャーは観る？　『ワイルド・スピード』[*173]とか。

O　観てないんですよ。でも観ても解離しない気がする。あ、『ベイビー・ドライバー』[*174]はすごくよかったけど、解離はしなかった。しなくて別にいいんですが（笑）。それを無意識に避けたいってことかな？

K　大谷くんをしても解離できないほどの強度とわかりやすさ、趣味の合う作品が今は世にあるのよ。八〇年代にはそれがなかった。ちなみに俺、『ベ

*173　二〇〇一年公開の第一作に始まる、カーアクション映画シリーズ。二〇二三年公開の『ファイヤーブースト』まで十作が作られている。
*174　二〇一七年公開のアクション映画。天才的な運転技術を持つ「逃がし屋」ベイビーの活躍を描く。ビーチ・ボーイズやTレックス、コモドアーズなど劇中に流れる名曲の数々も印象的。
*175　ザ・ジョン・スペンサー・ブルース・エクスプロージョン。一九九一年に結成されたロック・バンド。ツイン・ギターとドラムの三人編成。代表作に『Orange』『Acme』など。『ベイビー・ドライバー』冒頭のワンシーン・ワンカット・カーアクション・シーンはこのバンドの楽曲で進行する。
*176　一九七四年生まれ。映画監督。二〇〇四年、ゾンビ・コメディ『ショーン・オブ・ザ・デッド』で脚光を浴びる。監督作に『ベイビー・ドライバー』『ラストナイト・イン・ソーホー』など。
*177　一九四〇年生まれ。映画監督。モンティ・パイソン唯一のアメリカ出身メンバー。七〇年代から映画監

イビー・ドライバー』はデラックスエディションって一番いいブルーレイ持ってる。おまけがすごくて、ブルース・エクスプロージョン[*175]のMVまで入ってるんだ。

O そんなのいらないでしょ（笑）。

K いるの、ギリで（笑）。そういえばアラン・パーカーってイギリス出身だよね。『ベイビー・ドライバー』のエドガー・ライト[*176]もイギリス人なんだよ。

O だからか！ 趣味が合うと思った。

K 大谷くんはイギリス系の監督がハリウッドで作るエンタメがヤバいのかもね。ちゃんと系譜あるよね、キューブリック発なんで最初からズレてんだけど。

O イギリスで思い出した。ここまで出なかったけど、テリー・ギリアム[*177]も俺ドンピシャなんですよ。『バロン』[*178]も生涯のベスト映画に入れたい。

K 『バロン』って……あらゆる人が解離する映画だよ（笑）。ほらふき男爵の話でしょ。なんというか、もう解離に快感を感じてるよね。じゃあジョン・カサヴェテス[*179]は観たことある？

O 何本か観た。『アメリカの影』[*180]は好きだけど、他の作品はみんなが褒めるほどは好きじゃない。『ラヴ・ストリームス』[*181]なんて全然わからなかった。

督として活動を始める。代表作に『バンデットQ』『未来世紀ブラジル』など。二〇一八年には完成まで三十年を費やしたファンタジー『テリー・ギリアムのドン・キホーテ』が公開された。

*178 一九八九年公開。ドイツの民話「ほら吹き男爵の冒険」をもとに製作されたファンタジー映画。興行的には失敗したが、カルト的な人気を誇る。〈この映画と『メジャーリーグ』がたしか対バン（じゃないや、併映）で掛かって、地元の映画館で観てものすごい充実感だった十七歳（yo）〉

*179 映画監督、俳優（一九二九～一九八九）。一九五四年に俳優としてデビュー後、五九年に初監督作品『アメリカの影』を発表。以降、俳優と監督業を並行して活動する。監督としては「ニューヨーク・インディペンデント映画の父」と称される。作品に『こわれゆく女』『グロリア』など。

*180 オールロケ、台本なしの即興演出で作られた監督第一作。マンハッタンに暮らす三人の兄妹の姿を描くセミ・ドキュメンタリー。音楽はチ

K　カサヴェテスの中で一番解離させる力が強いのは、『チャイニーズ・ブッキーを殺した男』[*182]なんだよ。

O　それは観てない……かな？

K　飲み屋の店主が店に来たヤクザを殺すってだけの映画。あれは相当な大食らいの俺でもちょっと解離する。

O　よさそうじゃん。カサヴェテス、まとめて観てみようかな。

K　ただ、カサヴェテスは油断してると普通に面白くなっちゃうからね。『ビッグ・トラブル』[*183]なんて超面白いし。

O　別に面白くていいんだって（笑）。

ャールズ・ミンガス。

*181　一九八四年公開。激しい愛情ゆえに精神を病んでゆく女性と、その弟である作家の愛と葛藤、孤独を描く。カサヴェテス自身と妻・ジーナ・ローランズが共演している。

*182　一九七六年公開。莫大な借金のカタとして、マフィアから敵対組織のボス殺害を持ちかけられた場末のクラブ・オーナーの姿を描く。

*183　一九八六年に製作された、ピーター・フォーク出演のコメディ映画。保険金殺人を計画したさえない中年男を襲うトラブルをコミカルに描く。カサヴェテスの事実上の遺作だが、編集権を持てなかったため自作と認めていない作品でもある。

V　老イテマスマス耄碌

『老イテマスマス耄碌』吉行淳之介・山口瞳
（新潮社、一九九三年六月）

六十代になった旧知の作家二人が、互いの耄碌ぶりを愉快に語る「世にも不思議なコンニャク問答」。帯には「老後がマスマス楽シクナル本」とある。五回にわたる対談は、いずれも山口瞳の愛した店・寿司政で行われた。

二〇二三年九月二十六日収録（九段下・寿司政）

〈当日の食事〉

1　一番ダシ
2　ぬた（ホッキ貝ヒモ、サンマ）
3　刺身（イワシ、ハタ）
4　きゅうり小鉢
5　カツオたたき
6　焼物（エボ鯛）
7　煮物（カブ、ズワイガニ）
8　にぎり（真イカ、赤貝、中トロ、タイ昆布締め、海老、ウニ、イクラ、アナゴ、コハダ、大トロ、鉄火巻）
9　赤ダシ
10　デザート（柿、梨）
＊ビール二杯（グラス）、日本酒（熱燗）三本

ついに老化が始まった

大谷　今回参照する本は山口瞳と吉行淳之介の『老イテマスマス耄碌《もうろく》』。われわれの対談も最後ということで、今日はこの二人の対談が行われた九段下の寿司政に来ています。

菊地　何飲もうか？

大谷　ひとまずビールですかね。

菊地　俺、風邪引いててさ。今回の本は病気自慢じゃないけど、今年はホント、ケガと病気でエライ目にあってて。その只中でこの対談が進んでゆくっていう感じで(笑)。

大谷　今年、ズバリ六十ですもんね菊地さん。この、『老イテマスマス耄碌』は病気と耄碌の話がたくさん入ってるんだけど、当時の山口瞳と吉行淳之介って実はまだ六十五歳くらいなのね。

菊地　でも、もうこれ晩年の対談なんだよね。

大谷　そう。最後の回なんて吉行が亡くなる一、二年前で、二人とも六十代なんだけど、もう思いっきり年寄りって感じなんですよ。今から考えればまだまだ若いわけですけど、昭和ヒトケタ世代は老い方が違う。

菊地　大谷くんは今いくつだっけ？

大谷　五十一歳。この対談本を作る間に菊地さんは六十になり、俺は五十から五十一になった。『老イテマスマス耄碌』を読むと、二人とも「もう赤貝は噛めない」とか言いながら入れ歯の話してるの（笑）。さすが戦中世代だと思った。

菊地　当時の六十代だからね。

大谷　そうなんだけど、これ、一九九〇年から九三年にかけての対談なんですよ。時代としては平成に入ってる。でも六十代で老いの話をこんなふうにできるのは、やっぱり戦中・戦後を生きた世代の風格を感じるね。

菊地　俺は今の六十歳としても若いと言われるけど、そんなのルッキズムだ（笑）。老化は感じてるのよ。五十から今まで、自分の写真をほぼ毎日撮ってて、それを見ると五十代はまだ青年の顔。三十代四十代と変わってない。それが今年、六十になったとたんに変わった。もう浦島太郎みたいに。

大谷　ドサッと変わった？

菊地　変わった。

大谷　そういうタイプなんだね。ドサッと変わる派。

菊地　俺は少年期の後に青年期がずーっと続いてたわけよ。「自分はこれからどうなるんだろう」って不思議に思ってたら、突然老けた。屋根に積もった雪がドサッと落ちるように、郵便貯金が満期になったように、中年・壮年が飛んで、いきなり老年に入った。

大谷　そうかー。俺は逆に、四十過ぎより今の方がちょっと若返った気がする。

菊地　体だけなら、運動すればいいから変えられる余地がある。でも顔はジムじゃ鍛えられないから。もっともこれから先は、顔も変えられるようになると思うけど。リフトアップとかすればいける。

大谷　そこまでしなくても、毎日ちゃんとケアしてればけっこう変わるんじゃない？

菊地　ソフトに言えばケアで、ハードに言えばボトックスね。

大谷　でもボトックスにも限界があるでしょ。

菊地　いやいや、だいぶ食い止められる。ボトックス後の七十歳の顔と昔の七十歳の顔は全然違う。ボトクサーとナチュラルは二大派閥になり得るでしょ。

大谷 まあ、でもいいんじゃないの、老けても。

菊地 もちろん。俺、五十の頃は「早く年寄り顔になりたい」と思ってたし。そしたら還暦になってついに老けた。ホント、心身、顔相ともに変わったと思う。それは自覚してる。

大谷 ついに老人解禁。

菊地 野鳥の狩猟みたいにね（笑）。老化が一番ごまかせるのは見た目なんだよ。そこはうまくすれば「昔とあんまり変わらない」というところまでもっていける。一番ごまかせないのは心。気持ちが折れるのはごまかせない。その点で俺は今、完全に老人の心境に到達してる（笑）。

大谷 何かあったんですか？

菊地 別に何もないんだけど。

大谷 季節が変わるようにゆっくり変化した？

菊地 そんなゆるやかなもんじゃなくて、五十九から急にだね。俺の五十九歳は五黄《ごおう》の寅と言って……。

女将　あの、もうお料理始めてしまっていいですか？
菊地・大谷　はい、お願いします。
女将　飲み物はどうされますか？
菊地　じゃあビールをください。
大谷　……星回りがあるわけね。前の五黄の寅のときはたしか日航機が落ちたんだよね（惜しい。正確にはその翌年の一九八六年）。
菊地　そう。俺は丙午と五黄の寅に弱いの。女難があるし（笑）。丙午と五黄の寅はキツい。丙午の男ってすごいんだよ。田島貴男とかウルフルズのトータス松本とか、いかにも精力が強そうな感じが丙午の男。
大谷　それが今年？
菊地　いや、彼らは俺の三つ下。丙午は女の方が有名で、八百屋お七とか、阿部定とか。こっちは恋人が死ぬという共通項がある（笑）。六十年周期なんだよ。五黄の寅は六十年か六十五年周期だったたか、忘れちゃったけど。
大谷　三十六年じゃない？
菊地　それだ。そういう星回りのせいか、突然体を壊し始めた。去年はじめの人間ドックでは何も出なかったのに。

大谷　ちゃんと調べたのに？

菊地　脳まで調べたよ。海馬の萎縮リスクまで調べた。今はボケやアルツハイマーの因子の有無がそれでわかる。

大谷　それは血液検査で？

菊地　血液検査と頭部ＭＲＩ。

大谷　人体を輪切りにして見られるやつね。

菊地　それはＣＴ（笑）。

大谷　区別がついてない（笑）。ＭＲＩもＣＴもやったことないんだよねー。

女将　（ビールを持って入ってくる）前から失礼します。

菊地　どうも。……では乾杯。

大谷　乾杯。

菊地　おお。俺はビールにくわしくないけど、この泡が……。

大谷　クリーミー。当たり前だけどちゃんとしてますね。美味い。

菊地　自分の体の中を見てみたくならない？

大谷　見たいけど、タイミングがないですね。今まで区の健康診断しか受けたことがなくて。悪いのは目だけだし。

菊地　目は悪いんだ。それは緑内障、白内障？

大谷　どちらでもなくて。前も言ったけど、原因不明のウイルスで左目が半年ばかり見えない時期が五年前にあったんですよ。眼科行ったら大学病院に回されて、そこで目から細胞を取って調べてもらって。ベッドに寝て点眼麻酔してさ、光をガッと当ててホワイト・アウトした状態で針を目に刺すんですよ。痛くないんだけど、押し込んだ針がググッとガラス体に当たる感触はわかるわけ。「あと〇・二ミリ入れてくださ い」とか話してるのも聞こえて……そこまでやったのに結局、原因不明。

女将　一番ダシでございます。温まると思います。

菊地　最初にダシが出るのか。最近の傾向かね。ダシカフェ流行ってるもんね。

大谷　文久年間創業の老舗がそんな流行り取り入れますかね（笑）。

菊地　……これは美味いね！

大谷　美味いね。まあそんな感じで、目以外、体はピンピンしてますね。

原因不明の病持ち

菊地　俺たちは原因不明の病持ちだよね。俺で言えば壊死性リンパ節炎。あれがこないだ二十五年ぶりに再発した。

大谷　六十で再発したの⁉（笑）。いや笑い事じゃないんだけど。その病気になったのは、最初、たしか四十歳ぐらいのときだよね？

菊地　三十五のとき。あれで臨死して、退院した日にＤＣＰＲＧとセカンド・スパンクハッピー同時に始めたという。それから後は落ち着いていたんだけど。

大谷　再発した。けど治せるんでしょ？

菊地　治せる。ステロイド投与で治る。要は熱病なんだよ。放置してると熱が四十度、四十一度って天井知らずに上がっていく。四十二度になると脳細胞が壊死し始めかねない。マラリアみたいなもんだね。マラリアには消耗して死ぬイメージがあるけど、太平洋戦争の戦場でなければ脳が死ぬ。壊死性リンパ節炎もそういう熱病の一種……あ、このぬたも美味いねえ、味濃くて。

大谷　山椒が効いてますね。

菊地　……で、三十五のときは治ったんだけど、原因不明だから再発するかしないかわからなかった。

大谷　完治じゃなくて体内に菌か何か残ってたとか？

菊地　そうじゃない。熱病にはいろいろあるけど、全部熱源があるわけ。でも壊死性リンパ節炎は熱源がない。だから原因不明なのよ。精神分析医にその話をしたら「それは自我が熱出してる」って（笑）。

大谷　自家発電した（笑）。ウイルス性じゃないんだね。

菊地　原因は菌でもなければ、器官の変異でもない。全身をくまなくチェックしても、発熱する原因はどこにもないのに、血液の炎症反応は普通の人の五、六倍出る。今度も二十五年前とまったく同じ症状で、めまいがして発熱して……「よもやこの年で？」という。その前にも俺、自転車で事故ったり前歯抜いたり、さんざんだよ。

大谷　今年は災難続きでしたね。

菊地　五十九、六十でまとめて来た。

大谷　事故、病気、ケガ。さらに離婚……は、もうちょっと前か（笑）。

菊地　あれはもっと前。離婚はケガや病気とは違うけどね。そもそも二年前に人間ドックに行ったときからえらい目の連鎖が始まった。検査結果がよかったんで、嬉しくてガラにもなく「やったー！」って病院の前でガッツポーズしたのよ。そしたらそこのスロープが斜めになってて、その上に段差があるのに気づかなくて、ポーズを取った瞬間に……。

大谷　転んだ？

菊地　思いっきりグネって「バリッ」って音がして何かと思って見たら足の裏が見えた。あっという間に腫れ上がって、人間ドックでいい結果が出た直後に救急車で運ばれた。

大谷　(笑)。目の前で引き返したわけね。

菊地　ホント、ライク・ア・ローリングストーンだね。コロナにもなったしね。

女性の話は書きづらい

大谷　俺は小さい頃けっこう活発だったんですよ。小学校時代はバレーボールの県代表やったりしたし、ドッジボールとか、運動大好きだった。スキーもスケートもバリバリできますし。

菊地　道理で体の地金が強い感じがすると思った。俺は自分の個人史を書くけど大谷くんは書かないから、そういう話は知られてないよね。

大谷　子どもの頃の話なんて、誰も訊かなかったしね。自分からプライベートな話をする方でも書く方でもないし。

菊地　俺は逆で、プライベートを露悪的なぐらい書く派なのよ。それは師匠が山下洋輔だったこともある。山下から「著述家になるなら人に必ず恨まれるからな」という教えも受けたけど。

大谷　先輩からの教育として？　でも、洋輔さん、女性の話は書かないよね。

菊地　最初に話した「死」と並ぶ「プライヴァシー」だよね。俺たちは若い衆としてバックヤードを見てるから、そこそこ知ってる。その上で書かれたものを読み、まあ、学んだ（笑）。

大谷　うん……このイワシ美味いね。

菊地　うん。素晴らしいね。

大谷　お互い地元が漁師町だから、魚にはうるさい（笑）。八戸と銚子ってかつてはイワシ漁獲量の一位二位だったんだよね。

菊地　昭和三十年代くらいまで、一位二位を争ってたね。

大谷　八戸ではイカとイワシは金払って買うもんじゃなかった。道路に落ちてた（笑）。

菊地　銚子もそう。イワシが道に落ちてても誰も目もくれなかった。栗落ちてたら奪い合いだけど。

大谷　八戸では車にのされて平らになったイカが道に落ちてた。あれ臭いんだ（笑）。そういう子どもの頃の話って大人になってからはしないよね。

菊地　こういう話するの珍しいね。珍しいついでに女性や恋愛のことを正面から書くのは苦手でしょう。

大谷　書いたことないですね。でも、菊地さんは文章書く上でそのあたりのこと、うまく避けてるよね。

菊地　俺は恋愛よりセックスの話に持っていくから。誰かわからない相手とのセックスの話にしちゃう。恋愛や不倫の話を書いても、特定の誰かを想像させないようにエロティークを極端な方へ振るね。

大谷　なるほど。フェティシズムとセックスの話にずらすわけね。

菊地　まあ鬼門だよね。他のことは何でも書けるのに。恋愛のことマッパに書く奴頭おかしいよ（笑）。歌詞とかも含めて。だからａｉｋｏが好きなんだけどさ。

大谷　相手がいるから恋愛は書きづらい。それを書けると文学者になれるんだろうけど。でも俺たちは音楽やってるから、現場に人が来ちゃうし。来たら逃げらんないし。

菊地　来るね。

大谷　そこだよね。文学者の創作現場に人は来ないけど、こっちは来る。うっかりしたこと書いて、それを現場に持ってこられたらアウトだもん。逃げられない。こっそり浮気なんて企んでもダメですから。

女将　失礼します。カツオでございます。

大谷　えーと、お酒をお燗でください。

ネット時代にあえてパロディをやる

大谷　文学絡みで最近気になるのは、この先出る作家の全集に、ＳＮＳで書いた文章は収録されるのかってこと。パブリックな発言として、ツイッター上の論戦とか収録されるのか。

女将　エボ鯛でございます。

大谷　作家の全集って最後の方は書簡集でしょ。そこに時系列的にさ、その作家のツイッターの発言が入ることはこれからあるのかなって。

菊地　どうなんだろうね。女将、エボ鯛美味しいです……こないだ出た『コロナ日記』（『戒厳令下の新宿　菊地成孔のコロナ日記　2020.6-2023.1』）、あれはもともとコメント欄のついたネットの日記をまとめた本で、はじめはそこについた読者のコメントも一緒に載せたいと言ったの。その方が面白いから。結局「個別に許可取るのが大変」って理由でＮＧになったんだけど。匿名じゃなくて作家本人が書いたネットのコメントは執筆になるのかね。

大谷　作品と言えば作品じゃない？　夏目漱石全集に書簡集があるみたいに、現存作家の全集にツイッター集が入ってもおかしくない……と、俺は思う。

菊地　最初に誰がそういう状況で亡くなるかだね。

女将　お酒をお持ちしました。

菊地　はいどうも。

大谷　やっぱり寿司には燗酒だね。……ミュージシャンは現場があるから作家より憚《はばか》られることが多い。その上でネット上にどこまで書くか、とか。ミュージシャンだけじゃなくても昔と比べると世の中全体、この縛りはきつくなってるよね。

菊地　一般人の皆さんのがエグいでしょＳＮＳと恋愛。でも「書かれた方には人権がある」と言われると、自叙伝なんて成立しなくなるよね。関係者に配慮しすぎると何も書けない。それでも書こうとしたら、自分が誰とも関わらずに生きてきたかのようになっちゃう。無理だよね。まあそもそも自叙伝なんて、自分に都合のいいことしか書かないとも言えるけど。

大谷　そこは評伝にまかせればいいんじゃない？　他の人が補完する形で書けばいい。菊地さんが俺より先に死んだとしたら俺のところへ取材が来るだろうし、逆に俺が死んだら菊地さんのところへ取材が来るかも。評伝のスタイルは今後も有効でしょ。そうやって関係者に取材したら、実は知らないことが多いこともわかる。俺なんてまさにそうで、いろんな分野で仕事してるけど、それぞれが全然繋がってないからね。

菊地　大谷くんはジャズ界、ヒップホップ界、演劇界で、仕事してる人が繋がってないよね。

大谷　それプラス、ダンス界、批評界もあって。音楽の方では「文章も書いてるんですか」って言われて、で、文章の方で先に知った人は「へー、バンドやってるんですね」って言われる（笑）。界隈の人々同士が知り合いじゃないから、だから取材したらきっとバラバラな大谷能生像が出てくる……と思うけど、案外一緒だったりして（笑）。わざと繋げないわけじゃないんだよ。でも、一緒にしない癖があるというか。基本的にはインターテクスチュアリティの人間なんだけど。

菊地　いったん分断しないとインターテクスチュアリティにならないから。

大谷　そうだね。今回の本も言ってみれば一種のパロディ本で、ジャンルをまたぐ遊びだしね。

菊地　ただ、今はそういう遊びがあんまり評価されない。

大谷　評価されない。パロディなんて全然評価されない。和田誠の『倫敦巴里』とか、ああいう面白さがなかなか通じない。でもやりたい（笑）。昔なら普通に通ってたジョークを身を挺して通してる感覚っていうか。菊地さんの『デギュスタシオン・ア・ジャズ』だってそうじゃない？「四十一皿の料理になぞらえて曲が並んでおります」って、あのアイデアも理解されなかったでしょ？

菊地　全然（笑）。昔は雑誌があったから楽だったんだよ。音楽、映画、文学、演劇、マンガ、みんな雑誌が交通してくれた。

大谷　そうね。今は雑誌よりネットの時代だけど、ネット空間は雑誌じゃない。ネット上には案外ジャンル間の交通がないし、書かれる文章も変わってくる。そう思うと雑誌文化は本当にありがたかったなー。

菊地　で、そんなネット時代でもやっぱり恋愛と性関係は不動のタブーだよね。

大谷　まあ、でも、俺たちは私生活を使って何か表現したいわけじゃないじゃん。私生活を文章にして、あるいは映像にして、作品として発表したいなんて奴は変態であって（笑）、われわれは健全だと思うんですが。

菊地　昭和の昔から、仕事に私生活を持ち込む人はいた。一種の露出狂だよね。奥さんをマスコミで露出させる人させない人。あと、奥さんとバンドやる人やらない人。
大谷 （アルバート・）アイラー本のときにもテーマにした、「嫁をステージに乗せる派と乗せない派」の話ね。
菊地 ジョン（・レノン）とポール（・マッカートニー）がどっちも乗せる派だったから、乗せる方がすごいんだって価値観が（笑）。
大谷 そこに関しては菊地さんも微妙というか、中途半端なところがありますね。どっちなの？　という……（笑）。
菊地 そんなものご想像におまかせしますよ（笑）。ジョンとポールは音楽家じゃない素人をステージに上げたでしょ。俺がそれしたのは岩澤（瞳）さんだけだもん。完全な無音楽家だからね。
大谷 ジョンのあれはアヴァンギャルドだよね。革命運動の一つですよ。
菊地 セカンド・スパンクハッピーをやってるときは、ちょっとそんな気分だったよ（笑）。
大谷 菊地さんと岩澤さんで、ジョン・レノンとオノ・ヨーコみたいだって⁉（笑）
菊地 いや、そうじゃなくて（笑）。革命革命（笑）。大体、いつも革命家の気分だよ。

ドカーンと起こしてないだけでさ（笑）。十五年革命とかでしょ。

アザ・眼病・血圧

菊地　さっきいろいろ病気の話をしといて何だけど、俺たちって病弱なイメージはないよね。

大谷　そうかな？　菊地さんにはあるんじゃない？

菊地　いやいや、「大病から復活して、いつまでも若い奴」だよ、俺は。アーリー菊地成孔の段階でパニック障害と壊死性リンパ節炎をやって、死にかけた。でもそれが治ってからは爆発的に仕事をしていて年を食わない。そういうイメージで五十代まで来た。ところが五十九で左膝がバリッとなってから、転がるようにケガ、病気、ケガの連続。ラスボスとして壊死性リンパ節炎が戻ってきた（その後、生まれて初めて骨折したんですけどね）。ただし今回は病名も治療法もわかってるから前回ほど深刻ではない。治療薬はステロイドだとわかってる。ステロイドを投与すれば治るから難しい病気ではない。ただし原因は不明。実は俺には原因不明の症状がもう一つあるんだ。それはアザって言えばいいのか……体から〇・五ミリぐらい浮いた状態のハムみたいな色をしたアザがあったの。

大谷 それは皮膚が他の箇所と違う感じになってるわけ？

菊地 そう。尻から肩ぐらいまで、けっこうな大きさの地図みたいなアザがあった。

大谷 「あった」ということは、今はないんだ？

菊地 今はない。若い頃にはあった。

女将 失礼いたします。このあとお寿司の準備をいたしますね。

菊地 よろしくお願いします。……ある日真っ白い肌の上にいきなりボンとそれが浮き出たわけよ。普通パニクるじゃん。だけどなぜか全然気にせず、二、三年放置。「きっと一生残るんだろう」と思ってたら、ある日急に消えた。今でも夢じゃないかと思うけど。でも当時結婚してた奥さんとの間で「牛」って名前つけて共有してたから、間違いない（笑）。

大谷 牛って（笑）。

菊地 「神経質な人なら気を失うよね」って言い合うぐらいのヤバさなのに、二人とも「牛出たね」ってそのままにして、医者にも行かず。健康には問題ないんだよ。具合が悪くなったりかゆくなったりはしない。ただアザが出るだけ。

大谷 そんなこともあったんだ。アザといえば、菊地さんは知ってるかもしれないけど俺にもある。肩にあって、そこにフサフサ毛が生えてて。

菊地 知ってる。『粋な夜電波』のプロデューサーもそうだよ。たまにいるよね。そこだけ狼から移植したような毛がある人が。

大谷 何とかいう名前がついてるらしいんだけど、忘れちゃった。

菊地 成長してからそうなったの？

大谷 子どものときから。でも生まれたときはなかったらしい、子どもの頃は毛は生えてなかった。成長途中で毛が生えてきて今はフサフサ。遠目で見ると刺青に見えるみたいね。肩だけケモノ（笑）。

菊地 簡単に言ってしまうと、カッコいいよね（笑）。俺は牛のデザインが気に入ってた。半身に柄があって、「ミュータントみたいだな」と思いながら鏡をじっと見たりして（笑）。それこそ当時はいろんな女子と付き合ったけど、別に気持ち悪がられなかったし。

大谷 「うわっ」とか言われなかった？

菊地　全然。「こんなのあるんだ」って触られたり、「カッコいい」って言われたこともある。つまり何も悪いことをもたらさなかった。でもそれがある日、目が覚めたら消えてた。輪郭線が残ったり、だんだん色が薄くなったりすることもなく。

大谷　突然に？　そこからは再発せず？

菊地　いや、四、五年たってからもう一度出た。ただそのときは牛の大きさが半分になってた（笑）。

大谷　（笑）。

菊地　あれは何だったのか、結局わからないままだね。

大谷　俺の左目の症状もそれに近いかも。起きたらいきなり目が充血してて、医者に行ったら「ものもらいだ」って言われて。で、ものもらいなら左目から右目へ移って、それから治るみたいなんだけど、でも一週間たっても症状が変わらないから、また病院へ行ったら医者が「あれ？」って顔して、「これはものもらいじゃない」ってことですぐに大学病院へ行ったけど、結局原因は不明。目はいまだに後遺症が残ってる。

菊地　どんな後遺症？

大谷　目の前でミジンコみたいなのがちらちらする症状、何て言ったっけ？

菊地　飛蚊症《ひぶんしょう》ね。

大谷　あれのひどいやつ。左目の水晶体の一部が、鼻水みたいにずるずるになった状態でグジャっと固まったせいで起きるみたい。

菊地　それは加齢と関係あると思う？

大谷　あるかもしれないなあ。とにかく目がムチャクチャ悪いんですよ。左の視力はほぼ出ないぐらい。俺の場合、体の不調がわかりやすく体に出るんだけど、目もテキメンで。疲れてくるとツメが割れる。カルシウムが抜けるせいだと思うけど、ツメが軟らかくなってシワシワになる。それから髪がボロボロになる。ツメ、髪と来て、その次が目。目がよく見えなくなる。クラブとかヤバい。

菊地　それはカルシウムの問題なの？

大谷　と、思うんだけど（笑）。エネルギー不足やカルシウム不足の影響が体の表面に出るんだと思う。ツメや髪からエネルギーを補充してるような……そういう症状は四十代から。深夜に出番があるオールのパーティなんて、出る前からもう少し疲れてるし（笑）、出番を終えて帰るときにツメの先がぼろっと欠けちゃったりして。

菊地　それはあきらかに加齢だね。

大谷　あと五十になって血圧の薬を飲むようになった。血圧の薬を朝と夜二回ずつ。薬を飲んでも、上が百四十で下が百ある。まさか自分が毎日薬を飲むようになるとは……。

菊地　俺なんて血圧は上九十で下四十だよ。

大谷　えー、なんでそんなに低いの？

菊地　低いけどハイなんだよ。「低血圧なのにどうして朝から元気なの？」ってよく言われるもん。精神分析医に言わせると、それも原因はメンタルだって（笑）。自分の中に怒りがあって、それが燃えるから元気だと思うんだよね。

大谷　血圧低くても、朝からエゴを燃やせばなんとかなる（笑）。

菊地　要するにパワーがダウンすると鬱になり、あり余るとパニックになる。俺がかかるのは後者、エネルギー過剰の病気ばっかりなんだ。二者は近いものだけどさ。

大谷　なるほどね。パニック障害は過剰なパワーを体が受けとめきれない病なわけだ。

菊地　処しきれないからパニックになる。鬱は逆でパワーが落ちた状態。それはある意味で普通のことなんだよね。

歴史のセリーがわからなくなった

菊地　俺は最近、年齢とクリエイティビティの問題が気になってて、文系のクリエイターが六十歳のときに何してたか調べたの。映画監督、小説家、あとは音楽家とか。

大谷　ほう。どうでしたか？

菊地　いやあロクなのないね。六十歳だとみんなよくて現状維持。あとは自己模倣。

大谷　マイルス（・デイヴィス）だと……『TUTU』の頃か。それはけっこういいんじゃない？

菊地　でも『TUTU』だよ。『カインド・オブ・ブルー』の方がいいでしょ。

大谷　そりゃそうだけどさ（笑）。マイルスは六十五で死んでるんだよね。

菊地　若い頃、派手にヘロインとかやってたからね。

大谷　瀬川（昌久）さんと同年配なんだよね。瀬川さんと俺とは四十八歳違いで、干支が同じ子年。瀬川さんの十二歳下が蓮實さん。三人とも子年。ネズミ三匹（笑）。

菊地　そっちは十二年周期になってるんだ。先輩たちの年のことはいやでも考えちゃうね。

大谷　筒井（康隆）先生が今年九十歳で、菊地さんと三十歳違う。筒井先生の年だと戦前を知ってるけど、菊地さんは知らない。と考えると、今ちょうど三十歳の人が菊地さんの昔の話を聞くと、戦前の出来事ぐらいに感じるのかな、とか。

菊地　バブル期なんてもう戦前でしょ、あれは。

大谷　そうね。いつ開戦して敗戦したのかアイマイですが（笑）。

菊地　日本の近代史では、平成時代だけ戦争がなかった。でも明治や大正や昭和のように戦争があったと仮定すれば、平成はじめのバブル期は確実に戦前だよ。

大谷　平成の半ばに戦争があれば、時代区分としてはそうなるだろうね。

菊地　それがなかったせいで、平成以降、歴史のセリー（配列）がわからなくなった説を唱えているわけ、最近は。

大谷　なるほど、そこだね。今の三十歳と菊地さんとが、意外に断絶なく地続きに考えられちゃう理由は。あいだに敗戦がないから。革命の失敗もないし。

菊地　なおかつ、インターネットの恩恵で今の三十歳に昔の自分が発見されたりするわけよ。『粋な夜電波』だのなんだのが。

大谷　戦前の仕事が掘り起こされる（笑）。『戦前と戦後』（菊地成孔とペペ・トルメント・アスカラール、二〇一四）ってアルバムも作ったしね。……もう一本もらいましょうか。

菊地　うん、つけてもらおう。これから寿司が来るから。

大谷　熱燗で。

自我の薄い男

大谷　菊地さんはエネルギー過剰のタイプで、どこにいても目立つじゃない？　俺は逆に、スッとエネルギーをセーヴして黙って座って、たとえば試写会とかで隣に知り合いがいても、知らん顔でそっと座ってると気づかれないことがある。外見に関しても主張がなくて、言ってみれば服に着られちゃうタイプ。何か着ると「その服の人」になっちゃう。「自分はこういう人間だからこれを着る」というのがファッションだとしたら、その逆で。着ようとすれば何でも着られて、一応それなりにはなるっていう。

菊地　そう言われてみればそうかもしれない。

大谷　安定しない、一貫性がない。そこが我ながら危なっかしいというか……極端に言えば、一人で山に入ったりしたら、そのまま帰ってこられなくなるんじゃないかって気がする。山奥まで入るとあっという間に草木に馴染んで帰れなくなる（笑）。冗談じゃなくそう思う。

菊地　順応性が高いってこと？

大谷　そうね。あっち側のルールがわかるって感覚。

菊地　そこは俺が何を着てても菊地成孔だってことの逆だね。

大谷　服に着られて大谷がなくなるんですよ。

菊地　でも録音物では大谷能生でしかない力があるじゃん。

大谷　そこはね。音楽はさ、あっちのルールがどうだとか言ってられない唯一の場面かもしれない。録音物は特に、個人的な判断だけが頼りで、そこだけははっきりエゴに固執できてる場面かもしれないですね。

菊地　俺は録音物に関しては据わりが悪い。スパンクハッピーの俺と『デギュスタシオン・ア・ジャズ』の俺、ぺぺの俺とラジオの俺。みんな別の人が聴いてるわけ。

「同じ声だよ」って思うけど。
大谷　だけど、「何をしゃべっても菊地成孔」というところもあるでしょ。
菊地　まあそうか。そういえば大谷くんは疲れてるとき、光を浴びたドラキュラみたいにシューッって別人になることがある（笑）。
大谷　それそれ。疲れてると、ものすごい勢いでポテンシャルが落ちるのが自分でわかる。ライブ後とかに、目の前の炭酸が抜けたジントニックとか、灰皿のシケモクと同化しちゃうときがある（笑）。
菊地　俺は今までの妻やガールフレンドに、大谷くんの話をよくしてたんだよ。「今日は最初から酔っ払ってて、酔い谷王だった」とか言うとウケる。「今日は途中からエネルギー切れで、はしっこの方から灰のように崩れてた」と言うとまたウケる。
大谷　（笑）。実際崩れてるのよ。ツメも割れるし。
菊地　崩れ方がもうカジュアルな臨死だよね。
大谷　臨死。本当に死体みたいに見えるときがあるらしいよ。今度血液取ってそのときの数値を測ってもらいたい（笑）。
菊地　でも「今日は赤ちゃんみたいに元気だ」ってときもある。

大谷　その一貫性のなさは何なのかな。自我の薄さの問題？

菊地　あと狼肌とかねえ（笑）。二十世紀的じゃないよね。少なくとも映画監督はアラン・パーカーが一番好きって時点で、シネフィルの自我と違うことははっきりしている（笑）。

女将　（寿司を運んできて）煮切り醬油がついてますので、このままで大丈夫です。

菊地　（女将に）あのー、もう何十年か前ですけど、カウンターにおじゃましたことがあるんですよ。母方が寿司屋でね、勉強だってんで。二階に来るのは初めてで、緊張しております。

女将　いえいえ（笑）。でもそういうふうに「何十年ぶり」というお客さまもよくいらっしゃいます。

菊地　これだけ長く営業されてればそうですよね。……そしてこれが、山口瞳がかみ切れなかったという貝。

女将　山口先生はコハダがお好きだったみたいです。昔はよく先生の本を持って「ここですよね」って来られるお客さまがいらっしゃいました。

高柳サティアンの真実

大谷　(寿司を食べながら)　こないだ久しぶりに大友(良英)さんとしゃべったのね。それは公開インタビューをしてライブもするイベントだったんだけど、なんと客が三人しか来なかった(笑)。

菊地　えー?

大谷　あまりにガラガラでびっくりした。大友さん、「大谷くんと俺って組み合わせが悪いのかな」とか言ってて。

菊地　(笑)。

大谷　それはいいとして、その日は「これまで表に出てない話を探る」ってことで、高柳(昌行)スクールのことを突っ込んで訊いたわけ。そしたらすごいことがわかって……あの、この名称はたぶん菊地さんがつけたんだと思うんだけど、高柳さんがお弟子さんを集めてたことについて、冗談交じりで「高柳サティアン」って言ってたでしょ。大友さんもそこにいたっていう話の流れで。なんだけど、そのあたりの話を訊いたらさ、実際にはそういう修行的な場とか施設とかは存在してなくて、むしろ大友さんが「それを作ろう」って進言したんだ、って話なんですよ。

菊地　え、そうなの⁉

大谷　高柳さんは当時、某スクールでギターと音楽史の講師をしてたんだけど、雇われ仕事なんでちっとも金にならない。それで大友さんが「きちんと私塾にした方が絶対に儲かりますよ」って高柳さんに進言したんだって。

菊地　そんな話初めて聞いたよ。

大谷　でしょ。われわれは高柳さんの私塾は大友さんの弟子入り前からフツーにあったように思ってたじゃない？　それこそ修行の場みたいな施設すらあるんじゃないか的なイメージで。大友さんもまたそんな雰囲気で語るし。さらに菊地さんがそれを「高柳サティアン」と名づけてさ。でも実は全然違った、という。

菊地　実は俺も大友っちには一度、「お互いに先も短くなってきたし、あの周辺の話は弟子の俺たちが証言しないと歴史に残らないぞ」って言ったんだよ。

大谷　俺もそれで訊いたの。そしたら大友さんが「高柳さんは当時は貧乏だった」って。それで師事するようになった後、「今のままじゃ儲からないから、弟子を取って私塾を作りましょう。自分が番頭になります」みたいな提案をしたらしい。
菊地　そうだったのか……大友っちはもともと商才があって、にもかかわらず商才のない人間が（音楽上の）父だったから、その間で引き裂かれてるんだよね。
大谷　最終的に大友さんは高柳さんと揉めて、外へ出ちゃうんだけど。「高柳サティアン」を作りたがったのは、そういう意味では、実は大友さんだったという。そして実際にはそんなのなかったっていうね。
菊地　うーん。じゃあ俺もアウティングしちゃおうかな（笑）。全冷中（全国冷し中華愛好会）がなぜ潰れたのか、知ってる？
大谷　たしか、奥成達《おくなりたつ》が切れた事件があったんでしょ？　ん？　奥成達に、だっけ？
菊地　あ、知ってるのか（笑）。切れたり切れられたり切ったり、切った張っただよね（笑）。
大谷　切れて切られた（笑）。まあ全冷中は最初からドタバタですからね。全共闘運動のパロディだし。なんだけど、「高柳サティアン」に関しては、菊地さんと大友さんが話してるうちにそれが歴史的な事実みたいに通っちゃうじゃない？　現場での一口話だとしてもさ。

菊地　まあ、俺はそのへん傾《かぶ》くというか、話を派手にして聞かせたいからさ（笑）。ＰＡがでかいの。

大谷　ジャズメンのサービス・トークだからね。ジョージ川口から引き継がれる大ボラ吹きの伝統（笑）。まあ、とにかく、歴史の話ってこういうのが多いと思うんだよね。

菊地　結局、高柳さんと大友っちが揉めたのは何が理由なのかね？　そこは具体的に訊いてもわからないか。

大谷　うーん、具体的には、内弟子時代には禁止されてたライブを勝手にやったことがバレちゃって、で、口論になって、引っ込みがつかなくなって……みたいな感じでしたけどね。親殺し的な愛憎劇なんで言えないこと、言いたくないこともいっぱいあるんだと思いますよ。

菊地　うん。でも、「こいつには商才がある」って見抜かれたんじゃないの。コレはアウティングになんないよね（笑）。

大谷　（笑）。

菊地　高柳さんはさ、六〇年代ジャズ界のいわば人身御供《ひとみごくう》で、ドラッグの問題で、当時はみんなキメてたのに高柳さんが一人だけ懲役食らったじゃん。その恨みで生きてるところがあるんだと俺は思っている。そんな人からしたら、（渡辺）貞夫さんや山下さんみたいなスター性がある人間は嫌なんじゃないかね。

大谷　大友さんは怨念で生きてる人の下について、それなのに商才があったと。（寿司をさして）これ、どこから食べればいいのかな？

菊地　それはまあ……自由だよね（笑）。味の濃さから言うと才巻（海老）だろうけど。

大谷　酒もう一本もらっていい？

菊地　うん。つけようか。

大谷　年を取ると昔の話がいろいろ溜まるね。菊地さんだってたくさんあるでしょ。

菊地　あるけど、俺はそこそこ話しちゃってる。開放系の人間だから、「これは言えない」とかあんま閉じないね。「しゃべっていい」と言われたらプライベートな話も何でも全部話しちゃうもん。言うと嫌がる人がいるから言わないってだけだよ。

大谷　相手がいることですから（笑）。人前でやったことならいくらでも言えるけど、密室の話はなかなかね。

菊地　ＦＢＩが許してくれれば何でも話すし、自分から隠したいことなんか一つもない。でもそれってある意味で商才のなさとも言えるよね！　商才がある人って秘密を持ってるから。

大谷　謎めいた雰囲気に人が集まってくる……これは大友さんに対する悪口じゃないですよ（笑）。でも俺と一緒だと客が三人しか来ない。会場が渋谷の、高柳さんがよく出ていた元ジァンジァンの一角だったので、コレ高柳さんの呪い？とか言って（笑）。面白かったけど。

菊地　大谷くんは研究家としての力があるから、話す気になったんだろうね。俺にはそういう話は絶対しない。こないだも「そろそろ高柳さんについて口を開いた方がよくないか」って真面目にメールしたんだけど、「それはいい。ごめん」って返信が来た。俺を通すと話がスキャンダラスに広まると思ってるんだ。

大谷　そうだろうね。

菊地　俺もそれはもっともだと思ったから、「わかった」って返したけど（笑）。

子孫はいらない

菊地　ところで、大谷くんは子どもを作ろうと思ったことはないの？

大谷　なくはなかったけど、どちらかというと消極的でしたね。

菊地　これはコンプラギリギリだけど、「産めるタイミングならシングルマザーでも子どもが欲しい」という女性がいるじゃない？

大谷　いるらしいね。

菊地　何度か言われたことがあるよ。「結婚しなくていいし認知もいらないから、あなたの子どもが欲しい」って。ただ、俺は自分の子孫や遺伝子を残したくないみたいなんだよね。最近ちょいと変わったけど。

大谷　そうねー。俺もあんまり、残したいとは思ってませんね。

菊地　うちは兄貴も子どもを作ってない。兄貴ははっきりと「菊地家の遺伝子は絶やしたい」と言ってて、「お前も作るなよ」って念を押されたんで「言われなくも作るか」って言った（笑）。何だろうね、あの血族を止めてしまいたいという欲求は。普通は子孫を残したいわけじゃん。ウチ、おかしいんだよ。

大谷　俺は長男で下に妹と弟がいるけど、どっちにも子どもがいる。どうして一人だけ「子どもはどうでもいい」となったのかは不思議なんだけど……下二人はもしかして、俺を見て「ちゃんとしなきゃ」と思ったのかもしれない。反面教師としての長男

（笑）。今度、妹の長女が十八歳で、大学受験で八戸から出てくるの。合格したら、もしかしてうちに下宿することになるかもしれない。そうなったら、うちの家庭は「第二シーズン」に入るかもしれない。それはそれで面白そうなんだけど。

菊地　それはきっと楽しいでしょ。

大谷　まあ、自分がそういう年になったということだよね。以前はそんなこと想像もしてなかった。

菊地　でもまだ五十一でしょ。五十一歳なんて現在の基準に照らせば壮年未満だよ。

大谷　ですかね。会社員なら「定年まであと十年」という時期だけど、こっちはそんなの関係ないしね。こんなバカな本作ろうとしたり、大友さんと三人の客の前でイベントやったり、元気いっぱいですよ（笑）。年を取れば仕事も生き方も焦点が絞られてきそうなのに、そうはならず逆に広がってる。こういうインターテクスチュアリティの強さは菊地さんと俺の共通項だね。アウト・オブ・デートだけどね。わかりにくいし受けが悪い。

菊地　ポップじゃないよね。

大谷　そうだけど、それこそがポップだとも思ってるわけですよ。

菊地　一種のバイポーラというか、両極、双極の状態だよね。原因不明の病気を抱えていながら健康に見えるというさ。誠実に仕事してるようでもあるし、ふざけて生きてるようでもある（笑）。その自覚があるようでも、ないようでもある（笑）。

固くなったのはバゲットだけ

女将　こちらで一通りでございます。コハダです。
菊地　おお、これが伝説の。襟を正していただきます。
女将　四十年前に召し上がったときより、少しゆるくなってるかもしれません。昔のコハダは冷蔵庫がない時代の仕込みの仕方でしたから、身がしっかり固くて。
菊地　はい。
女将　今は生っぽい柔らかいコハダが多いですけど。
菊地　昔のコハダはガチガチでしたもんね。
女将　今は昔ほど固くはないんです。二十年前にここに来て、「うちのコハダだよ」って食べさせられたときには「えっ」と思いましたけど（笑）。でも慣れてくると、こういう強いコハダがいいなと思うようになります。

菊地　青物は酢がしっかりしてた方が美味しいですよね。……いただきます……たしかにしっかりしてるね。

大谷　お酢が美味いですね。

菊地　赤酢だね。やっぱり文久年間創業のかみごたえ。老舗って何でも固いからね。昔の大人は固い食べ物がいいと思ってたんだ。ふわふわした食べ物なんて「綿飴じゃねえんだ」というさ。それが今は何でも柔らかいからね。

大谷　パンだってふわふわだもんね。

菊地　今は「固いからいい」なんて言われることない。「東京カレンダー」で「この肉がすげえ固くて美味い」とか、称揚されないよね。「カリふわ」とか言って「カリ」止まりだよね。

大谷　されないね（笑）。

菊地　肉だって昔は固かったんだから。それが平成に入ったぐらいから、何でもかんでも「やわらか〜い」なんて言い出してさ（笑）。ジビエの手強いやつと固いパンだけでエロくなっちゃうよ俺は。

大谷　フランスパンの固さだけはパリに近づいてるんじゃない？　でもそれぐらいだね。この数十年で固くなったのはバゲットの皮だけ（笑）。

菊地　老化の話に戻すと、俺は以前なら、ちょっと休みを挟めばいつまでもセックスできたんだよ。フードファイターで、途中甘いもの食べたりしながら延々と食う人がいるじゃない？　あれと同じ。

大谷　そりゃすごい……。

菊地　途中で飯食ってタバコ吸って一時間ぐらい仮眠を取れば、永遠に続けられると思ってた（笑）。遠泳みたいな感じだよね。さすがにそれはもう無理になった。

大谷　ずっとパチンコやり続ける人みたいな。一種の中毒だよね。そういう人がいるのは知ってるけど、全然理解できない。ずっとじゃなくて、一度に一回か二回でいいですよ（笑）。

菊地　「恋愛体質」って言うじゃないの。アレじゃないんだよね。恋愛じゃなくてセックスがしたい。だいたい恋なんて怖くない？　俺に恋してる顔見たら怖くなるもん。ステージの下での話よモチロン（笑）。

大谷　うーん、それはロマンティックな甘さが嫌なわけ？

菊地　何だろうね……反射的におっかないと思っちゃう。でも性交渉と恋っておしゃれ小鉢みたいにくっついてるじゃん。おしゃれ小鉢なんて言うと恋に悪いけどさ。

大谷　（笑）。恋とセックスの快楽は全然別だと。でもそれって、女の人のこと全然好きじゃない人の感想じゃない？

菊地　きっと好きじゃないね。親しいだけで。俺みたいに女系家族で実家が水商売だと、女の人の方が仲良くなりやすいんだ。その点で、俺にとっては女より男の方がはるかにミステリアスだね。別にプレイボーイみたいんじゃないけど。

大谷　でもさ、男同士でワイワイやるのも苦手でしょ。部活っぽいのは無理だよね。

菊地　無理無理。ミステリアスだもん（笑）。

大谷　それが女性だと、あいだにセックスが挟まるからいいってこと？　うーん、それは俺にはできないかも。快楽モードが発動すると恋愛になっちゃうし。

菊地　恋になるの？　すげえなこの話。そりゃあコハダも柔らかくなるよ（笑）。

大谷　恋というか……快楽抜きでも一緒に仕事ができる方向で、もっと密接な、セックス的なものが相手へのサービスだとするならば、そんなこと全然別に考えなくてもいい付き合い方になるとか。

菊地　プラトニック・ラブ？

大谷　それとも違うんだけど……だから菊地さんは全然わかってないんだね（笑）。

菊地　断言するけどまったくわかってない（笑）。わからないまま生きてんの（笑）。

大谷　本当、女性との関係がおかしいよ（笑）。菊地さんが女の人に好かれるのはもちろんわかるんだけど、今の話を聞くと実は女性一般に関しては恨み骨髄的な感じもある？

菊地　そんなん令和じゃクソでしょ（笑）。骨髄まではないけどさ。

大谷　思うに、女性は菊地さんのことを女性扱いしてるんじゃないの？　男性だけど女性タイプ、でもポテンツがある。

菊地　そんなん令和じゃクソ以下でしょ（笑）。ていうか、相手によるよね普通に（笑）。

大谷　たとえばすごくハンサムで、子ども時代に女性からハラスメントを受けてきた男の子とかいるじゃない？　その体験を自分で抑圧してるような人って、菊地さんのことが好きなんですよ。女性から美少女扱いされるような男性には、菊地さんの表現がグルーヴする。女性からのモテ方もそれと同じなんじゃないかな？

菊地　そんなにシンプルかね。それだったら単に共感じゃないの（笑）。

大谷　ある種の女性は菊地さんのことを、まあ実際にそうだったかはおいて、「幼児期に親や周りから引っ掻き回された」人として、なおかつそれを表現にまで高めている人として支持してるんじゃないかな、と勝手に思ってて、で、俺はそういうタイプじゃないからなー、とか。

菊地　俺と大谷くんが同じだったらダメでしょ（笑）。ていうか大谷くんには妹がいるでしょ。俺に妹がいたらこんなふうにはならないよ。死んだ姉が二人いるけど死産だからな。姉ちゃんいたら、家継いでたよ。

矛盾と両義性が活力の源

菊地　俺はね、去年から今年にかけて自分が新しい形態に入ったと思ってんの。

大谷　そんなに変わったんだ？

菊地　変わった。今は第二形態。第一形態は生まれてから去年まで。

大谷　長いよ！（笑）

菊地　まあ幼年期もあるから、それを第一形態とすれば第三形態だけど。とにかく青年期が長すぎたのよ。ＡＣ（アダルト・チルドレン）だったから子ども時代から青年ぽかったし、実際の青年期はもちろん青年ぽかったし（笑）、五十代まで青年ぽかった。それが去年から病気とケガに襲われて、なおかつポテンツも下がった。そこでついに第二形態に突入した。でもそこもアンビバレンツで、一方的にマイナスってわけじゃない。六十になってポテンツは落ちたけど、反面で「六十なのにそんなに？」とも言われるから。もちろん自慰の話ですよ。でもとにかくアンビバレンツなわけ。ここが重要で、そもそも俺と大谷くんを生かしてるのはアンビバレンツだと思うんだよ。

大谷　矛盾と両義性はわれわれの活力ですよ。

菊地　俺たちが一つの形に固まっちゃったらおしまいだよね。ていうか、俺たちのが人間原理ムキ出しだと思うよね。今、怖いよ。人類が（笑）。

大谷　アンビバレンツを活動の燃料にするっていう……昔の文学者にはそういうタイプが多かった気がするけど、今はそれ、ミュージシャンに目立つってことかな。

菊地　アンビバレンツを感じる若い学者や作家っている？

大谷　うーん、知らないだけかもしれないけど、心当たりないね。特に文学やってる人にはちっともアンビバレンツを感じない。ただたんに鬱系で真っ暗か、逆に「今日も生きてる、みんな元気！　エンパワーメント！」みたいな人か……。

菊地　リポビタン文学でしょ。

大谷　リポビタンＪですよ。

菊地　リポビタンＪ文学（笑）。例外は金原（ひとみ）さんぐらいかねえ。

大谷　金原さんと中原（昌也）さんは例外として。

菊地　中原くんなんて今、死にかけてるのに生きてるんだから。あれこそアンビバレンツでしょ。

大谷　まあ、中原さんはミュージシャン枠でもありますから。早く元気で出てこないかなー、三人で鼎談したいね。病気の話中心に（笑）。矛盾からエネルギーを得ている表現って今どこがメインなんでしょうね。単に攻撃性が強くて目立つ、ってことになると、今は、たとえばフェミニズムとかかな。世間の大テーマとしてのフェミニズム。

菊地　フェミニズムとどう関わるか。「上野千鶴子をフェミニストとするかどうか」とかね。チャーリー・パーカーはビバップか？ぐらいのさ。

大谷　上野千鶴子はもう、先鋭的な一派からは「あの立場はヌルい」って攻撃対象になってるくらいじゃなかったかな。とにかく時代はフェミニズムですよ。

菊地　でもこう言っちゃ何だけど、大半のフェミニズムにはアンビバレンツは感じないかも。フェミニズムに対抗するファミニズムがあってもいいと思うね。ただ、あるだけだとしてもよ（笑）。

二代目大谷能生を探せ

大谷　ファミニズムいいね（笑）。Homme-ismじゃなくてね。そうやって名称をちょっとずらす話、ジャニーズの件でも言ってたね。

菊地　事務所の名前をジャニーズからジョニーズにすればいいって話ね。それは大谷くんの本から派生したんだよ。

大谷　そうそう。『ジャニ研！』（二〇一二）の結論の一つは、ジャニーさんはJohn・H・Kitagawaっていう日系アメリカ人で、普通だと「ジョンさん」「ジョニーさん」になるわけ。そこを「ジャニー」にしたことで、なんか、「ピエール瀧」みたいな芸名だと彼を思ってるんじゃないか、ということね。ジョニーをジャニーと読ませることで混乱が生じてるわけよ。狙ったわけじゃないんだろうけど。

菊地　カタカナ表記が英米語の母音の豊かさに追いついてない。

大谷　「ジャニー・ギター」（一九五四年の映画『大砂塵』の主題曲）を思い出してほしいんだけど、一九五〇〜六〇年代の英米語の輸入の混乱が、そのまま「ジャニーズ」には反映されている。コレ指摘したのって『ジャニ研！』が初めてで、なんだけど、この知見はずっと活かされず、菊地さんがメルマガで書いてくれたおかげでようやっと広まった（笑）。

菊地　Joと書いて「ジャ」って読ませるのは「ジャニー・ギター」以来ジャニーズしかないからね。

大谷　俺が十年前に上げたトスを先日菊地さんがアタックしてくれた。ありがとうございます（笑）。誰も打っても拾ってもくれなかったからなー。でも、この長いスパンが俺らっぽいか。

菊地　結局それを俺が打つって、どれだけマニュファクチャーなんだというね（笑）。でもあれ、誰も言わないのが不思議だよ。事務所を改名するって知ったとき、「そんなもんジョニーズだろ」ってすぐ思ったもん。誰も理解しないけど（笑）。

大谷　今こそJohnnyの読みをずらせばいい（編集部注：ジャニーズ事務所は二〇二三年十二月にSTARTO ENTERTAINMENTと社名変更した）。改名といえば俺、もしこの先小説とか書くとしたら別名義にしようと思ってるんですよ。

菊地　どうしたいわけ？

大谷　大谷能生のスケールをモード的にずらすと「おおたによしお」が「たによし・おおお」になるから、それがいいかなと。「たによし」が苗字で「おおお」が名前。

菊地　（笑）。名前をチャーチモード（教会旋法）にするの、世界中で俺たちしかいないよ。それだと俺なんて「くちなる・よしき」だもんね。

大谷　（笑）。YOSHIKIになるのね。

菊地　「よしき」はポップだけど、「おおお」はポップじゃない。オルタナティブでしょ、その名前は（笑）。母連とか言ったりしてさ。母三連か。

大谷　母音でできてて、英語で表記したら「Taniyoshi Ooo」となるから、英語圏の人たちは絶対打ち間違いだと思う（笑）。

菊地　大谷くんの名前の話で思い出したけど、「二代目・谷王」ってどうするアレ？「谷王」は襲名されて、しかも女子というアイデア。二代目引田天功、プリンセス天功も女子だったじゃん。高橋竹山《ちくざん》とか藤山寛美とかもいるし。

大谷　いいですねえ。やりたいですねえ。ついでに、いっそのこと二代目・大谷能生を女子にするのがいいなあ。大谷能生の名前を誰かにあげて、著作とか、これまでの権利も全部無料でわたして、仕事も来たのは全部回すし、もちろんマージンとかも取らない。全部タダ。

菊地　生前贈与みたいにする?

大谷　林家こぶ平と林家正蔵みたいな感じで……ちょっと違うか（笑）。

菊地　浅草ヨシカミの店の奥さんが「師匠もあれでガンバってんですよ」って言ってたぞ（笑）。でも「谷王」は公募したら申し込みが殺到すると思うよ。地下アイドルみたいな人たちがワーッと来るのでは。二代目大谷能生オーディションやろうよ。「平成の裕次郎を探せ」みたいなオーディション。

大谷　それ失敗するやつじゃん（笑）。

第二形態の人生、第八形態の人生

女将　失礼します。柿と梨でございます。

菊地　水菓子の手本ですね。いやあ女将、コハダ素晴らしかったです。

女将　昔はもっとガチガチだったんですよ（笑）。コハダをさばいて敷いて、そこへ雪のように塩をしてました。そうして水分と臭みを抜いてましたね。

菊地　生ハムと同じですよね。

女将　すっかり水分を落としちゃう。そうやって固くなったところを酢で洗って、さらに酢に漬ける。それを上げてから三日ほど寝かせたんです。そうして出すので、固いコハダになってたんですね。

菊地　堪能させていただきました。

大谷　……さっき菊地さんは今の自分は第二形態と言ったけど、それで言うと俺は今第八形態ぐらいかも。

菊地　多すぎだよ!?（笑）。びっくりしたあ（笑）。

大谷　菊地さんと逆で、細かく何段階も経て現在に至ってるから。子どもの頃なんて単にめいっぱい元気な子どもだったのよ。それが第二形態で変わった。きっかけは眼鏡をかけ始めたことで。

菊地　それはいくつのとき？

大谷　十二歳のとき。

菊地　え？　え？　十二歳で第二形態が来るの？

大谷　来たね。第一形態の頃は俺、海底で魚の映像とかを撮る人になりたかったんですよ、マジで（笑）。海に潜る仕事がしたかった。ところが十二歳で目が悪くなっちゃった。当時は身長も低くて、クラスで前から一番目か二番目で。「これはアウトドアの仕事は無理だな」と悟る。そこからいろいろあって、サックスを買ったのは十八歳のときで、そこからが第三形態かな。それから大学辞めて文章の仕事始めて、そこで第四形態。そのあともさらにモード・チェンジがあって、その度ごとにけっこうガラッとメインでやってることが変わるっていう。

菊地　で、今は第八形態だと。

大谷　それぐらいかなあ。形態が変わるごとにメンタリティもかなり変わってるかも。

菊地　俺は六十になってやっと第二形態だというのに。

大谷　全然違うよね。

菊地　交通事故で足ケガするまでは、歩きながら肉まん食って、衝動が湧いたらダッシュしてたからね、俺。子ども時代と同じ。

大谷 俺はそういうことするの十二歳でやめたの。

菊地 (笑)。

大谷 目が悪くなったのがデカイんですよ。運動とかもね、眼鏡壊したりなくしたりすると困るから、必然的に自分の行動にリミッターがかかるようになって。そこから試行錯誤して調整していった結果、メインが音楽になった。でもそれが挫折かというと、そういう感じでもないいんだよね。

菊地 挫折じゃなくて卒業していくんだね。

大谷 そうそう。「だったら次はこれをやろう」という感じで。

菊地 俺は目じゃなくて耳がダメ。要補聴器で、一メートルぐらいの距離から通る声で話してくれないと、よく聞こえない。そのせいで、店で店員に「何にしますか」と訊かれて、「え?」ってなつかしのナンデスカマンみたいになることがしょっちゅうある。DCPRGによる名誉の負傷だから仕方ないけどね。

大谷 そんなわけで、俺が最初に老いを感じたのは十二歳(笑)。そこからはもう老後なのよ。その前が元気すぎたんだね。

菊地　俺の老後が始まったのはつい最近。遅すぎた老化がとうとう来た。「これか」と思ったもんね。メンタルでも老いを感じてるし。いろんなことが、もうどうでもよくなりがち。

大谷　わかる（笑）。「まあいいや。文句は言わずにおこう」となってくるね。

グルとマイメン

菊地　大谷くんが老いを感じたのが十二歳で、俺はつい最近。二人とも適正な時期に老いを迎えてない。それで逆に老いてないように見えるのかもしれない。

大谷　全然一般的ではないよね。俺は十二歳で老いて、そこから一人で試行錯誤してきたから、個人史を人に説明しにくいんですよ。

菊地　たしかにそれだけ形態数が多いとわかりにくい。

大谷　楽器を始めたとき、大学を辞めたとき、文章を書き始めたとき、眼鏡かけ始めたとき（笑）、それぞれで形態が変わるし、変わるたびに前の知り合いがいなくなる。その繰り返し。菊地さんと一緒に仕事を始めてからは安定してるけどね。

菊地　「谷王」の誕生は一つの形態変化じゃないの。
大谷　あ、そうだね。ラッパー・ネームを依頼して「谷王」という名前をもらって。この依頼もよく考えたらどうかと思いますが（笑）、これも一つの転機ですね。「谷王」としての仕事をしっかりやったら、次は大谷能生の名を人に譲る。それで第九形態期に突入する（笑）。
菊地　初代谷王と二代目大谷能生が共存する状態になるわけね。大谷くんは昔から「親の名前を継ぐべきだ」ってアイデアを口にするよね。
大谷　うん。ちゃんとした仕事って一代じゃ終わらないと思うんですよ。
菊地　マイルス・デューイ・デイヴィス三世みたいな……俺は二代目菊地徳太郎になる気はまったくないけど、その慣習が文化的にあるのなら意識はせざるを得ないよね。
大谷　戦前にはまだそれがあった。小林信彦さんが書いてて、あの人は実家が商家だから代々同じ名前を使ってて、「自分もその名前を継ぐのか」って絶望したと。戦後にその文化がなくなってよかったって。
菊地　小林信彦って戦前の生まれだもんね。たしか今、九十歳でしょ。顔を見るとまだ若いよね。

大谷　若いし、いつも怒ってるイメージがある（笑）。こないだテレビで細野（晴臣）さんと対談してたの見た？

菊地　見た見た。ものすげえガンたれてた。誰にたれてんだろうなアレは。

大谷　大滝詠一について話してる途中で泣きそうになってて、あれはちょっと驚いた。

菊地　怒れども九十だからね。細野晴臣や大滝詠一といえば、あの人たちには年寄りへの憧れみたいなのがあるじゃん。

大谷　あるね。隠居願望というか。若い頃からそんな雰囲気があった。

菊地　ああいう趣味が俺にはまったくないわけ。そういう自分がこれからどういう老人になればいいか、迷っててさ。

大谷　モデルケースはないの？　菊地さんだとそれこそセルジュ・ゲンズブールとか……。

菊地　ちょっと顔が似てるだけだよ（笑）。外国人で言えばデニス・ホッパーとか。いいよね。顔が全然違うからさ。

大谷　デニス・ホッパー！　意表をつかれたけど、でもあるかもね。

菊地　ちゃんと本線でデニス・ホッパー好きな人に怒られるけどさ（笑）。要するにチョイ悪だよね。デニス・ホッパー本人はチョイどころの悪じゃないけど。

大谷　激悪でしょ。人殴るし（笑）。だけどあの人、若い頃と年とった後でシフトチェンジはしてないよね。

菊地　してないね。『イージー・ライダー』でも『地獄の黙示録』でも一緒。

大谷　ずっと変わってない。でもいつの間にか年寄りにはなっていた。菊地さんもそういう老人を目指せばいいんじゃない？

菊地　でも、デニス・ホッパーって大おじいさんだよ。

大谷　それは役のイメージもあるでしょ。老人役の仕事が来るからそうなるって話で、素面で会ったら昔のままだったりするんじゃない？

菊地　五回結婚してるけど、イメージまったく変わらないしなあ。こないだQ/N/Kでステージに立ったとき、没、QN、俺でマイクリレーしたんだけど、考えてみればあれって二十代、三十代と来て、いきなり六十歳だからね（笑）。

大谷　「若手ラッパーの中に一人だけおじいさんがいる」みたいな（笑）。年とってるのにずっとテンション高いまま。実際あのライブでは菊地さんが一番元気だったよ。

菊地　まあね。今は若いヤツの方がクールなんだよ。

大谷　そうかもね。ちゃんと裾をさばいて帰る感じで。

菊地　こっちはハイの世代だから。ビブラトーンズとかさあ（「ビブラストーン」ではありません）。

大谷　その年齢の差を埋めるために、俺を入れとけばちょうどいいかもよ。

菊地　おおたしかに。今、「大谷」って聞こえた？　まあ、それはともかくこれだけ世代が違うと、QNをマイメンとは言いづらいよ。悪いよ。

大谷　息子ぐらいの年だもんね。

菊地　しかも俺は男付き合いが下手だから、マイメンが大谷くんしかいないんだよね。坪口（昌恭）もそうかなって気はするけど、今は何も一緒にやってないしね。大谷くんはマイメンいる？

大谷　いっぱいいますよ。でも仕事以外では会わないんですけど。

菊地　チェルフィッチュの人とか？

大谷　元チェルフィッチュ、現オフィス・マウンテンの山縣太一くんとか、あとギターの大島輝之とは毎月一緒に演奏してるし。

菊地　全員がワン・オブ・ゼムという感じかな。

大谷　というよりは、それぞれが全然違う付き合いなんで、どの人も取り替えがきかない、全部ワン・オン・ワンなわけ。女の子だってマイメンがいるよ。セックスも恋愛もなしでいろんなプロジェクトをやってる女性が複数いる。奥さんだってマイメンだし。

菊地　それはちょっとわかる。俺も最初の奥さんとはマイメンだったからな。ヨガ教わったし。

大谷　「その人と何かを一緒に仕事する」というのが俺の人付き合いで、で、一度付き合いが始まるとわりあい長く続く。長く続けることでバランスを取っているというか……第六、七形態に入った頃からそうなったかなあ。必死にいろいろと、師匠を持たずに一人で始めたから、人よりも余計に時間がかかってるんですよ。

菊地　大谷くんにはグル（導師）がいないもんね。

大谷　いないなー。一人で「これをやる。よし、できた」を繰り返して、相応のところまでいくまでになんでもだいたい十年くらいやって……。そうやって知り合った人とは長く続いてますね。

菊地　俺はね、グルがいるんだよね。ギャグのグルだけど。上智大ジャズ研にいた菊地さんつう人とキーボードの水上（聡）の二人。でも二人とも死んだから今はグルを失ってる状態で、笑いに関しては混迷の時期を迎えてるんだよね。

大谷 （笑）。それでも、弟子として彼らのギャグを後世に伝えねばならない？

菊地 そう。伝えたい話がいっぱいあるからね……たとえば水上が公園で悪い友だちと一緒にいるとき、急に「後ろにGメンがいる。振り向くな。知らん顔して外出ろ」と言い出すから出て、「もう安全だ」って振り向いたら古タイヤだったとかさ（笑）。それに懲りてタイヤがない場所へ行ったら、「やっぱり見てる。今度こそ本当だ」って言うから、見たら木だったとか。

大谷 （笑）。

菊地 俺の「面白い」って感覚は、ほとんどそのグルからだもんね。さらに言うと、大谷くんは第三のグルなんだよ。

大谷 え、そうなの？

菊地 大谷くんはギャグじゃなくて、別の面のグルね。ジャニーズはジョニーズだって話とかさ。「二刀流」はボール一挙に二個投げろとかさあ（笑）。カルチャー的にもっと役立つグル。

大谷　俺にはそんな笑いのセンスはないから（笑）。
菊地　でも笑いのグルからは笑いしか教わるものがないから（笑）。

二代目は女子

菊地　今日もいろいろ話してきたけど、この章で俺たちが社会に問うべきテーマの一つは「二代目大谷能生・女子」だね。フェミニズムの問題と前近代の問題と入ってるからね。
大谷　名前を引き継ぐことは家父長制と繋がるのか、とかね。
菊地　で、大谷能生の名をどんな女の子が継ぐのか。
大谷　そして何をやってくれるのか。
菊地　二代目が女子で成功した例ってプリンセス天功ぐらいで、実は少ないんだよ。もっと「二代目が女子」って例がたくさん出てくるといいよね。
大谷　そうだね。俺の場合はいったん継承したら、あとは完全にフリーでやってもらってかまわない。できれば「二代目」もつけずにただの「大谷能生」で活動してほしい。

菊地　これが「二代目菊地成孔・女子」だと面白くも何ともない。女子っぽいから、俺が。俺の中のファムがいるから、たいして面白くならない。それよりオムが強い人の方がいい。引田天功も藤山寛美も高橋竹山もオムが強いもんね。だからこそ女子が継ぐわけよ。大谷くんもそう。

大谷　じゃあ「二代目を募集します」というのを、ひとまずの結論にしましょうか。二〇二四、二五年をめどに二代目に名前を継承して、ワタシは大谷能生を引退する。

菊地　それ以後は谷王になる。王じゃなくて翁になったりして。

大谷　谷翁ね（笑）。

菊地　でも難しいよ、大谷能生を継ぐのは。今あげた例は芸事がはっきりしてるからね。三味線やるとか、脱出マジックやるとか、劇団持つとか。

大谷　そこは自由に、二代目大谷能生は初代と全然違うことやってほしい。国連の大使になるとかさ。日本人じゃなくてもいい。

菊地　でもフランス人が二代目大谷能生とか、ヤバいでしょ（笑）。H抜きの発音で「オタニデス」とか（笑）……これは子どものいない俺たちの夢とも言える。自分の子どもって意味でも二代目を作るのはいいよね。俺は昔、ＤＣＰＲＧを襲名制にしようと思ったことがあったんだ。そのときは二代目リーダーを女性にしたかったんだけど、それだとフェミニズムがコケたみたいになるから。それがつまらなくてやめた。全然知らない誰かが出てきてくれるといいんだけどね。二百キロぐらいある外国のコドモとかが突然現れて継いでくれたら、それは面白いよね。

大谷　女性でも男性でも、ベテランが継ぐとだいたい形が見えるもんね。アンビバレンツの活力もインターテクスチュアリティもない、凡庸な展開になっちゃう。

菊地　そもそも俺は、今の三十代四十代にはほぼほぼ期待してない。二十代には男女ジャンルかかわらず期待してる。

大谷　やっぱり新しいものが見たい。だけど最近の若者って昔とずいぶん違うね。ミュージシャンにしても、みんな演奏は上手いし、マナーもちゃんとしてるし、もの知ってるし。俺が二十代のときはもっともっとバカだったもん。思い返してもゾッとする（笑）。

菊地　まあ今でもリッパに下手だしバカだけどねえ（笑）。今の若者みたいに上手いとヘタウマもできない。ヘタウマができないってとても貧しいことだよ。

大谷　そうかもしれないね。もっと乱暴でもいい気がするけどね。

菊地　ヘタウマのない人生なんてかみごたえがないよ（ゴソゴソ）。

大谷　……と言って食後の薬を取り出す。

菊地　病気丸出し（笑）。

大谷　この章、「**菊地**　（と言って内服薬を出す）」で終わり、でいいんじゃない（笑）。

菊地　そうね（笑）。将来の夢は自分の生物学的な遺伝子ではなくて血族内外と無関係に、インチキの二代目をテキトーにみんな襲名させる。これが俺らしい新しい老人像ではないかという気がするね（笑）。

大谷　うまくまとめましたね（笑）。

あとがき

私はこの本に書かれている全ての文章が、一字一句残らず「言い間違い」であると考えている。「虚偽」でも「妄想」でも「暗号」でも「記憶違い」ですらもなく「言い間違い」である。上梓される頃には六十一歳になるのだが、この初老性のリアルは後世にほぼ伝わらないはずだ。

長きに渡り、我々の仕事は、私の単独であると誤解する者が後を絶たなかった。その、極めてアイスチックな歴史も本書によって終わるだろう。これは大谷による企画で、初めて私が彼の企画に全面的に乗った著作であり、その事態の雄弁さは、震えるような性質のものだ。

「成功は決定的ではなく、失敗は致命的ではない。大切なのは続ける勇気だ」とチャーチルは言った（言い間違いではなく）。ここに〈有名人、特にチャーチルなんかの格言を引用するようになったバカは終わりである〉という隠しメッセージが含まれているのは言うまでもない。

明神下「神田川」と九段下「寿司政」の味わいの深さに感謝する。あらゆるどこかの「下」には古くて旨いもんが生きている。我々は上でカレーと闘い、中で唐揚げと闘い、下では鰻と寿司と闘うであろう。事実は明白だ。混乱はそれに憤慨するだろう、無知は嘲笑するだろう、悪意は曲げようとするだろう、しかしそれが事実なのだ。

二〇二四年五月二十八日　十三時丁度　　菊地成孔

菊地成孔（きくち・なるよし）

１９６３年生まれ。音楽家、文筆家。菊地成孔とペペ・トルメント・アスカラール、菊地成孔クインテット、新音楽制作工房を主宰する他、ジャズ・ドミュニスターズ、Q/N/Kとしても活動。著書に『憂鬱と官能を教えた学校』『東京大学のアルバート・アイラー』『アフロ・ディズニー』（以上、大谷能生との共著）、『菊地成孔のコロナ日記2020.6-2023.1』など多数。

大谷能生（おおたに・よしお）

１９７２年生まれ。音楽家、批評家。数多くのバンド、セッションに参加する他、演劇・ダンス作品など舞台芸術にも深く関わる。著書に『日本ジャズの誕生』（瀬川昌久との共著）、『植草甚一の勉強』『平岡正明論』『歌というフィクション』『〈ツイッター〉にとって美とはなにか』『20世紀ジャズ名盤１００』など多数。

本書は語り下ろしです。

たのしむ知識《ちしき》

菊地成孔《きくちなるよし》と大谷能生《おおたによしお》の雑《ざつ》な教養《きょうよう》

第一刷　２０２４年７月１日
第二刷　２０２４年７月30日

著者　菊地成孔《きくちなるよし》　大谷能生《おおたによしお》
発行人　山本修司
発行所　毎日新聞出版
〒１０２-００７４
東京都千代田区九段南１-６-17　千代田会館５階
営業本部　０３-６２６５-６９４１
図書編集部　０３-６２６５-６７４５

印刷・製本　精文堂

ISBN 978-4-620-32804-1